Beatrice Ferolli wurde als Tochter eines Italieners und einer Österreicherin in Wien geboren. Nach dem humanistischen Gymnasium und dem Max-Reinhardt-Seminar stand sie fünfzehn Jahre auf der Bühne. Neben erfolgreichen Theaterstücken, Fernseh- und Hörspielen schrieb Beatrice Ferolli bisher vier Romane und ein Jugendbuch. Sie erhielt den Theodor-Körner-Preis für Literatur und ist Professor für Musik in Wien.

Von Beatrice Ferolli sind ebenfalls im
Knaur-Taschenbuch-Programm erhältlich:

»Fährt ein Schiff nach Apulien« (Band 1446)
»Septembersong« (Band 1584)
»Die Kürbisflöte« (Band 1463)
»Sommerinsel« (Band 1401)

Vollständige Taschenbuchausgabe 1989

Umschlaggestaltung Claus-J. Grube Design, München
Druck und Bindung Ebner Ulm
Printed in Germany 5 4 3
ISBN 3-426-02081-5

Beatrice Ferolli:
Das Gartenzimmer

Roman

Knaur®

Prolog

Wir waren zu sechst beim Abendessen, als wären wir schon eine Familie: Nele, Sascha und ich, dazu Rolf mit seinen Kindern Ronald und Daniela. Es war wie immer im letzten Jahr, nur daß die Kinder heute allein weggefahren sind und ich bleibe. Nele übernachtet bei einer Freundin, Sascha in unserer alten Wohnung, die jetzt ihm gehört.

»Bis morgen, Mami«, haben beide gesagt und mich geküßt – ein wenig verlegen, ein wenig bedeutungsvoll.

»Seid pünktlich«, hat Rolf gesagt, »wir trinken noch ein Glas Champagner, ehe wir zur Kirche fahren.«

»Ich ziehe das Gelbe an, geht das, Mami?« hat Nele gefragt.

»Klar geht das.« Sascha hat sie brüderlich rauh um die Schultern genommen. »Du brauchst morgen keine Modenschau abzuziehen. Du bist nicht die Braut.«

Auch Rolfs Kinder hatten das Haus verlassen. Wir saßen noch ein wenig am Tisch. Nikola rief an, der Kumpel aus der Damenrunde, um zu fragen, ob ich etwas brauche. Sie hatte mich in der Türkenstraße nicht erreicht und angenommen, mich hier anzutreffen.

»Danke«, sagte ich, »ich brauche nichts.«

»Um so besser«, hat Nikola gesagt. »Das mit dem Möbeltransport morgen geht in Ordnung, es ist ja nur ein Umzug innerhalb Wiens. Und denk nicht zuviel nach!«

Ich habe nicht die Absicht nachzudenken. Hatte sie nicht bis zu diesem Augenblick. Nun, da Nikola mir den kurzen Satz als Gesprächsschluß zugeworfen hat, scheint es mir, als setze sich ein Mechanismus in Bewegung. Wie zur Kinderzeit, als wir mit der Schulklasse ins Bergwerk einfuhren. Die Panik stieg erst in mir hoch, als die Lehrerin sagte: »Ihr braucht euch nicht zu fürchten.«

Die Tür ist hinter mir ins Schloß gefallen. Ich wußte nicht, wie still es in diesem Zimmer sein kann. Natürlich nicht. Ich war hier noch nie allein. Ich werde es lernen, mich daran gewöhnen. Am besten fange ich gleich damit an.

Der Boden knarrt unter meinen Schritten, die der Zotteltеppich, der darauf liegt, diskret dämpft. Ohne es zu merken, habe ich begonnen, Kreise zu ziehen. Das Zimmer verleitet dazu: Schrankwand, Bett, Sekretär, Tür, Schreibtisch, Wand. Kreise wie Katrin damals, als sie wußte, daß es zu spät war, als sie die letzten Versuche zu ihrer Rettung unternahm.

Man wird mit den Dingen nicht fertig, indem man sie beiseiteschiebt. Man muß durchgehen, um sie hinter sich zu bringen. Das habe ich von Anfang an gewußt. Warum nicht heute? Warum nicht jetzt?

»Denk nicht zuviel nach!« hat Nikola gesagt. Die Rädchen haben sanft und beharrlich zu schnurren begonnen. Drehen sich, greifen ineinander.

Wir haben Zeit, wir beide, Katrin. Bleib! Wir haben miteinander zu reden.

Eine bessere Stunde wird sich nicht finden.

1

»Am besten, du kommst schon am Vorabend mit dem Gepäck und verbringst die Nacht hier«, hatte Rolf gesagt. »Wir können dann am Morgen gemeinsam zur Kirche fahren.«

Ich habe noch nie in der Döblinger Villa übernachtet, es wird das erste Mal sein. Der Gedanke, diesen Abend vorzuverlegen, das ohnehin nur pro forma bestehende Ritual zu durchbrechen, war mir angenehm.

»Wir brauchen nicht miteinander zu schlafen, wenn du denkst, daß das Unglück bringt«, hatte Rolf gesagt und die Augen zusammengekniffen mit seinem jungenhaften, immer ein wenig spöttischen Lächeln. Sein Blick war nicht frei von Zärtlichkeit. Zigeunerin nennt er mich manchmal, sizilianische Bäuerin, etruskische Pythia, Mamma Leone, Studienrätin auf dem Dreifuß. Er ist unermüdlich im Erfinden von Namen, nicht nur für mich. Seine Phantasie, im Geschäftsleben notgedrungen auf Tabellen und Ziffern fixiert, macht sich privat in wilden Bocksprüngen Luft. Vielleicht war es das, was mich an ihm angezogen hat. Das und sein unglaublich gutes Aussehen. Beides zusammen macht ihn zu einem Gesellschafter von Rang.

Eine Heirat ist für eine Frau von zweiundvierzig Jahren ein Ereignis. Die Jahrzehnte scheinen sowohl bei ihr als auch beim Auserwählten/Auswählenden abzubröckeln wie altes Mauerwerk. Er ist Siegfried, Lohengrin, Stolzing, man selbst wird zur allseits bestaunten Seelenmanipulantin, zur Hüterin oder Erfinderin von Geheimrezepten.

»Hat er sich tatsächlich entschlossen? Wie hast du das fertiggebracht? Ein Mann wie er – und du, in deinem Alter? Bist du sicher, daß er nicht nur eine Köchin sucht?« Das sind noch die taktvollsten von den reichfacettierten Bemerkungen. Das mit der Köchin trifft mich nicht sonderlich: Rolf kocht selbst ausgezeichnet und gern. Die Anspielung auf Katrin schon eher: »Seine Frau ist doch erst seit so kurzer Zeit tot. Ziehst du tatsächlich in ihr Zimmer? In der Döblinger Villa? Du warst doch ihre beste Freundin. Bist du nicht abergläubisch? Ich dachte immer, du seist es. Wieso heiratet ihr überhaupt in der Kirche?«

»Wieso nicht?« hatte Rolf gesagt. »Wir sind beide frei. Magst du keine Orgelmusik? Die Döblinger Kirche hat einen aufgeschlossenen Pfarrer, soviel ich gehört habe. Wir können es mit Jazzgitarren und Schlagzeug machen. Auch mit Heurigenmusik, wenn dir das lieber ist.«

»Ich hasse Heurigenmusik.«

»Wie alles Vulgäre, Erdgebundene«, sagte Rolf. »Meine intellektuelle toskanische Kuhmagd. Sieh zu, daß du bis zur Hochzeit zwei Kilo abnimmst! Ich liebe deine Wespentaille. Keiner muß sehen, daß du erwachsene Kinder hast.«

»Jeder wird es sehen. Sie werden dabeisein.«

»Nele sieht aus wie zwölf, und Sascha geben wir als deinen Exliebhaber aus. Er soll seinen Nadelstreifanzug anziehen, das macht ihn auf sensible Weise se-

riös. Jeder wird denken, daß du ihn meinetwegen hast sitzenlassen.«
»Und du, was ziehst du an?«
»Den Cut natürlich. Denkst du, ich weiß nicht, was ich dir schuldig bin?«
Seine gute Laune steckte mich an. Der Neid meiner Umgebung trieb mich in eine Art Trotzhaltung. Warum nicht? Warum tatsächlich nicht? Rolfs Vorschlag war vernünftig, überzeugend. »Wir sind beide allein. Wir kennen einander seit beinahe zwanzig Jahren. Wir verstehen uns glänzend im Bett.«
Niemand weiß, daß ich mich an Katrins Tod schuldig fühle. Auch Rolf scheint es nicht zu wissen, oder er hat es spurlos weggesteckt. Er selbst hält sich für partiell schuldig, versteht es aber, damit fertig zu werden. Warum nicht ich? Warum ich nicht? Er heiratet ohnehin wieder, wenn nicht mich, dann eine andere. »Die Kinder wollen eine Familie. Dich kennen sie. Und ich kenne deine Kinder. Wir werden eine Großfamilie sein mit Sascha und Nele, Ronald und Daniela. Sie sind ohnehin miteinander aufgewachsen.«

Katrins Zimmer ist das schönste im Haus. Es liegt im Erdgeschoß zwischen Rolfs und Danielas Zimmer, dem Garten zugewandt, in den eine dreistufige Treppe hinunterführt. Das Gebäude ist eine alte Herrschaftsvilla. Die Rosenstöcke, die überdachten Laubengänge und die Rabatten sind über hundert Jahre alt.
Ich habe Katrin immer um dieses Zimmer beneidet. Manchmal träumte ich, ich würde darin wohnen und der Garten beginne vor meiner Tür. Immer der gleiche Traum. Er wiederholte sich in regelmäßigen Abstän-

den. Nach dem ersten Mal – es muß vor über fünfzehn Jahren gewesen sein – erzählte ich Katrin davon. Wir lachten gemeinsam.

»Das bedeutet, daß du eines Tages zu mir ziehen wirst«, sagte sie, »wenn unsere Kinder groß sind, wenn Rolf mich verlassen hat. Unsere Ehe geht ohnedies irgendwann in die Brüche. Dann bist du der einzige Mensch, den ich habe. Wir werden miteinander alt werden, in meinem Gartenzimmer.«

»Lächerlich«, antwortete ich damals, »warum sollte deine Ehe in die Brüche gehen? Das werden wir beide verhindern. Solange du Rolf liebst, wird es nicht geschehen.«

»Vielleicht, solange du deine Hände über uns hältst«, sagte Katrin. »Damit magst du recht haben. Ich verlasse mich auf dich, Frau Freud, was sollte ich sonst tun?«

Sie nannte mich »Frau Freud«, rief mich manchmal drei-, viermal am Tag an. Als es zwischen ihr und Rolf ganz schlimm wurde, etwa im fünften Jahr unserer Bekanntschaft, zog sie für ein paar Tage zu mir ins Gästezimmer, hielt meine Hand beim Einschlafen fest, die damals fünfjährige Daniela in den Arm gepreßt.

Ich war damals noch mit Ulfried verheiratet, der diesem Theater, wie er es nannte, verständnislos gegenüberstand. »Was sollen die fremden Leute im Haus? Wenn sie nicht mit ihren Problemen fertig werden, sollen sie zum Psychiater gehen. Du hast deine eigene Familie, kümmere dich lieber darum!«

Ich versuchte, mich um beides zu kümmern. Hielt am Vormittag meine Germanistikübungen an der Universität oder arbeitete an meinen Skripten, führte von meinem Zimmer im Institut aus Gespräche mit Katrins zwölfjährigem Sohn Ronald, der bei seinem Vater geblieben war, fuhr in der Pause nach Döbling, um für die beiden einzukaufen – das ungarische Krautfleisch verfertigte Rolf dann in Eigenregie –, und bemühte mich, ihnen Katrins Zustand plausibel zu machen: Sie brauche ein paar Tage Ruhe und Abstand, um sich den Auseinandersetzungen mit Rolf wieder gewachsen zu fühlen.

»Wir müssen es durchkämpfen«, sagte Rolf. »Sie muß es begreifen. Ich werde mich nicht ändern. Sie muß es akzeptieren, oder wir müssen uns trennen.«

Ich gebe zu, daß ich manchmal nahe daran war, ihm den zehnpfündigen verzinkten Leuchter, der auf dem Kaminsims prangte, um die Ohren zu schlagen. Sein Egoismus schien mir himmelschreiend, mörderisch. Katrin hatte sich damit abzufinden, daß es neben ihr andere Frauen gab, immer geben würde: junge Mädchen, denen er auf Geschäftsreisen begegnete, Sekretärinnen in den verzweigten Filialen der Firma, gelangweilte Ehefrauen der Geschäftspartner.

»Ich bin polygam«, sagte er, sein jungenhaftes Lächeln hatte wie immer einen sanften Anflug von Sarkasmus. »Was soll ich dagegen tun? Nahezu jeder Mann ist polygam veranlagt. Ich kann Treue versprechen, aber nicht halten. Vielleicht irgendwann, in zwanzig Jahren, davon bin ich sogar überzeugt. Aber jetzt wäre es lächerlich, mich darauf festnageln zu wollen. Katrin muß endlich begreifen, daß all dies nichts bedeutet. Ich liebe nur sie. Ich amüsiere mich mit einer Frau, nehme eine heiße Dusche und habe das Ganze vergessen. Es ist wie Essen oder Trinken. Wenn Katrin mich auf eheliche Treue festnagelt, bin ich in einem halben Jahr so weit, daß ich sie nicht mehr sehen kann. Denkst du, daß ihr das recht wäre? Sie muß sich klarwerden, was sie will. Wenn sie es nicht durchhält, muß sie sich von mir trennen. Versteht du? Ich kann nichts für meine Veranlagung. Ich habe mich nicht gemacht.«

Ich wußte nicht, was ich antworten sollte. Fuhr zurück zur Universität, dann nach Hause. Ulfried empfing mich vorwurfsvoll, Katrin verzweifelt. Die beiden hatten den Tag in unserer Wohnung verbracht, jeder in einem anderen Zimmer, ohne ein Wort miteinander zu sprechen. Ulfried versorgte Sascha – Nele war noch nicht geboren –, Katrin ihre Tochter Daniela. Die beiden Kinder waren auf den Tag gleich alt. Ich hatte Katrin im Wochenbett kennengelernt, aber davon wird später die Rede sein. Ulfried gab Katrin die Küche erst mit gequältem Lächeln frei, nachdem er das von mir vorgekochte Mittagessen an Sascha und sich selbst verfüttert hatte. Er erlaubte nicht, daß Sascha den Kindergarten besuchte. Da er freiberuflich tätig war – er schrieb Musik für Filme, Fernsehen, Kabarett, auch Werbung –, konnte er sich den Tag selbst einteilen und mir, die ich an feste Vorlesungszeiten gebunden war, einen Teil der Arbeit abnehmen. Mein Hinweis, daß der Kindergarten dem Jungen förderlicher wäre als ein ewig gestreßter, in Gedanken bei seiner Arbeit weilender Vater, wurde als psychologisch nicht haltbar abgelehnt: Nichts könne elterliche Fürsorge ersetzen. Daß ich meiner Tätigkeit an der Universität weiterhin nachging, sah Ulfried ungern; er hielt es im Grunde seines Herzens für Drückebergerei vor der Hausarbeit. Nur mein Hinweis, daß mein Gehalt das einzige sichere Familieneinkommen sei, hielt ihn davon ab, ein Machtwort zu sprechen und mir dieses mein ›Hobby‹ zu untersagen.

Katrin, um gutes Einvernehmen bemüht, schlug vor, Sascha in den Park mitzunehmen, damit Ulfried ein paar Stunden lang ungestört arbeiten könne. Der lehnte ab, erklärte mir später unter vier Augen den Grund: Einer Frau, die aus ihrer Ehe ausbreche und bei einer Freundin Unterschlupf suche, könne man kein Kind anvertrauen.
Katrin ging mit Daniela, ich mit Sascha. Meine Skripten blieben liegen, Ulfried komponierte. Unterwegs kaufte ich für das Abendessen ein, hörte mir Katrins Kummer an und versuchte, ihr Rolfs Botschaft zu übermitteln, so gut ich es vermochte. Ich stieß auf Ablehnung, Unverständnis, verzweifelten Zorn, als wären es meine, nicht Rolfs Bedingungen. Katrin weinte sich quer durch den Stadtpark. Ich führte die beiden Kinder mit einer Hand und umschlang mit dem anderen Arm die Schultern der schluchzenden Frau.
An der Wohnungstür wartete Ulfried, die Iriskreise seiner Augen vibrierten vor Ärger. »Wann geht sie endlich dahin, wo sie hingehört – sind wir ein Asyl für frustrierte Weiber?« Er sagte es wörtlich. »Wer bezahlt das Essen für die beiden?«
»Ich bezahle es«, sagte ich.
Ulfried war nervös, weil die Aufträge ausblieben. Ich verstand ihn, ertrug seine Gereiztheiten, versuchte zu vermitteln. Blieb in dieser Nacht bei ihm, um ihn zu beruhigen, damit Katrin bleiben konnte, hatte etwas wie einen Teilerfolg.
Am nächsten Morgen erklärte Katrin, sie gehe heim, wenn ich sie begleite. Das Dreiergespräch mit Rolf dauerte dann den halben Nachmittag. Endlich kam es zu einer Art von Einigung: Katrin würde versuchen, ihr Mißtrauen einzuschränken, Rolf wollte sich ihr zu-

liebe von der Derzeitigen, einer AUA-Hosteß, die er beim letzten Flug kennengelernt hatte, trennen. Aber keine durchsuchten Taschen, keine Kontrollanrufe. Nein. Und keine »Sitzungen« bis vier Uhr früh und keine zusammengeknüllten Hemden in der Waschmaschine, das sei die größte von allen Demütigungen. Katrin brach in einen letzten kurzen Weinkrampf aus. Bis zum nächstenmal.

»Wenn wir dich nicht hätten, Frau Freud. Unsere Ehe wäre längst im Eimer.« Katrin drückt sich manchmal etwas deftig aus.

»Sie ist so piefkisch«, sagte Rolf, »unerträglich.« (Katrin war in Dortmund geboren.) »Manchmal könnte ich sie ohrfeigen wegen ihrer Schnoddrigkeit.«

»Du hast sie geheiratet mitsamt ihrer Schnoddrigkeit«, sage ich.

»Sie hat sich mir an den Hals geworfen«, sagte Rolf, »mich mit Ronald überrumpelt. Wir waren damals in Kalifornien, beide, sie verheiratet – und bekommt plötzlich ein Kind von mir! Was sollte ich tun? Ein Ehrenmann aus Wien mit monarchistischer Vergangenheit? Ich habe bei ihrem Mann um ihre Hand angehalten. Vermutlich war er froh, sie loszuwerden. Jedenfalls hat er keinen Einwand gemacht.«

»Du bist gemein«, sagte ich. »Sie liebt dich, sie hat dich damals geliebt und liebt dich noch.«

»Ich auch«, sagte Rolf, »ich liebe sie auch. Denkst du, ich würde sonst all das ertragen, ihre Spitzeleien, ihre Eifersucht, ihre Heulszenen?«

Zu Hause wartete Ulfried, den fiebernden Sascha ans Herz gedrückt. »Das hast du davon, daß du dich um andere kümmerst. Dein Kind ist krank, und du hockst bei fremden Leuten herum, spielst Psychiater und vernachlässigst deine eigene Familie.«

»Er ist erkältet«, sagte ich und nahm Sascha in den Arm. Er hatte Schüttelfrost, weinte leise vor sich hin. Ich nahm ihn zu mir ins Bett. Aspirin, Tee. Er schlief schwitzend, rotglühend neben mir ein, ich memorierte bei gedämpften Licht die Vorlesung für den kommenden Tag. Schlich mich dann kurz weg, um mit Ulfried zu schlafen, das war seine unausgesprochene Forderung zur Wiedergutmachung. Andernfalls hätte es den folgenden Morgen Vorwürfe gehagelt, die mich an der Konzentration für die Übungen an der Universität gehindert und vermutlich für Stunden in eine ausweglose Depression getrieben hätten. Ich tat es auch für Katrin, hoffte, ihre Ehe für ein paar Wochen in Ordnung gebracht zu haben. War glücklich, am Nachmittag die Bestätigung zu erhalten.
Daheim: Sascha ging es nicht besser. Der Arzt mußte kommen. Ulfried sprach mit unterdrücktem Vorwurf in der Stimme von meiner Hobbytätigkeit, die mich gezwungen habe, mein Kind den Vormittag über allein zu lassen. Brachte mir dann mein Scheckbuch und den Kugelschreiber zur Honorierung des Arztes. Setzte sich, zwei Zimmer weiter, ans Klavier und spielte gedämpfte Schlaflieder, während ich daranging, das Abendessen zuzubereiten.

All das bedeutet keine Klage. Weder Klage noch Anklage. Es ist das Protokoll einer Ehe, die im Alltag verendet war, wie neunzig Prozent aller Ehen im Alltag verenden. Vielleicht hatte ich zu früh geheiratet. Vielleicht war der Altersunterschied zu groß. Ulfried hätte mein Vater sein können. Und er war zu spät Vater geworden. Es war Liebe gewesen, wie es fast immer Liebe ist. Man versucht diese Tatsache meist im nach-

hinein zu leugnen, abzuschwächen. Wir haben gute Jahre miteinander verbracht. Bis aus der Studentin die Assistentin geworden war, aus dem erfolgreichen Komponisten der Gelegenheitsarbeiter, wie er selbst es nannte. Mir machte die Umverteilung der Gewichte nichts aus. Aber er hat mir nicht verziehen.
Sascha war der Versuch zur Rettung gewesen: Und der Versuch schien gelungen: während der Schwangerschaft und während des Karenzjahres. Wir waren die glücklichste Familie, monatelang. Dann, als ich wieder zur Universität ging, man mir die Institutsstelle anbot, begannen die Komplikationen. Stummer, offener Protest Ulfrieds gegen meine Arbeit, versteckte Feindseligkeiten, zu Vorwürfen kompensierte Inferioritätsgefühle. Ich versuchte, mich meiner Haut zu wehren, bereitete mich für die Übungen in der Universitätsbibliothek vor, um Ulfrieds Versuchen, mich zu provozieren und meine Arbeit zu sabotieren, auszuweichen. Strafte mich damit selbst, denn die Entfernung von Ulfried bedeutete auch die Entfernung von meinem Kind, nahm Zuflucht zu einer Art von Lethargie, die mich über weite Strecken hin schützte, und taute nur auf, wenn ich mich mit Sascha befaßte, mit ihm allein war, mit ihm sprach, ihn sah, fühlte.
»Du verschließt dich vor mir«, klagte Ulfried. »Wo bist du mit deinen Gedanken? Du bist verändert, lieblos, kalt.«
Ich weiß nicht, ob ich mich je wirklich um ihn bemüht habe. Ulfried behauptete, ich hätte es nicht getan. Jedes Gespräch endete nach wenigen Minuten in Streit und wütenden Beschuldigungen. Sascha stand in seinem Laufställchen und weinte.

»Das Kind!« klagte Ulfried. »Was für ein Lebensbeginn, was für ein Elternhaus!«

Ich weinte halbe Nächte lang, begann, meinem eigenen, irreparabel scheinenden Elend den Rücken zu kehren und mich mit dem Elend meiner Freunde zu befassen. Katrin hatte Schwierigkeiten. Isabel, Christine und Edith hatten Schwierigkeiten. Ihnen zuzuhören machte es mir leichter, Ulfried entgegenzutreten, meinen Standpunkt zumindest de facto zu verteidigen. De jure hatte Ulfried sich längst und unantastbar ins Recht gesetzt: Ich hatte ihn belogen, ihm Liebe nur vorgegaukelt, was an meiner schwindenden Ambition, mit ihm ins Bett zu gehen, deutlich abzulesen war. Auch meine Bereitschaft, für ein Kind alles aufzuopfern, war nur vorgetäuscht gewesen. Ich hätte hungern oder eine Heimarbeit annehmen, neben Saschas Laufställchen Perlen auffädeln oder Lampenschirme bemalen müssen, statt jeden Morgen zur Universität zu rennen, um mich dort zu produzieren. Ich versuchte, aus meiner Situation herauszutreten wie aus einem Spiel, einem Bühnenstück, und sie von außen zu betrachten.

Die Gespräche mit Isabel, Christine, Edith und Katrin halfen mir dabei. Es gab auch Männer, die zu unserer Runde stießen. Wir trafen uns wöchentlich. Ich nahm für den Abend einen Babysitter, um Ulfrieds Vorwürfen, ich nütze seine Gutmütigkeit aus, zu begegnen. Er hatte an diesem Abend seine ebenfalls wöchentliche Zusammenkunft im Komponistenbund, war immer ein paar Minuten früher daheim als ich, entlohnte demonstrativ den Babysitter und hatte Sascha im Arm, wenn ich atemlos die Treppe hochgekeucht kam. Fragte, was an meinen »paranoiden Gesprächen« so wichtig sei, daß ich deswegen mein Kind fremden Personen überlasse. Alles, was den Bereich der Philosophie oder Psychologie berührte, fiel für ihn unter den Begriff »paranoid«, war Synonym für Anrüchigkeit, seelische Verwahrlosung, Auflehnung, Verlust des Ordnungsprinzips.

»Schau dir die Leute an, mit denen du dich umgibst! Keine intakte Ehe, kein Schimmer von Treue, Zuverlässigkeit, Respekt. Du umgibst dich mit Niedrigem, hast du keine Angst, dich zu infizieren?«

Ich brachte Sascha zu Bett, studierte unter Weinkrämpfen die Unterlagen für den folgenden Tag und versuchte Ulfried, der, ebenfalls verzweifelt, auf dem Bettrand hockte, zu trösten, was nur mit körperlichem Einsatz und Vortäuschung einiger Ekstasen zu bewerkstelligen war. Das Mitleid riß mich jedesmal in Stücke, wenn ich ihn so in sich zusammengesunken sitzen sah; er war nicht schuld, ich auch nicht. Ich prostituierte mich für den Frieden des folgenden Morgens, wenn ich Glück hatte, für den eines vollen Tages.

Hatte ich von Katrin erzählen wollen? Der Schatten Ulfrieds läßt sich schwer von der Stelle rücken. Dennoch muß ich an ihm vorbei, um zu meiner ersten Begegnung mit Katrin vorzudringen, vorbei an den Szenen, Schreiorgien, Versöhnungen und Haßtiraden, tiefer hinein in die Vergangenheit.

Es war die gute Zeit, die glückliche Zeit vor und vorübergehend nach Saschas Geburt. Das Kind, nach zwei Fehlgeburten erhofft, erwünscht, kündigte sich kurz vor Weihnachten an. Ulfried war außer sich vor Freude. Sein fünfzigstes Lebensjahr war überschrit-

ten, es war seine zweite Ehe, sein erstes Kind, das sein einziges bleiben sollte. Niemand außer uns wußte davon. Der Arzt hatte mir Bettruhe verordnet, Ulfried pflegte mich, führte den Haushalt, komponierte Wiegenlieder, schirmte mich hermetisch von der Außenwelt ab. Erzählte Freunden und Verwandten, ich hätte eine Vortragstournee ins Ausland angenommen, kehrte erst Mitte des Sommers zurück. Er brachte mich Ende des siebenten Monats in ein Privatsanatorium, wo ich auch das Bett verlassen durfte. Es war August, die Sonne brannte vom wolkenlosen Himmel, als eines Morgens, vierzehn Tage vor dem errechneten Termin, die Wehen einsetzten. Ein junger Arzt nahm mich in seine Obhut, die Hebamme sang mir Zigeunerlieder ins Ohr. Sascha ließ mir kaum Zeit zu atmen, geschweige denn zu stöhnen oder zu schreien. Er betrat die Welt vor Morgengrauen, ein kleiner Gott, rosig und rund, mit blondem Haarkranz und einem Brustpanzer aus Fettröllchen.
Ulfried empfing ihn mit allen weltlichen Ehren, zwei Männertränen fielen auf die über dem Steckkissen geballten Fäustchen. Ich ließ mir eine Brillantnadel an das Bettjäckchen heften, bürstete mir das Haar zurück, um dem Geburtshelfer zu gefallen. Vielleicht habe ich Ulfried nie vorher und nie nachher so geliebt.
Am Nachmittag, ich war kurz eingeschlafen, riß eine Schwester die Tür auf. »Sie bekommen Einquartierung. Das zweite Bett wird belegt.«
Eine Plastikliege wurde hereingeschoben. Eine Frau lag darauf, dunkel, zusammengekauert. Zwei Männer griffen zu, rollten sie auf das Bett. Sie lag auf dem Bauch, bewegungslos.

Unsere beiden Betten standen an der Längsseite des Raumes, die Fußenden dem Fenster zugekehrt. Der Kopf der Frau lag in der Verlängerung meines Bettes, durch die doppelte Gitterwand von meinen Füßen getrennt. Als sie sich aufrichtete, stemmte ich mich ebenfalls hoch. Durch die Gitterteile sah ich, wie sie die Decke von den Schultern gleiten ließ, die Arme unter das Kinn schob, das dunkle, von der Anstrengung strähnige Haar aus der Stirn strich.
»Mensch«, sagte sie, »in meinem ganzen Leben war ich noch nie so groggy wie nach diesem Kind.«
Ich hätte beinahe gelacht. Nahm mich zusammen. Die dunkle Stimme, der Ruhrpott-Akzent, vor allem aber ihre Ausdrucksweise brachen wie die markigen Töne einer Militärkapelle in das Netz aus Sphärenklängen, in das mich Saschas Menschwerdung gehüllt hatte.
»Ihr wievieltes Kind ist es?« fragte ich sie.
»Das dritte. Und bei Ihnen?«
»Das erste.«
»Da denkt man noch, man habe ein Wunder vollbracht. Wenn das Wunder dann pinkelt und brüllt, landet man ziemlich unsanft auf der Erde.«
Was für eine Frau, dachte ich, grobschlächtig und phantasielos. Hat ein Kind geboren und empfindet nichts dabei. Ich drehte mich zur Wand, versank in glückliche Phantasien. Der Schlaf der Erschöpfung zog mich in rotierende Abgründe.
Zur Besuchsstunde kam Ulfried. Wir hielten einander an der Hand. Pläne, Gespräche. Küsse. »Danke. Ich danke dir.«
Auch die Deutsche erhielt Besuch. Ein großer, gutaussehender Mann. Er begrüßte sie mit flüchtigem Kuß. Wie geht's, wie war's? Dann trat er an mein Bett, ge-

konnte Verbeugung. »Gestatten Sie, Diplomkaufmann Wegenstein. Das wievielte? Das erste? Gratuliere! Noch dazu ein Bub.« Er sprach das melodische Schönbrunnerdeutsch des Wiener Geschäftsmannes. Begrüßte Ulfried mit männlichem Händedruck, kollegialem Grinsen. Etwas in seinem Gehaben war trotz der Hemdsärmeligkeit von einer gewissen Grandezza. Er schien im Umgang mit Menschen geübt, durch Position, Witz, Erscheinung begünstigt. Küßte meine schlaff auf der Steppdecke liegende Hand, sich darüberbeugend, als klappe ein Taschenmesser zusammen. Plauderte, fragte. Wußte alles über Sascha, ehe er sich ans Bett seiner Frau zurückbemühte, mit der er ein paar wenig freundlich klingende Worte wechselte.

Mir fiel auf, daß er nicht einmal nach dem Geschlecht seines Kindes gefragt hatte.

»Es ist ein Mädchen«, hörte ich die Deutsche sagen.

»Wie soll es heißen?«

»Daniela.«

»Aber unsere Nichte heißt doch schon Daniela!«

»Und?«

Die Deutsche schwieg zustimmend oder resignierend.

»Wann kommst du hier raus? Daheim geht es drunter und drüber.«

»Ist Mama nicht bei euch?«

»Mama ist fünfundsechzig und hat Arthritis.«

»Es tut mir leid, Rolf. Ich werde zusehen, daß mich der Arzt früher entläßt.« Es klang demütig, verzweifelt, als trage sie eine Schuld.

Zwischen Ulfrieds und meine geflüsterten Zärtlichkeiten schob sich das Gespräch der beiden wie eine

Drohung: fremd, lähmend. Sie machten sich nicht einmal die Mühe, ihre Stimmen zu dämpfen. Was war zwischen ihnen vorgefallen? Wie war es möglich, daß man nach der Geburt eines Kindes so miteinander sprach? Zwischen Ulfried und mir hatte selbst bei den härtesten Auseinandersetzungen ein Rest von Liebe mitgeklungen. Im Grunde waren es Kämpfe gewesen, die unser Interesse aneinander wieder ans Licht bringen wollten. Hier schien alles auf die Vokabeln simpelster Verständigung reduziert.
Hast du Brot gekauft? Ronald bekommt ein weiches Ei zum Abendessen.
Mama hat sich bereit erklärt, uns ein Omelett zu machen.
Kein Kuß. Kein Abschied. Verbeugung, Lächeln in unsere Richtung. Servus. Kommst du morgen? Wahrscheinlich. Servus.
Dieses Wort nahm sich in der Diktion der Deutschen sonderbar künstlich aus. Wie in einer schlechten Synchronisation. Ich drückte mich an Ulfried, horchte auf den Schlag seines Herzens. Wir hatten eine Chance. Wir brauchten sie nur zu nützen.
»Bis morgen!« Sein Handkuß war nicht so perfekt wie der des Diplomkaufmanns. Ich rollte mich zur Wand, schloß die Augen, hoffte, daß die Deutsche mich nicht ansprechen würde.
»Wundern Sie sich nicht«, sagte sie mit ihrer dunklen, etwas brüchigen Stimme. Sagte es liegend, in den Raum hinein, als erwarte sie keine Antwort. »Mein Mann hat das Kind nicht gewollt.«
Ich wandte den Kopf, sah ebenfalls nach oben. Auch während des folgenden Gesprächs blickten wir einander nicht an, sondern teilten unsere Gedanken der

weißgetünchten Krankenzimmerdecke mit. Es sprach sich leicht und mühelos auf diese Weise.
»Warum hat er es nicht gewollt?«
»Wir haben schon eines. Er meint, daß es die Lebensqualität mindert. Vermutlich hat er recht. Er mußte ziemlich hart arbeiten, um nach oben zu kommen.«
Der Aspekt war neu. Ich wußte nichts zu sagen. Man konnte es auch so sehen.
»Sind Sie schockiert?«
Nein, ich war überrascht. Wieso begriff ich den Zusammenhang erst jetzt? Kind oder Auto, Kind oder Haus: hundertmal gehörte Worte, die keinen Inhalt hatten. Mutter zu werden kann ebensogut Last wie Segen sein. Kindsmörderinnen, zur Adoption freigegebene Babys, Säuglinge, in Zeitungspapier eingeschlagen, vor Kliniktüren.
»Warum sagen Sie nichts?«
»Ich begreife es nicht. Es ist doch auch sein Kind.«
Ein sprödes Lachen, von der weißgekalkten Decke zurückgeworfen. »Er wollte es nicht einmal sehen.« Tatsächlich, er hatte es sich nicht angesehen. »Es ist ein süßes dunkelhaariges Mädchen. Wenn es wieder ein Junge gewesen wäre, vielleicht hätte ihn das versöhnt.«
»Sie haben schon einen Jungen?«
»Ronald. Und eine Tochter aus erster Ehe. Sie lebt in Kalifornien. Ich mußte sie bei meiner Scheidung zurücklassen.«
»Bei ihrem Vater?«
»Ja. Wir sehen uns im Urlaub, jedes Jahr. Vierzehn Tage. Sie spricht nur Englisch. Ihr Vater ist Amerikaner.«
»Warum lebt sie nicht bei Ihnen?«

»Es wurde bei der Scheidung so abgemacht. Ich war der schuldige Teil und mußte nachgeben. Es war schlimm. Nach der Verhandlung wollte ich mir das Leben nehmen.«
»Sie haben eine Menge durchgemacht.«
»Mag sein.« Sie rollte sich zur Seite, hob kurz den Kopf.
Zwischen den Gitterstäben sah ich ihr blasses, attraktives Madonnengesicht. Mir fiel auf, daß sie ein wenig älter sein mochte als der Diplomkaufmann. Ich stützte mich auf meine Ellenbogen.
»Rede ich zuviel? Verzeihen Sie! Ich habe seit Wochen mit niemandem gesprochen. Rolf wollte nicht, daß ich aus dem Haus gehe. Vermutlich hoffte er immer noch auf eine Fehlgeburt.«
Ich lag bewegungslos, zog die Decke über meine Schultern. Antwortete erst nach ein paar Sekunden.
»Wir haben ein paar gemeinsame Tage vor uns. Es ist nicht zu vermeiden, daß wir einander kennenlernen.«
»Ich heiße Katrin. Katrin Wegenstein. In Dortmund geboren, in Kalifornien verheiratet, geschieden und wieder verheiratet. Rolf und ich hatten drüben eine Immobilienfirma. Nach der Hochzeit verkauften wir sie und zogen hierher nach Wien. Rolf ist hier geboren, seine Mutter lebt hier.«
»Ich heiße Barbara Bennent. Geboren und verheiratet in Wien.«
»Würden Sie es wieder tun?«
»Was?«
»Alles. Denselben Mann, dasselbe Leben.«
»Vermutlich.« Ich war etwas verwirrt. »Die Frage habe ich mir noch nie gestellt.«

»Ich würde. Bescheuert, wie ich bin. Ich würde auch das Kind noch einmal bekommen, obwohl es mich fast meine Ehe gekostet hat.«

»War es so schlimm?«

»Schlimmer. Er hat mich wochenlang mit Abtreibungsvorschlägen traktiert. Tag und Nacht, im guten und im bösen. Wissen Sie, was er mir versprochen hat für den Fall, daß ich einwillige? Einen Urlaub auf den Bahamas, drei Wochen in einem Bungalowhotel erster Klasse. Aber ich wollte nicht, nicht noch einmal. Diesmal wollte ich das Kind.«

»Haben Sie schon einmal abgetrieben?«

»Vor fünf Jahren. Damals bekam ich ein Saphirarmband umgeschnallt. Für das Kind, das ich vorher zur Welt gebracht hatte, habe ich nichts bekommen. Für die Abtreibung ein Saphirarmband.«

»Er wirkt so sympathisch. So locker und liebenswert.«

»Er ist es. Denken Sie, ich wäre sonst noch bei ihm? Ich hänge an ihm, das ist das Unglück. Meines, nicht seines. Er richtet es sich ein, wie er es braucht.« Sie hörte auf, gegen die Decke zu sprechen, drehte sich auf den Bauch und stützte das Kinn in die Hände.

Ich hatte mich ebenfalls aufgerichtet, sah, daß sie lächelte.

»Keine Angst. Ich werde Ihnen nicht mit meinen Eheproblemen den Nerv töten. Normalerweise mime ich, Rolfs Wunsch entsprechend, heile Welt. Ich hielt es nur für angebracht, eine Erklärung abzugeben, weil Sie seinen Auftritt als Vater miterlebt haben.«

»Ich finde Sie sehr tapfer. Ich glaube nicht, daß ich die Kraft aufgebracht hätte.«

»Sie hätten. Jede Frau hat ihre eingebauten Katastrophenreserven. Man ahnt nichts davon, bis man sie benötigt. Haben Sie Daniela gesehen? Denken Sie, ich würde sie für ein Saphirarmband hergeben oder für einen Urlaub auf den Bahamas? Nur Männer können auf derartige Gedanken verfallen. Sie haben eine grundsätzlich gestörte Beziehung zum Leben. Wenn es auf seine Grundformen reduziert ist, seiner zivilisatorischen und kulturellen Attribute beraubt, erkennen sie es nicht und wissen nicht, was sie vor sich haben.«

Ich mußte lachen. Ulfried hielt die instinktive Art, in der ich an die Dinge heranging, für Denkfaulheit oder seelische Schlamperei, gleichgültig, ob es sich um Autofahren oder den Umgang mit Studenten handelte. Er bewies mir bei jeder Gelegenheit, daß man keinesfalls so agieren könne, wie ich es tat. Etwaige Erfolge waren Zufälle, Fehler im System. Er hatte sich stellvertretend für mich auf die Geburt vorbereitet, Atemtechnik und Lockerungsübungen studiert, versucht, mir darüber Vorträge zu halten. Ich fiel ihm ins Wort, vorlaut und unkonzentriert wie immer, legte mich, als es soweit war, auf das mir liebevoll untergeschobene Plastikbett wie eine mittelalterliche Bäuerin in den Straßengraben und brachte Sascha in einer Dreiviertelstunde ohne nennenswerten Schmerz zur Welt.

»Könnte es sein, daß es Eifersucht ist? Daß er Sie nicht teilen möchte?«

Sie überlegte kurz. »Möglicherweise. Er wollte schon Ronald nicht. Es war ein ›Verkehrsunfall‹, passierte, als ich noch mit dem anderen verheiratet war. Manchmal denke ich, daß da die Wurzel liegt. Er verzeiht es mir nicht, daß er damals den Kavalier spielen mußte.«

»Sie ließen sich scheiden und haben ihn geheiratet?«
»Zwei Monate vor dem Geburtstermin. Ich stand mit dickem Bauch vor dem kalifornischen Standesbeamten, und Rolf wäre am liebsten in den Boden versunken.«
»Für den Standesbeamten war es sicher nicht das erste Mal.«
»Aber für Rolf. Er hatte immer im Sinn, eine jungfräuliche Prinzessin in weißer Seide zum Altar zu führen. Jedenfalls behauptet das seine Mutter. Sie hat ihn beinahe enterbt, als er mit mir ankam.«
»Und er?«
»Er gab ihr vollständig recht. Schließlich war ich eine Art Prostituierte: Ich hatte mich mit ihm eingelassen, als ich noch mit einem anderen Mann verheiratet war.«
Ich hätte gern nach einer Zigarette gegriffen, aber die Oberschwester hatte das in die Nachttischlade geschmuggelte Päckchen mit indifferentem Blick in ihrer Schürzentasche verschwinden lassen: »Sicherheitshalber. Wegen der Milch. Sie bekommen sie wieder, wenn Sie gehen.«
»Einen harten Job haben Sie sich da zugelegt«, sagte ich zu Katrin.
»Selber schuld«, erwiderte sie.

Wir begannen einander noch am gleichen Abend beim Vornamen zu nennen. Es gibt Freundschaften, die in den ersten Momenten entstehen, bei anderen dauert es Jahre. Brigitte Bardot, deren Intelligenz ihres Aussehens wegen permanent unterschätzt wird, hat das Wort von den vielen Farben der Freundschaft geprägt: Es gebe darin ebenso viele Stadien und Schat-

tierungen wie in einer Liebesbeziehung. Freundschaft könne Flirt sein, sadistische oder masochistische Wechselbeziehung, Abhängigkeitsverhältnis oder lebenslange Bindung.
Katrin war, psychisch gesehen, mein Typ, und ich war der ihre. Wir waren für eine Symbiose konzipiert, demzufolge schon nach einiger Zeit unentbehrlich füreinander. Ich wußte von Anfang an, daß ich der gebende, sie der nehmende Teil sein würde, aber auch, daß dies nur die scheinbare Anordnung war: Ich brauchte das sogenannte Geben ebensosehr wie sie das Nehmen. Mein Vorteil war nur, daß sie diese Tatsache bis zum letzten Augenblick nicht durchschaut hat. Sie konnte mit ihren Sorgen jederzeit zu mir kommen, und ich unterbrach jederzeit jede Tätigkeit, um ihr zuzuhören und nach bestem Wissen und Gewissen zu raten, und nach solchen Gesprächen war ich in der Lage, erfrischt und gereinigt den Faden meines eigenen desolaten Alltags wieder aufzunehmen. Ich selbst fragte nie um Rat, bat nie um Hilfe. Es war mir nicht möglich zuzugeben, daß etwas anders lief, als ich es geplant oder gehofft hatte. Von Kindheit an war ich nicht imstande gewesen, mich jemandem anzuvertrauen. Möglicherweise war dies eine Art Selbstschutz: Ich spielte die Rolle des ewigen Gewinners nicht den anderen, sondern in erster Linie mir selbst vor. Tatsächlich war die Wirkung verblüffend. Ich ertrotzte unerreichbar scheinende Dinge. Lügengeschichten, die ich erzählte, wurden wahr. Es schien, als könne ich die Dinge herbeirufen – einfach dadurch, daß ich sie für wahr hielt. Kraft erzeugt neue Kräftefelder, und so agierte ich im blinden Vertrauen auf meine Stärke am Rand von Abgründen, wo jeder andere in die Tiefe gerissen worden wäre.

Natürlich wußte niemand davon. Ich war der sprichwörtliche Fels in der Brandung, Barbara im Glück, die Adresse, an die man sich jederzeit wenden konnte. Das galt nicht nur für Katrin, sondern für alle, die zu unserer Gruppe stießen. Manchmal kam ich mir vor wie ein Psychiater: Die Freunde gaben einander die Türklinke in die Hand. Ulfried drehte durch, warf mir Egoismus, Vergnügungssucht, Vernachlässigung der Ehe und des Kindes vor. Zu Unrecht: Ich versorgte Sascha allein und tadellos, von der ersten Minute seines Lebens an. Während der »paranoiden« Gespräche lag er im Körbchen oder Gitterbettchen und schlief oder spielte. Später nahm ich ihn mit in den Park, empfing meine »Klienten«, während ich ihn beaufsichtigte und zwischendurch Skripten studierte. Meine Ehe wäre ohne all diese Gespräche schon damals längst in die Brüche gegangen.
Ich kam erst nach etwa sieben Ehejahren – wie es das Sprichwort lehrt – dahinter, daß ich mit Ulfried keinerlei Gesprächsbasis hatte. Die Verliebtheit, die funktionierende Erotik und die etwas hektische Zeit des gemeinsamen Aufbaus hatten diese Tatsache bis zur Unkenntlichkeit verschleiert. Sie trat erst zutage, als äußerlich alles im Lot war, wir uns einander hätten in Ruhe zuwenden können. Ulfried interessierte sich für Filmmusik, Eisrevuemusik, Titelsongs für Fernsehserien, Hallentennis und Hallenfußball. In seinem »gesunden Körper« wohnte eine »gesunde Seele«, die alles Anomale als abstoßend betrachtete und daher ablehnte. Ich, die ich mich schon berufsbedingt mit psychischen Labilitäten auseinanderzusetzen hatte – welche Schriftstellerbiographie weist keine pathologischen Züge auf, wie hätte man vom Tod Kleists, Rai-

munds, Hölderlins referieren können, ohne sich mit den Ursachen auseinanderzusetzen? –, ich also hatte den, wie es schien, unausrottbaren Hang, im Morast des Anomalen zu wühlen.
Die Gespräche, die ich in Gegenwart des Kindes führte, schadeten in Ulfrieds Augen diesem unzweifelhaft. Auch wenn Sascha noch keine Silbe verstehe, dringe die Aura dieser minderwertigen, weil seelisch nicht gesunden Menschen, mit denen ich mich umgab, in Saschas reine Seele ein und beunruhige ihn zutiefst, was man an seinem zeitweisen Aufschreien im Schlaf deutlich ablesen könne.
»Alle Babys schreien manchmal im Schlaf«, versuchte Katrin, Mutter von drei Kindern, Ulfried klarzumachen. Aber da sie, wie er wußte, in einer nicht heilen Ehe und daher auch in einer Art Morast lebte, war ihre Aussage, gleichgültig zu welchem Thema, nicht kompetent.

Katrin verließ die Klinik zwei Tage vor mir. Fiebernd, blaß vor Anstrengung und Angst vor den kommenden Wochen: Daheim warteten Rolf und der siebenjährige Ronald sowie eine Schwiegermutter, die von Anfang an »dagegen« gewesen war.
»Wogegen, konkret?« fragte ich.
»Gegen alles«, sagte Katrin.
Man lacht über die Figur der bösen Schwiegermutter, aber wehe der Frau, die das Unglück hat, in eine Mutter-Sohn-Ehe einzubrechen. Katrins Schwiegermutter war eine bemerkenswerte Frau. Früh Witwe geworden, genoß sie es jahrelang, für die Geliebte des Sohnes gehalten zu werden. Zweifellos war sie attraktiver als Katrin, dazu eine starke Persönlichkeit. Als Rolf

Mitte der Dreißig merkte, daß die Partnerschaft mit seiner Mutter zur Abhängigkeit zu werden begann und es ihm außerdem auf die Nerven ging, daß er seine Mädchenbekanntschaften dauernd vor ihr verheimlichen mußte, beschloß er, ein Trennungsjahr einzulegen, und nahm eine Stelle in Kalifornien an. Dort machte er sich bald selbständig und lernte auf einer Geschäftsparty die damals noch verheiratete Katrin kennen.

Natürlich fiel die fabelhafte Mama aus allen Wolken, als der Sohn mit einer um zwei Jahre älteren, frisch geschiedenen Frau plus neugeborenem Nachwuchs wieder in Europa auftauchte. Sie lud Sohn und Schwiegertochter nebst Enkelkind ein, in die Döblinger Villa zu ziehen, um die Kontrolle über Rolf nicht zu verlieren.

Rolf, froh, kein Geld in eine Wohnung investieren zu müssen, nahm in Katrins und seinem Namen an. Mit der Schwiegertochter verständigte Mama sich teils schriftlich, teils in halben, hingeworfenen Sätzen. Katrin, durch die Geburt, die Scheidung und den Abschiedsschmerz vom ersten Kind geschwächt, setzte sich nicht zur Wehr, nahm alles hin. Sie fürchtete bei der kleinsten Meinungsverschiedenheit, Rolf zu verlieren, und ihre Ehe, derentwegen sie die gesicherte Existenz, Mann und Kind in Kalifornien aufgegeben hatte, zu gefährden.

Ich glaube, daß sie in jenen Jahren den besten Teil ihrer Möglichkeiten in sich abgetötet hat. Sie wurde von Rolf und »Mother Queen«, wie er sie nannte, zum widerspruchslosen Arbeitstier umfunktioniert. Sie fügte sich Rolfs Ansichten über die natürliche Rollenverteilung, nahm zur Kenntnis, daß der Mann von Natur

polygam, die Frau monogam sei und sie mit diesem Faktum zu leben habe.
Mother Queen, ehedem eifersüchtig auf jede Bettgespielin, förderte nun, da sich Rolfs Ambitionen gegen Katrin kehrten, jeden außerhäuslichen Kontakt mit jeder Sorte von Frauen: Der arme, allzufrüh und mit Hinterlist ins Ehe- und Vaterschaftsjoch gezwungene Junge brauchte schließlich etwas Aufmunterung. Sie stellte ihre frühere Stadtwohnung als Liebesnest zur Verfügung, half bei Verabredungen mit Lügen und finanziellen Zuwendungen aus, während Katrin täglich dreimal Karotten und Kochsalat durch ein halbzerschlissenes Haarsieb passierte, weil die fertige Kindernahrung zu teuer und ein elektrisches Küchengerät unerschwinglich war. Rolf fuhr übers Wochenende im damals noch nicht abbezahlten VW-Cabrio ins »Schloßhotel Fuschl«, die Sekretärin der Baufirma, in die er eingetreten war, auf dem Beifahrersitz. Katrin schleppte Ronald über die verkehrsreiche Peter-Jordan-Straße in den Türkenschanzpark, weil Mother Queen im Garten der Döblinger Villa einen Nachmittagstee für gehobene Damen veranstaltete, bei dem Kindergeschrei gestört hätte. Für einen Kinderwagen hatte es bis dato nicht gereicht. Die Villa war verschuldet. Daß der Schein aufrechterhalten werden mußte, war eine andere Sache. Die Stadtwohnung konnte aus vielerlei Gründen nicht aufgegeben werden, außerdem waren es nur anderthalb Zimmer, deren Miete sich in Grenzen hielt. Katrin war intelligent genug, auch den zweiten der vielerlei Gründe zu erraten: Sollte es, was Mother Queen inbrünstig wünschte, zwischen ihr und Rolf zur Scheidung kommen, konnte man sie samt Ronald in die Stadtwohnung ab-

schieben, während die präsumtive Schwiegerprinzessin in weißer Seide nach der kirchlichen Trauung, die mit der Geschiedenen nicht möglich gewesen war, im Triumph in die Döblinger Villa einziehen würde.
Rolf holte Katrin also an einem regnerischen Morgen fünf Tage nach der Entbindung in der Klinik ab. Verbeugung, Handkuß an meinem Bett. Sie bleiben noch? Nun ja, ein wenig Ruhe wird Ihnen guttun. Katrin ist robust, aus deutschem Schrot und Korn, haha, im Kinderkriegen geübt. Außerdem ist jeder Tag in der Klinik eine finanzielle Belastung. Nicht, daß es uns schlecht ginge, aber wenn eine Frau es sich in den Kopf setzt, dauernd Nachwuchs in die Welt zu setzen...
Es hatte Kämpfe bis zur Erschöpfung gegeben, das erfuhr ich erst im nachhinein. Vier Jahre nach Katrins Einzug in Döbling war es zum zweitenmal »passiert«. Mother Queen war schockiert: Wieso schlief er überhaupt noch mit dieser ausgelaugten und reizlosen Person, die meuchlings in ihrer beider Leben eingedrungen war? Hatte er nicht genug erfreuliche Kontakte außer Haus, die sein Ansehen in der Kollegenschaft hoben, seine Arbeitslaune wachhielten und damit auch das häusliche Klima verbesserten, was schließlich wieder Katrin zugute kam? Was hatte sie von einem übellaunigen, frustrierten Mann? Wie es ihr gelungen war, ihn wieder ins Ehebett zu locken, wußte der Himmel. Jedenfalls war die Katastrophe da und mußte bereinigt werden, Hälschen über Köpfchen, bei einem Ungeborenen kein Anlaß zur Haarspalterei.
Katrin wehrte sich. Irgendwann hatte sie begonnen, sich mit Randreligionen zu befassen, war an eine

Sekte geraten, die Abtreibung härter verurteilte als die katholische Kirche, hatte in Séancen und Zusammenkünften etwas wie Stabilität gefunden.
»Spinnereien« nannte es Rolf, ließ sie gewähren, weil es eine willkommene Beschäftigungstherapie für sie war und ihm selbst die Freiheit gab, die er wünschte.
Katrin wollte sich von dem Kind nicht trennen, berief sich auf Eigenverantwortung, Gewissen, zuletzt sogar auf das Gesetz, das ihr zu dieser Zeit vollen Schutz geboten hätte.
Da griff Mother Queen ein. Brachte den Arzt, einen ihrer Exliebhaber, mit dickbauchiger Ledertasche bewehrt, ins Haus. Sie eröffnete Katrin, daß Rolf sie bevollmächtigt habe, sein Ultimatum zu übermitteln: Er oder das Kind. Er denke nicht daran, den sich zögernd einstellenden Wohlstand durch die Aufzucht ungewünschten Nachwuchses zu gefährden.
Rolf selbst befand sich an jenem Wochenende ausnahmsweise nicht im »Schloßhotel Fuschl«, sondern im näher gelegenen »Kronsteinhof« bei Marchegg. Von der fassungslosen Katrin um Stellungnahme gebeten, bestätigte er telefonisch die Ausführungen der Mother Queen vollinhaltlich: Er werde entweder zu einer Nichtschwangeren oder überhaupt nicht zurückkehren. Das letzte Wort hätten dann die Anwälte. Scheidungsgrund, belehrte Mother Queen Katrin, nachdem diese den Hörer aufgelegt hatte, sei ihr Vorleben. Schließlich habe sie sich schon einmal als verheiratete Frau auf eine Liebschaft eingelassen, oder wolle sie leugnen, daß Ronald auf diese Weise entstanden sei?
Katrin, die perfide Mißdeutung der Gesetzeslage nicht durchschauend, an Leib und Seele wundgesto-

ßen, stimmte nach stundenlangem Nahkampf der Unternehmung zu. Sie ließ sich auf den mit einer Plastikfolie belegten Küchentisch betten, bot die Armbeuge der Spritze dar, und wachte erst auf, als alles vorüber war. Mother Queen und der immer noch ansehnliche Medizinalrat hatten bereits ein Gläschen auf das Gelingen der kleinen Aktion geleert und geleiteten Katrin vierhändig hilfreich und schulterklopfend zu Bett. Zum erstenmal hatte Mother Queen ihr zugelächelt.

Auch Rolf lächelte, als er heimkam. Er legte ihr das Saphirarmband, das er schon vor der Abfahrt im Vertrauen auf die positive Erledigung besorgt haben mochte, um das schmale, blaugeäderte Handgelenk. Katrin weinte wochenlang um das Kind. Flüchtete in Glaubensübungen, Gebetsstunden und zu Eingeweihten der ihr nahestehenden Sekte. Bekam erst Vorwürfe, dann Trost; nahm beides dankbar an.

»Wenn ich dich damals gekannt hätte, Frau Freud«, sagte sie später manchmal, »vielleicht hätte ich es durchgestanden.«

Ich glaube es nicht. Erst Jahre später war sie bereit, sich zu stellen, den Kampf aufzunehmen, aber da war sie von sich aus so weit gekommen. Wandlungen kann ein Außenstehender nicht herbeiführen, er kann nur die manchmal kaum erkennbaren Ansätze bestätigen, stärken.

Katrin also hatte ihr Saphirarmband, Rolf seine geregelten Mahlzeiten, dazu die mütterliche plus eheliche Betreuung seiner Socken, Hemden und Taschentücher sowie einen jederzeit funktionierenden vierjährigen Sohn. Ronald wurde zu Gesprächen, Spiel, Spaziergängen angefordert, nach Beendigung abgegeben. Kindergeschrei hatte Rolf sich von Anfang an verbeten: Er war mit dem Aufbau der Abteilung beschäftigt, hatte es zum Personalchef gebracht, brauchte seinen Schlaf, seine Entspannung ebenso wie seinen Sport und die abendlichen Zerstreuungen. Schließlich war er es, der das Geld nach Hause brachte.

Die Hypothek, die sich wie ein saugender Oktopus um die Döblinger Villa gerankt hatte, begann, einzelne Fangarme zu lösen, man konnte ein wenig Atem holen. Katrin brauchte die Zubereitung eines Kuchens nicht mehr zu unterlassen, weil dazu drei Eier nötig waren, das Haushaltsgeld ihr jedoch nur eines zugestand. Sie hatte während der ersten Ehejahre tatsächlich in derartigen Größenordnungen rechnen müssen. So war eine Einladung nicht zustande gekommen, weil sich zuwenig Mehl für Pizzateig im Haus befand: Das Kapital war für Tomaten und Käse verbraucht und der Kaufmann nicht bereit, auch nur einen lächerlichen Betrag anzuschreiben. Bei Nachbarn zu borgen war verpönt, von Ehemann und Mother Queen untersagt. Katrin nahm Zuflucht zu einer schlecht konzipierten Geschichte, mimte am Telefon überfallartige Grippe – der Schein mußte gewahrt werden. Anschließend wagte sie sich tagelang nicht aus dem Haus. Rolf, der, sobald er sich daheim befand, als einziger den Telefonhörer abnehmen durfte, mußte mitfühlende Fragen, Besserungswünsche und Arzneiempfehlungen entgegennehmen. Es hagelte Vorwürfe, Sticheleien, Drohungen.

Rolfs Wochenendausflüge dauerten länger, zogen sich in die Montage und Dienstage hinein. Nach der Abtreibung war eine kurze Besserung eingetreten.

Rolf führte das Saphirarmband samt Trägerin einige Male zum Abendessen in Lokale, die er sonst nur beruflich frequentierte. Katrin wurde als Ehefrau agnosziert, von den Kellnern, die Rolf schlechtverhohlen kannten, mit beflissener Dezenz bedient.
Sie durchschaute das Manöver, und die Demütigung ließ ihr auf tönernen Füßen stehendes Selbstwertgefühl auf den Nullpunkt schrumpfen. Unter den demonstrativ zuchtvollen Blicken des Bedienungspersonals begann ihre Stimme zu flattern, auf Gesicht und Hals bildeten sich rote Flecken. Ihre zitternden Hände griffen an dargereichten Schüsseln vorbei, stießen an das frischgefüllte Rotweinglas. Der graumelierte Ober winkte, der Piccolo flog, Getränke- und Speisekellner hoben in Windeseile Gläser und Teller hoch, aber der Fleck verbreitete sich, unaufhaltsam das Damasttuch rötend, über den Rand des Tisches. Rolf war gezwungen, aufzuspringen und zwischen zusammengebissenen Zähnen sein Bedauern auszudrücken.
»Trampel!« sagte er später, als sie im noch immer nicht ganz abbezahlten VW-Cabrio die Heimfahrt zu Königsmutter und Königskind antraten. »Nicht einmal essen kann sie! Was hast du gelernt in deiner westfälischen Familienhochburg? Man muß sich genieren, mit dir in ein Lokal zu gehen.«
Katrin stimmte ihm insgeheim zu, fühlte selbst, daß sie nichts weiter war als ein in zu enges Goldlamé gepreßtes Stück Unglück. Auf dem Stoff über der rechten Brust bildete sich ein feuchter Fleck. Dergleichen kommt in solchen Fällen vor, hatte der Medizinalabtreiber gesagt, daß die Milch einschießt, eine Hormonangelegenheit. »Ekelhaft«, sagte Rolf, »eine Milchkuh. Egal, ob sie kalbt oder nicht, sie gibt Milch.« Katrin hatte an diesem Abend keine Tränen mehr.

Es kam die Zeit, da hoffte sie, daß Rolfs Wochenenden möglichst lang dauern würden, weil sie lieber um ihn als in seiner Gegenwart litt. Er konnte es nicht ausstehen, wenn sie in ihrer »Heulphase« war, schickte sie ins Badezimmer, wenn ihr im nächtlichen Ehebett ein Schluchzen entschlüpfte. Er brauchte seine Ruhe, hielt es schon für chevaleresk, daß er im Schlafzimmer neben ihrem Kaugummibusen ausharrte, statt sich ein Junggesellenlager in der Mansarde zu errichten. Später, als sie sich räumlich getrennt hatten, war es besser, zumindest für Katrin. Sie konnte nachts weinen, solange es ihr Spaß machte. Manchmal saß sie mit hochgezogenen Knien im Bett und starrte durch die Riesenscheiben hinaus in die verwilderte Gartenlandschaft, bis der Morgen aufdämmerte. Das Gartenzimmer war, wie gesagt, der schönste Raum im Haus.

Die Sekte – es war die gleiche, der Katrins Eltern in Dortmund angehört hatten – tat ein übriges. Katrin begann, etwas Boden unter den Füßen zu fühlen. Als Ronald in den Kindergarten kam, taten sich stundenweise Freizeitoasen auf. Andere Mütter traten in Katrins Gesichtskreis, wurden zu Freundinnen, genossen erst Rolfs sarkastisches Desinteresse, dann seine launige Umgänglichkeit, zuletzt seine Unwiderstehlichkeit, die, einmal in Schwung gekommen, auf vollen Touren lief, bis die Freundinnen die Seite wechselten und zu ihm überliefen, was ihnen in mancher Beziehung mehr einbrachte.

Eine blieb standhaft, wurde von Rolf von da an mit ätzenden Kommentaren bedacht, schließlich hatte Katrin den Umgang mit ihr einzustellen. Sie mußte sie heimlich treffen: Es war Nikola, die half und Katrin

den Rücken stärkte, als es nach ein paar Jahren wieder soweit war.
»Wie weit? Ich höre wohl nicht recht?« fragte Mother Queen, als ihr Katrin, von Rolf vorgeschickt – er selbst hatte nicht den Mut, sich der Inquisition zu stellen – die neuerliche Schwangerschaft gestand. »Was willst du damit beweisen, kannst du dich nicht deinem Alter entsprechend aufführen, schließlich bist du bald vierzig? Wenn du schon eine so sinnliche Person bist« – sie sagte tatsächlich: sinnliche Person –, »kannst du dann nicht die Pille schlucken, wie es die anderen tun?«
Die anderen waren Rolfs Gespielinnen. Bei keiner war etwas Derartiges je passiert, die Mädchen hatten Takt, ließ Mother Queen durchblicken. Ihr selbst war jede derartige Regung fremd, hätte auch im vorliegenden Fall wenig eingebracht.
Rolf lehnte es ab, sich zu stellen. Er wich dem Gespräch mit Mother Queen aus, machte Kururlaub in Gastein, die Skiausrüstung auf den Gepäckträger des VW-Cabrio montiert, und überließ es seiner Mutter, die Sache wie ehedem zu bereinigen. Tatsächlich war Katrins und Rolfs Ehe nach all den Jahren durchaus nicht jenes Nebeneinanderherleben, das Mother Queen vermutete oder wünschte. Nach Ausflügen im Sommerurlaub, nach Theaterbesuchen, Essen mit Geschäftsfreunden, auf deren Einladungskarten »mit Gattin« stand, sogar nach abendlichen Auseinandersetzungen ging man durchaus miteinander ins Bett; nicht allzu häufig, aber in selten durchbrochener Kontinuität. Katrins neuerliche Schwangerschaft war ein Rechenfehler. Knaus-Ogino hatte nicht funktioniert. Die Pille hatte sie unförmig gemacht, die Spirale ihr

Schmerzen bereitet. Zum Eklat kam es, als Rolf, diesmal ohne Saphirarmband – einmal war genug –, vom Kururlaub heimkehrte und erfahren mußte, daß das angesetzte Unternehmen nicht stattgefunden hatte. Katrin habe sich geweigert, erklärte Mother Queen empört. Sie habe sich wie ein idiotischer, aufsässiger Teenager im Badezimmer eingeschlossen und es erst verlassen, als der Freund und Medizinalrat gegen Mitternacht die Geduld verloren habe und unverrichteter Dinge wieder abgezogen sei. An ihr, M. Q., habe es nicht gelegen, man habe die Badezimmertür stundenlang belagert und schreiend Argumente ausgetauscht.

Von Rolf, im Nachthemd auf die ungeheizte Veranda zitiert und zur Rede gestellt, gab Katrin frostgeschüttelt, vom Schluckauf geplagt, der unweigerlich einsetzte, sobald sie sich Rolfs weißem Zorn gegenübersah, auf doppelstimmiges Befragen Unglaubliches zu Protokoll: Ja, sie wolle das Kind behalten. Diesmal kein kleiner Mord auf dem Küchentisch, Hälschen über Köpfchen, niemand könne sie zwingen, ihr Bauch gehöre ihr. Außerdem sei der dritte Monat vorüber, sie habe es diesmal sicherheitshalber erst gesagt, als die medizinisch vertretbare Frist verstrichen war.

Rolf tobte, Mother Queen erlitt eine Herzattacke.

Bei diesem Verhör hatte sich Katrin eine schwere Erkältung zugezogen, deren Folgen Bronchitis und spasmische Hustenanfälle waren. Nach jedem im ganzen Haus hörbaren Anfall eilten Rolf und die erstaunlich schnell von der Herzattacke genesene Mother Queen herbei, um festzustellen, ob der Husten nicht vielleicht zuwege gebracht habe, was Katrin dem Medizinalrat verweigert hatte.

Tatsächlich schien die Schwangerschaft durch die Anfälle gefährdet. »Ruhe«, forderte der nichtsahnende Hausarzt, »Bettruhe.« Rolf nickte süßsauer, Mother Queen bekam zwanghaftes Asthma.
Katrin war nahe daran, aufzustehen und den Haushalt zu übernehmen, der sich rund um den verständnislos nach ihr jammernden Ronald zum Chaos gewandelt hatte. Da trat Nikola auf den Plan. Wortlos und ungebeten, Rolfs Ablehnung mit eisiger Freundlichkeit parierend, übernahm sie Küche und Haus, Katrins Pflege und die Aufsicht über Ronald. Die zwei eigenen Kleinkinder überließ sie der Pflege ihres freischaffenden, brummbärenhaft-verständnisvollen Ehemannes. Sie kochte Bronchialtee und Grießbrei, saugte Staub und putzte die Panoramascheiben, wusch Ronalds Spielschürzchen und Rolfs sportiv knallfarbene Unterhosen. Nach vier Tagen war Katrin fieberfrei, nach zehn Tagen gesund – bis auf temporäre Anfälle von Übelkeit. Durch die Abmagerung während ihrer Krankheit trat die Verdickung um ihre Körpermitte nun deutlich zutage.
Als sie erstmals wieder am Frühstückstisch erschien, betrachtete Rolf sie mit kaum verhohlenem Ekel. Mother Queen führte gramzerfurcht, die Augendeckel leidvoll von violetten Lidschatten umwölkt, zwischen diversen Frühstückszigaretten Marke »Dunhill« ihr Asthma vor. Nikola lächelte Katrin zu, Katrin lächelte zurück. Rolf, der mit einer solchen Entwicklung nicht gerechnet hatte, setzte zu einem müden Ultimatum an, zog sich dann, da die Kugel offensichtlich gelaufen und eine Alternativprinzessin im Augenblick nicht greifbar war, auf die Position des auf üble Weise hintergangenen Opfers zurück: Seine Lage war nur

mit Worten zu beschreiben, vor denen er als M. Q.s wohlerzogener Einziger normalerweise zurückschreckte. Manuela würde toben, wenn sie es erfuhr. Manuela war das Begleitmädchen der letzten Wochenenden gewesen; sie war schon wegen des Telefongesprächs, das ihrer beider Doppelzimmeridylle in Marchegg gestört hatte, aufgebracht gewesen: Hatte Rolf ihr doch versprochen, sich scheiden zu lassen. Die Mädchen waren unkomplizierter, wenn man gewisse Diskussionen von vornherein ausklammerte. Schluß machen konnte man mit Hinweis auf die verweigerte Scheidung immer noch. Und natürlich hatte er ihr versichert, daß seine Ehe nur noch auf dem Papier bestehe. »Keine Spur von Intimitäten. Wo denkst du hin! Seit Jahren nicht. Ich könnte gar nicht mehr bei ihr, in meiner Ehe bin ich impotent, haha. Ich dachte schon, für mich wäre alles vorbei, erst du hast mich wieder zum Mann gemacht.«

Welche Frau glaubt solche Worte nicht, wenn sie ihr zwischen atemberaubenden Umarmungen ins Ohr geflüstert werden? Atemberaubende Umarmungen waren Rolfs Spezialität, und Manuela hatte jede Silbe geglaubt. Und jetzt das. Er stand als Lügner da, als Ehekrüppel, der sich von einer ausgedienten bundesdeutschen Hausmutter ins Bett zitieren ließ.

Er flüchtete zu einer echten Kur nach Bad Gastein, ließ Manuela nachkommen und erklärte etwas von einem möglichen Fehltritt seiner Frau, dessen mögliche Folgen man ihm möglicherweise unterschieben wolle. Manuela, hellhörig geworden, begehrte eine Aussprache mit Katrin. Rolf schob dem einen Riegel vor, indem er ihr auseinandersetzte, daß die Scheidung unter den gegenwärtigen Umständen in greifbare

Nähe gerückt sei, ein unbedachtes Einschreiten Manuelas alles verderben könne. Es komme nun darauf an, Katrin bei ihrem Fehlverhalten zu ertappen, er habe Detektive beauftragt, es sei nur noch eine Frage von Tagen, schlimmstenfalls Wochen.
Manuela wartete widerwillig, aufmüpfig, zweifelte an allem und beschloß endlich, den Dingen eigenmächtig auf den Grund zu gehen. Während eines Vormittags, an dem sie Rolf in einer Betriebskonferenz wußte, erwartete sie Katrin am Kindergartentor. Katrins Figur ließ bereits den richtigen Schluß zu. Dennoch war die Begegnung ein Schock für Manuela. Sie, die Katrin nur aus Rolfs Erzählungen und von einigen Amateurfotos kannte, sah sich nach zögerndem Erkennen und hastig vorgebrachter Frage jemandem gegenüber, dessen Persönlichkeitsbild sich in keinem Punkt mit dem bisher Geschilderten deckte. Die Frau war groß, bewegte sich gut, ihre Haltung war einwandfrei, ihr Gesicht von ruhiger, attraktiver Intelligenz, ein wenig madonnenhaft, doch keinesfalls langweilig. Auch war die Haut nicht welk, wie Rolf sie geschildert hatte, sondern glatt und makellos, wenn auch etwas blaß.
Manuela wußte im Augenblick, da sie Katrin gegenüberstand, daß Rolf sie belogen hatte: Dies war keine Frau, neben der er jahrelang herlebte, ohne sie zu berühren. Noch weniger eine, die es unternehmen würde, ihm ein Kind aus einem Abenteuer unterzuschieben. Manuela zog sich nach ein paar zusammenhanglos hervorgestoßenen Entschuldigungsworten zurück und spülte den Schock über Katrins mit natürlicher Würde getragene deformierte Taille im nächsten Pub mit einem Cognac hinunter.

Der Abend brachte Rolf eine Konfrontation, die alles übertraf, was Manuela oder eine ihrer Vorgängerinnen ihm bis dato geboten hatten. Manuela war trotz ihres spanischen Vornamens ein Kind der Wiener Vorstadt, ihr verbales Repertoire dementsprechend nuancenreich. Rolf versuchte es mit ein paar halbherzigen Ausflüchten, kam aber nicht zu Wort. Manuela forderte die geschenkte Filmkamera zurück, ebenso die Perserbrücke, die sie im Glauben an den ihr zugesicherten gemeinsamen Haushalt erworben hatte und die derzeit Rolfs Arbeitszimmer zierte, allerdings ohne ihrerseits die Rückgabe von erhaltenen Geschenken anzubieten. Rolf war mit allem einverstanden, die Diskussion fand in Manuelas Appartement statt, ein Mitarbeiter wohnte im selben Stockwerk, man kannte Rolf im Haus. Er flüchtete, die zu Versöhnungszwecken voreilig abgenommene Krawatte unordentlich um den Hals schlingend, durch das kasernenartige, nach Zwiebel duftende Stiegenhaus.

Katrin bekam die Trennung von Manuela zu fühlen. Rolf benahm sich flegelhaft, vom abendlichen Heimkommen bis zum Aufbruch am nächsten Morgen. Die Wochenenden, die er mangels eines sofort verfügbaren Ersatzes für Manuela daheim verbrachte, waren ein Inferno. Er meckerte an allem und jedem herum, auch M. Q. wurde Zielscheibe seiner schlechten Laune, gab daran wie an allem anderen Katrin die Schuld. Katrin kämpfte an zwei Fronten, an drei, wenn man den verstörten Ronald, der seine Irritation in Aggression umsetzte, dazurechnete.
»Hau ab!« sagte Nikola, Katrins Jargon freundlich imitierend. »Fahr irgendwohin! Hast du keine guten Freunde auf dem Land?«

»In Westfalen«, sagte Katrin, »das ist zu weit.«
»Wieso zu weit? Ich arrangiere dir etwas bei der Mitfahrerzentrale. Das Geld strecke ich dir vor, du kannst es mir in Englischstunden für Micky zurückzahlen.«
Katrin überlegte tagelang, nächtelang. Ein paar Wochen bei der Familie, bei Freunden aus der Schulzeit, es klang wie Sirenengesang. Wohin mit Ronald? Mitnehmen. Rolf machte keinen Einwand.
Schließlich kletterte sie mit Riesenkoffer, ein Kind an der Hand, eines im Bauch, in den Opel Olympia eines durch die Mitfahrerzentrale vermittelten Jurastudenten im fünften Semester, der, von Dortmund kommend, die Osterferien in Wien verbracht hatte. Der Wagen war klapprig und alt, jedoch abbezahlt. Der Student hieß Michael und war groß, intellektuell, blaß und bebrillt-attraktiv. Seine vom ersten Augenblick an offensichtliche Fürsorge trieb Katrin, die in solchen Dingen nicht verwöhnt war, Tränen in die Augen. Die Fahrt dauerte mit Besichtigungspausen und Herbergennächtigung zwei Tage. Michael fragte Katrin, ob sie es eilig habe. Nein, das war nicht der Fall. Die Familie konnte warten, und ihr Mann hatte kein Zeitlimit gesetzt.
Rolf war einer neuen Gefährtin auf der Spur. Die Sache ließ sich spröde an, die Neue war verheiratet, kein Appartement vorhanden, die Wegensteinsche Stadtwohnung aus Geldgründen vorübergehend an einen Auslandsgast der Firma vermietet. M. Q. hatte ihre jährliche Krankenkassenkur in Bad Gleichenberg angetreten, eine erstklassige Gelegenheit, die Annäherung in die Döblinger Villa zu verlegen. Rolf, der Hobbykoch, lud zum Abendessen bei Kerzenschein: Lachs, Sektsorbet, Huhn in Nußsauce, flambiertes

Omelett. Die Neue, Kirsten, Kunstmalerin, war beeindruckt – ließ sich noch in der gleichen Nacht in das nach Katrins Abreise frisch überzogene Ehebett tragen.
Michael begann, Katrin vorsichtig und schüchtern den Hof zu machen. Von einer abenteuernden Freundin verlassen, ein wenig einsam, ein wenig introvertiert, erschien ihm die blasse attraktive Madonna in ihrer unübersehbaren Mütterlichkeit der Inbegriff der begehrenswerten, weil zuverlässigen Frau.
Katrin wehrte verblüfft ab, glaubte an einen Scherz: »Ich bin dreißig und schwanger. Du bist verrückt.«
»Nein«, sagte Michael, »ich empfinde etwas für dich, was ich noch nie für eine Frau empfunden habe.«
»Was sollen wir damit anfangen«, fragte Katrin, »mit unseren Gefühlen? Denkst du, ich schlafe mit dir, im sechsten Monat?«
»Ich wäre glücklich«, sagte Michael, »aber wir können auch warten. Ich warte so lange, wie du willst.«
Katrin traf rosig und rund bei ihrer Familie in Dortmund ein. Michael lehnte mit grüßend erhobener Hand neben der offenen Autotür, als sie, Ronald an der Hand und den von ihrem Verehrer über die Straße getragenen Koffer zu ihren Füßen, vor dem Tor ihres Elternhauses stand.

Sie erzählte mir von Michael am dritten oder vierten Kliniktag, als wir dazu übergegangen waren, einander zu duzen. Sie hatte oft an ihn gedacht, er hatte ihr geschrieben, postlagernd, und Glück für die Geburt gewünscht. Hatte durchblicken lassen, daß er warte. Sie konnte es noch immer nicht fassen, lebte in kurzen, erstaunten Glücksaugenblicken auf, fiel dann in den Jammer der alles verschlingenden Realität zurück.

Rolf fand zu Katrins Heimkehr von der Klinik Blumen vor, fleuropverpackt.

»Von wem sind die?«

»Von einem Verehrer«, sagte Katrin.

Rolf bekam einen Lachkrampf. Er wälzte sich buchstäblich vor Lachen, M. Q. und der im Äffchenstadium befindliche Ronald wälzten sich mit.

Katrin stand dem Heiterkeitsausbruch ihrer Familie mit strikt bewahrter Fassung gegenüber, würgte die Demütigung hinunter. Vielleicht regte sich damals in ihr zum erstenmal etwas wie Trotz. Wir telefonierten noch am gleichen Tag miteinander, verabredeten uns für den übernächsten Nachmittag.

Ich war von Ulfried im Triumph heimgebracht worden. Er hatte ein Wiegenlied komponiert, spielte es dem Wundersohn zur Begrüßung vor, noch ehe ich zu Windelwechsel und Nahrungsabgabe hatte schreiten dürfen. Sascha brüllte, Ulfried mimte Verständnis, war jedoch im Kern seiner Vaterseele getroffen. Das Ringen um Saschas Zuneigung begann noch am gleichen Abend. Ich war in vielen Dingen unsicher, wandte mich an die dreifache Mutter Katrin, fragte nach mir wichtig scheinenden Details – Fütterung, Schlafgewohnheiten, Verdauung betreffend. Ulfried stand während der Telefonate neben mir, nahm jedes Wort, das aus dem Hörer zu ihm drang, gierig auf, war dennoch voll Mißbilligung, daß ich es nötig hatte, in derart selbstverständlichen Dingen um Rat zu fragen. Hatte ich keinen Mutterinstinkt? War er verkümmert über meinem intellektuellen Gehaben, den familienfeindlichen Hobbys wie Büchern und Gesprächen

mit Kollegen, denen ich mehr oder weniger hemmungslos zu frönen pflegte?
Dennoch war dies unsere beste Zeit. Ulfried bemühte sich um gutes Einvernehmen, Sascha zuliebe, ich ebenfalls. Der Erfolg blieb nicht aus. Jede kritische Gesprächswendung wurde beiderseits registriert, augenblicklich abgeschwächt, aus dem Verkehr gezogen und durch Konzilianz, Heiterkeit sowie Zärtlichkeit ersetzt. Es war ein Marsch über dünnes Eis, Hand in Hand, dennoch hielt die Decke, hielt beinahe bis zu Saschas erstem Geburtstag.
Dann war die Zeit des väterlichen Hütens, Fütterns, des Babytragens um zwei Uhr früh, des Wickelns und des Bäuerleinabwartens nach geleerter Flasche vorbei. Ulfried wurde eines Teils seiner Lebensaufgabe, in die er sich kopfüber gestürzt hatte, beraubt. Er ging dazu über, mit Sascha spazierenzufahren, aber es war nicht das gleiche, die Körpernähe fehlte, die Hilflosigkeit des Wesens, das auf ihn angewiesen war. Außerdem störte der Kinderwagen uneingestanden Ulfrieds Männlichkeit. Er war ein guter, wenn nicht idealer Vater. Vielleicht habe ich meinen schwersten Fehler ihm gegenüber begangen, indem ich ihm Sascha nicht bedingungslos überließ, seiner selbstattestierten, unbezweifelbaren Kompetenz vertraute. Jedes Gespräch, bei dem ich Katrin um Rat fragte, jede Zusammenkunft mit ihr – wir trafen uns kinderwagenbewehrt im Türkenschanzpark, auf der Schmelz, im Prater – löste bei Ulfried das Gefühl aus, beiseite geschoben und übergangen zu werden.
Ich griff zu Tricks, ersann Methoden, um ihm seine Unentbehrlichkeit vor Augen zu führen. Sagte: »Wie du neulich festgestellt hast.« Oder: »Du hattest da

eine glänzende Idee.« Tat so, als komme jeder gute Einfall von ihm, rief Katrin beim Milchholen von der Telefonzelle aus an, traf sie heimlich und machte hin und wieder eine kleine negative Bemerkung über sie. Indem ich Ulfried beruhigt wußte, hatte ich mir selbst ein wenig Ruhe erkauft.
Katrin sagte mir ein- oder zweimal, daß sie glücklich wäre, wenn sie einen Vater wie Ulfried für ihre Kinder hätte: Zuviel sei leichter zu ertragen als zuwenig. Ich mußte ihr recht geben. Rolf nahm seine Vaterschaft so gut wie nicht zur Kenntnis. Fragte nur manchmal beim Frühstück ärgerlich, was für ein Gebrüll es nachts wieder gegeben habe. Katrin hatte sich mit Baby Daniela in die Mansarde zurückgezogen. Ein Stockwerk Abstand war das mindeste, was die Familie verlangte, und in den Keller konnte man sie denn doch nicht verfrachten. Sie schleppte Plastikwanne, Fläschchen, Stöße von Windeln zwei Treppen hoch und zur Reinigung zwei Treppen abwärts, vom Badewasser, Kinderwagen und Kind selbst gar nicht zu reden.
Acht Wochen nach Danielas Geburt war Rolf wieder in festen Händen. Mit Kirsten hatte es nicht lange gedauert, ihr Ehemann war mißtrauisch geworden, nachdem Kirsten Rolfs Charakterkopf aus dem Gedächtnis skizziert und das Blatt in der ehelichen Wohnung hatte herumliegen lassen. Die nächste war Ilsebill, Austauschstudentin aus Dänemark.
»Sie werden immer jünger«, sagte Katrin. »Rolf macht sich lächerlich. Es ist mir nicht egal, ich liebe ihn immer noch.«
Sie weinte, der Kummer brachte ihren Hormonhaushalt durcheinander, sie konnte Daniela nicht mehr

stillen. Ich versuchte, Katrin zu trösten, und wies auf prächtig gediehene Flaschenkinder aus dem Bekanntenkreis hin.
»Frauengespräche«, sagte Katrin. »Du gehst in deinen Beruf zurück, und ich verblöde.«
»Wir finden etwas für dich«, sagte ich. »Könntest du nicht Bücher übersetzen? Du sprichst Englisch so gut wie Deutsch, das ist ein Kapital. Ich kenne ein paar Verlagsleute, vielleicht klappt es.«
»Wenn ich dich nicht hätte, Frau Freud«, sagte Katrin.

Sie begann sich fast unmerklich, Stück für Stück, am eigenen Schopf aus dem Sumpf zu ziehen. Zögernd, voll Angst, mit tausend Rückschlägen. Der Prozeß dauerte, alles in allem, fast zwölf Jahre. Rolf merkte nichts. Nur Mother Queen sah Katrin manchmal forschend von der Seite an. Ich, als ungeliebter Kaffeegast am Verandatisch geduldet, registrierte diese Blicke, wußte, daß sie Katrins zusehends wachsender Sicherheit galten. Sie ließ sich nicht mehr kritiklos kommandieren und wagte an guten Tagen schüchternen, aber dezidierten Widerspruch.
M. Q. zog den Sohn zu Rate, machte ihrem Ärger Luft: »Sie wächst dir über den Kopf. Merkst du nicht, wie sie sich aufführt? Du mußt ein Machtwort sprechen! Schon mir zuliebe.«
»Laß mich in Ruhe, Mama. Vertragt euch, oder prügelt euch, aber laßt mich in Ruhe!«
Rolfs Gehalt war gestiegen. Sein Sohn besuchte die französische Schule. Das nicht abbezahlte VW-Cabrio war einem nicht abbezahlten Ford Capri mit Schiebedach gewichen.
Und Rolf hatte aufgehört, mit Katrin ins Bett zu gehen.

Es wäre für alle Teile angenehmer, den folgenden Abschnitt zu überschlagen, aber damit würde die Situation verfälscht, ein Teil der Wahrheit ausgespart. Ich hatte Katrin schon ein paarmal, erst im Scherz, später im Ernst, vorgeschlagen, sich das zuzulegen, was man in dezenter Unmißverständlichkeit einen Hausfreund nennt: einen Flirt, dessen Grenzen abzustekken dann in ihrer Hand lag und der sie zumindest partiell von ihrem häuslichen Elend abgelenkt hätte. Was Rolf sich als sein Recht zugestand, mochte für sie billig sein. Sie hatte sich immer dagegen gewehrt und auf die letztlich doch funktionierende Ehe hingewiesen. Sie könne »nicht nach zwei Seiten«, Rolf werde es merken, sie sei schwerfällig, ungeschickt im Lügen, überdies schüchtern und komplexbeladen. »Eine Frau, der man jahrelang ihren Kaugummibusen und ihre Krampfadern vorhält, ist mit ihrem Selbstwertgefühl am Ende. Wieso sollte ein Mann mich begehrenswert finden?«
»Wieso nicht?« fragte ich. »Michael hat es getan, und er ist, wie du sagst, ein hübscher Junge und wesentlich jünger als du.«
»Das ist es eben. Ich würde in den Boden versinken.«
»Es gibt eine Menge netter Männer jeden Alters.«
»Du hast leicht reden. Hast du Ulfried schon einmal betrogen?«
Das Wort »betrügen« löst in vorliegendem Zusammenhang bei mir immer Aggressionen aus. Ich assoziiere damit ausschließlich die Begriffe »prellen«, »übers Ohr hauen«, »bemogeln«, »begaunern«. Im Konnex mit körperlicher Hingabe an einen Partner scheint es mir auf beschämende Weise degradierend, als kichere man im Bett gemeinsam über den nichtsah-

nenden Dritten, treibe ein frivoles Spiel, um sich auf seine Kosten zu amüsieren. Die meist verzweifelte Flucht nach vorn hat in der Realität mit dem oben geschilderten Amüsement wenig zu tun. Ich behaupte, daß neunzig Prozent aller Seitensprünge von Frauen aus völlig anderen Gründen als der vermuteten »Lust an der Freud« stattfinden. »Die Männer sind die ersten, die fremdgehen«, sagte Nikola während eines unserer »paranoiden Gespräche«, »und wenn die Frau dann aus Selbsterhaltungsgründen das gleiche tut, drehen sie durch.« Ich kenne Frauen, die aus ihrer Ehe ausbrachen, um sich wenigstens für Stunden die Illusion der Zuwendung zu schaffen, die ihnen vom Angetrauten permanent und halsstarrig verweigert wurde.

Auch von Sex soll hier die Rede sein. Aus Männerkreisen kommt seit Jahrhunderten die vom Mann nicht überprüfbare, dennoch stets wiederholte Behauptung, daß Frauen »es« im Grunde nicht brauchen. In der zivilisierten Welt scheint dies eine der meistgehätschelten Fehlmeldungen zu sein, während die unzivilisierte darauf Staatswesen, Arbeitsteilung und Familienrecht gründet. Selbst Frauen finden sich in Einzelfällen bereit, gleichlautende Absurditäten von sich zu geben. Ihre Motive sind mir schleierhaft, vielleicht haben sie im Sinn, die aufhorchende Männerwelt durch freundliche Irreführung in Sicherheit zu wiegen. Nichts erstaunte mich mehr, als in Colleen McCulloughs Dornenvögel-Roman auf die Meinung der Erzählerin zu stoßen, eine Frau könne »jahrelang ohne ›das‹ leben, ohne etwas zu vermissen«. Falls die Autorin von sich auf andere schließt, ist ihr die Tatsache der eigenen Frigidität entgangen, falls nicht, behaup-

tet sie Dinge, deren Realitätsferne ihr im stillen Kämmerlein sehr wohl bewußt sein mag, die sie aber aus unerfindlichen Gründen vor der Öffentlichkeit so und nicht anders dargestellt haben möchte.
Die Männer, mit denen ich die Ehre hatte, das Thema zu diskutieren, waren, obwohl durchaus intelligent und in sämtlichen anderen Belangen fest auf dem Boden der Tatsachen stehend, nahezu einhellig der Ansicht, daß eine Frau doch viel von ihren Emotionen im Kinderaufziehen und Haushalt abreagiere: Windelwaschen und Fensterputzen wurden als Ersatz für Sex angeboten, und meine Gegenfrage, ob man denn bereit sei, Bürostreß, Außendienst oder Fabrikarbeit ebenfalls anstelle von Sex zu akzeptieren, als fabelhafter Witz belacht.
Katrin liebte Rolf, das heißt, sie begehrte ihn. Mit ihrer etwas rüde klingenden Selbstironie hatte sie früher schon durchblicken lassen, daß Rolf, sobald er sich auf außerehelicher Pirsch befand, »daheim den Gashahn abdrehe«. Sie bedauerte das, litt darunter, es machte sie nervös, depressiv und aggressiv. Sie sagte einmal, nichts komme der Qual gleich, nächtelang neben einem Mann zu liegen, dessen Umarmung man wünsche und der sich verweigere, aus Unlust, Passivität, Phlegma oder Überdruß, möglicherweise auch aus Treue für eine andere Frau. Dies sei eine Demütigung, mit nichts zu vergleichen. »Alles in mir schreit nach ihm«, sagte Katrin. »Was soll ich tun? Ich kann ihn nicht vergewaltigen.«
»Lenk dich ab«, sagte ich. Sagte es nicht zum erstenmal.
»Ich weiß, was du meinst. Ich kann nicht. Ich bin blokkiert.«

»Das redest du dir ein. Du hast ein Recht dazu. Dein Gewissen blockiert dich. Schalte es aus! Nimm deinen Verstand zu Hilfe!«
»Mit Verstand bringe ich niemanden ins Bett«, sagte Katrin. »Nicht einmal, wenn ich es möchte.«
»Schreib Michael! Er wartet darauf.«
»Er wäre der Letzte.«
»Warum?«
Sie antwortete nicht. Ich kannte den Grund: Sie fürchtete, sich in ihn zu verlieben – hatte sich wohl schon ein wenig verliebt. Sie schrieben einander kurze Briefe. Er war klug, warmherzig, ein wenig schüchtern, was für eine Frau in Katrins Alter gefährlich war.
»Und der Arzt, der die Blume an die Windschutzscheibe gesteckt hat?«
Sie war mit dem Wagen in der Stadt gewesen, hatte am Rand der Fußgängerzone geparkt. Ein grauhaariger kleiner Herr, kultiviert, fröhlich, hatte einen Fliederzweig abgebrochen und hinter ihren Scheibenwischer geklemmt. Sie waren in ein kurzes Gespräch gekommen, Katrin kannte seine Büroadresse.
»Vielleicht.«
Katrin und ich hatten den ersten gemeinsamen Geburtstag der Kinder vereint bei mir gefeiert, im Beisein des düster vor sich hinblickenden Ulfried. Wir feierten den zweiten – die Kinder hatten sich trotz sorgenvoller Prognosen beider Väter prächtig entwickelt – ebenso vereint in der Döblinger Villa unter dem eisigen Schweigen der Mother Queen und des Hausherrn. Die beiden gaben mir die Schuld an Katrins langsamer, aber stetiger Veränderung. Sie hatte im vergangenen Jahr zwei Bücher übersetzt, der Verle-

ger, der meine Arbeiten publizierte, hatte sie damit beauftragt. Sie hatte sich von dem verdienten Geld einen Pelzmantel gekauft, anstatt es für den Haushalt zu verwenden, wie M. Q. und Rolf es gerne gesehen hätten. Rolf vermutete zu Recht, daß ich dahinterstecke, zu Unrecht, daß es eine von mir gezielt gegen ihn gerichtete Aktion sei: Ich hatte nichts gegen ihn, nur gegen seine Art, Katrin zu behandeln.

Ich erinnere mich noch genau, wann ich zum ersten Mal seine Partei ergriff. Es war anläßlich eines Geschäftsheurigen, von Rolfs Firma arrangiert. Die Veranstaltung fand in einem hübschen Weinkeller in Grinzing statt, zu später Stunde spielte die Musik auf, Bänke wurden beiseite gerückt, ein Tanzboden freigelegt, man wollte den Gästen, unter ihnen auch Deutsche, Wiens Gemütlichkeit und Laune vorführen.

Katrin, müde, nervös, depressiv – Rolf war gerade wieder in festen Händen und ließ sie das mit allen Konsequenzen fühlen –, hockte in der Ecke und puderte ihre vom Weinen gerötete Nase. Ich, auf ihren Wunsch als einzige Nichtfirmenangehörige eingeladen, versuchte sie zu beruhigen, sprach leise auf sie ein. Sie entgegnete mir wie immer in solchen Situationen in aufgebrachtem Ton, als sei ich es, die ihr Unrecht zufüge. Steigerte sich, durch meine Beschwichtigungsversuche gereizt, in einen nur mühsam kaschierten Verzweiflungsausbruch.

In diesem Augenblick begann die Kapelle eine Polka zu intonieren, ein Gast aus Deutschland trat an den Tisch und forderte Katrin mit leichter Verbeugung zum Tanzen auf.

Katrin hob mit einem Ruck den Kopf. Begriff nicht gleich, sah auf die anderen tanzenden Paare. Ihre auf-

gestaute Aggression brach sich Bahn, ergoß sich in voller Ladung über den freundlichen, in Erwartungshaltung vor ihr stehenden Firmengast: »Dieses blödsinnige Gehopse mache ich nicht mit.«
Der Deutsche sah ihr ungläubig in das verzerrte Gesicht, sein Lächeln gefror. Er verbeugte sich ein wenig steif mit hochgezogenen Schultern, sein Blick glitt zu mir hinüber, er erwog, mich aufzufordern, öffnete den Mund, klappte ihn wieder zu. Wandte sich dann um und ging, wie auf unsichtbaren Schienen laufend, auf den Kleiderständer zu. Er ergriff seinen Trenchcoat, warf ihn sich über die Schulter und verließ mit ein wenig unsicheren, dennoch raschen Schritten das Lokal.
Rolf hatte den Vorfall von der Theke aus beobachtet. Sein Gesicht war blaß, als er zum Tisch trat.
»Bist du wahnsinnig? Das ist Direktor Bruck aus Berlin. Was hast du getan?«
»Laß mich in Ruhe«, sagte Katrin. Die Tränen liefen ihr über die Wangen.
»Hol ihn zurück«, sagte Rolf. »Hol ihn zurück und entschuldige dich!«
»Hol ihn selbst zurück, wenn du willst, daß er wiederkommt«, sagte Katrin.
»Katrin«, sagte Rolf. Er war noch immer blaß, aber ruhig. »Ich weiß nicht, was vorgefallen ist, aber dieser Mann ist lebenswichtig für die Firma. Hat er dich beleidigt?«
»Er wollte mit mir tanzen«, sagte Katrin.
Rolf faßte sie am Handgelenk. »Steh auf!« sagte er. »Er kann noch nicht weit sein. Ich gehe mit dir. Ich sage ihm, daß du nervös warst, und du entschuldigst dich.«

»Laß mich los«, sagte Katrin laut. Sie schüttelte seine Hand ab, stieß ihn beiseite. »Lauf deinem Direktor nach, wenn es dir Spaß macht, aber laß mich in Ruhe!«
»Das kannst du nicht machen, Katrin«, sagte ich halblaut. »Du brüskierst ihn.«
»Er brüskiert mich«, sagte Katrin, ohne die Stimme zu senken. »Er ist heute nachmittag, nach Parfum stinkend, heimgekommen und hat sein Hemd in die Waschmaschine gestopft.«
»Das ist nicht der Ort, um Eheprobleme auszutragen.«
»Für mich ist jeder Ort gleich«, sagte Katrin. »Oder denkst du, daß es für ein ruiniertes Leben bessere und schlechtere Orte gibt?«
Sie hatte getrunken, stand schwankend auf. In ihren Augen stand ein aggressives Licht. Sie drängte sich zwischen Tisch und Bank durch.
»Wohin willst du?«
»Nach Hause«, sagte Katrin.
»Du kannst jetzt nicht gehen«, sagte Rolf.
»Ich werde dir zeigen, daß ich es kann«, sagte Katrin.
»Geh nicht«, sagte ich. Ich nahm sie um die Schulter, wandte mich mit ihr ab. Einige der Gäste hatten zu tanzen aufgehört und sahen zu uns herüber.
Katrin wischte sich mit dem Ärmel über das verquollene Gesicht.
»Laß mich los!«
»Katrin!«
»Laß mich los, verdammt. Sie sollen sehen, wer ihr fabelhafter Abteilungsleiter ist. Er ist schizophren, er hat zwei Gesichter: das strahlende für die Firma und das miese für daheim.«

Rolf hatte mit zwei Schritten Katrins Umhang vom Haken geholt, legte ihn ihr um die Schulter. »Wir gehen.«

»Bleib«, sagte ich zu ihm, »bleib bei deinen Leuten! Ich bringe sie nach Hause.«

Er streifte mich mit einem Blick. Seine Augen waren rotgerändert, sein Gesichtsausdruck glich dem eines geprügelten Hundes. »Danke, Barbara«, sagte er. »Das ist nett von dir.«

Er tat mir leid. Im Hinausgehen legte ich die Hand auf seinen Arm: »Sie ist mit den Nerven am Ende. Du mußt sie verstehen.«

»Es ist nicht das erste Mal«, sagte Rolf.

Ich verfrachtete Katrin in meinen Wagen und klemmte mich neben ihr hinter das Steuerrad.

»Fang nicht auch noch an«, sagte sie.

»Du hast unrecht.«

Sie begann zu weinen. »Warum verlangt er, daß ich mitgehe? Ich kann nicht vor seinen Geschäftsfreunden heile Welt spielen, wenn meine Welt ein Trümmerhaufen ist.«

Als wir in Döbling anlangten, war ich wieder auf ihrer Seite. M. Q., die als Babysitter fungiert hatte, saß übelgelaunt, aufrecht und frierend neben dem Ofen, den sie hatte ausgehen lassen. »Daß endlich einer von euch heimkommt! Ich habe Schüttelfrost, mir geht es elend, ich hole mir den Tod, während ihr Feste feiert.«

»Sag das deinem Sohn! Ich wollte nicht mitgehen.«

»Ein undankbares Weibsstück bist du.«

Während der Heimfahrt dachte ich flüchtig an Rolfs Bemerkung: Was war es, das nicht das erste Mal gewesen war? Ich kannte die Situation bisher aus-

schließlich aus Katrins Sicht, hatte das »audiatur et altera pars« nicht einmal in Erwägung gezogen. Wo lag die Wahrheit?
Ulfried empfing mich aufrecht im Sessel sitzend, frierend und übelgelaunt. »Warum bist du nicht schlafen gegangen?«
»Schlafen, wenn die Frau sich mit fremden Leuten herumtreibt?«

Er war unglücklich. Hatte mir tags zuvor eine stundenlange Szene gemacht, weil ich beim Friseur hatte warten müssen und eine halbe Stunde später fertig war als geplant. Er hatte nach einer Probe auf der Straße vor dem Konzerthaus gewartet. Ich sollte ihn abholen, konnte ihn aber telefonisch nicht erreichen, weil die Friseuse mich mit nassen Haaren hatte sitzenlassen – Pfingstsamstag, dreißig Kunden, drei Angestellte. Ich wußte, was mir bevorstand, hatte Fluchtgedanken, erwog, die Verspätung mit einem selbstverschuldeten Unfall zu rechtfertigen. Von nervösen Magenkrämpfen geschüttelt, beschloß ich, es noch einmal mit Vernunft zu versuchen. Wußte, daß es sinnlos war. Der Sturzbach gallenbitterer Beschimpfungen und Verdächtigungen war nicht aufzuhalten gewesen, mußte bis zum letzten Tropfen über mich ausgegossen werden.
»Du hast keinen Grund zur Eifersucht.«
Eigentliche Ursache war der Altersunterschied, mit dem spielend fertig zu werden er zu Beginn unserer Beziehung erklärt hatte. Er hatte keinen Grund zur Eifersucht – damals nicht. Erst als die sinnlosen Vorhaltungen meinen Alltag überwucherten, mir jede Sicht nahmen, jeden Gesprächsbeginn zum zitternd erwar-

teten Risiko machten, war ich frei für den Schritt aus dem Teufelskreis.
»Hast du Ulfried schon einmal betrogen?« hatte Katrin mich gefragt. Ich versuchte, ihr meine Vorbehalte gegen das Wort zu erklären. »Gab es jemanden in deinem Leben?«, fragte sie, gehorsam präzisierend. Ja, es hat ihn gegeben, zweimal, in ähnlicher Grundkonzeption und dennoch faszinierend verschieden. Beide älter als Ulfried, weniger attraktiv, wenn man das Äußere beurteilte, aber psychisch und geistig von unwiderstehlichem Format:
Magnus von Kalckreuth, Germanistenkollege aus Göttingen. Es waren immer die Kongresse, die einen einander näherbrachten, das Beisammensitzen, die Diskussionen nach dem Round-Table, die sich nach dem gemeinsamen Essen fortsetzten. Magnus und ich blieben am ersten Abend unserer Begegnung buchstäblich aneinander kleben, die Gespräche uferten aus: Um drei Uhr früh waren wir bei Böll, um fünf bei Hölderlin. Wir verfolgten bei unseren Vorlesungen ähnliche, wenn auch nicht identische Ziele. Es gab Stoff für Jahre, und ich, ausgehungert nach Denkanstößen, nach geistiger Konfrontation, verfiel Magnus' dezenter deutscher Klarsicht und seinem pädagogischen Urteilsvermögen mit Haut und Haaren.
Ein mühsames Spiel begann. Reisen nach München und Berlin, um den Anschluß an den neugewonnenen Kosmos nicht zu verlieren. Alles mußte beruflich getarnt werden. Dann, als Magnus' Frau einen meiner Briefe in seiner Jackentasche fand, kam es zum Eklat. Sie setzte sich mit Ulfried in Verbindung. Magnus erlitt einen Herzinfarkt, von dem er sich nur langsam erholte, Ulfried versuchte das gleiche, was an seiner Sportlergesundheit scheiterte.

Nach Jahren der Verlorenheit geschah es dann wieder bei einem Kongreß. Diesmal war Ulfried der Teilnehmer, ich nur Begleitperson: In New York fand ein Alban-Berg-Symposion statt. Ich flog aus Zeitgründen erst im letzten Augenblick, Ulfried, der zeitlebens kein Flugzeug bestieg, weil er die Meinung vertrat, es sei schwerer als Luft und könne daher nicht fliegen, war mit dem Schiff vorausgefahren. Der amerikanische Komponist Melvin Deverest, Stargast und Betreuer der europäischen Equipe, graumeliert, braungebrannt, dennoch ein wenig hektisch und vergrübelt, war mein Platznachbar beim Flug – acht Stunden, die Würfel fielen in endgültiger Kombination. Diesmal verband uns die Psychologie, die Gespräche waren tatsächlich paranoid und führten an den Rand der Ekstase. Ich wuchs im Erfinden von Pidgin-Wörtern über mich selbst hinaus; als mich mein Englisch verließ, war sein Deutsch glücklicherweise besser. Mel hielt sich für schizoid, war es wahrscheinlich tatsächlich. Erotik glomm zwischen Worten und Silben wie schwelendes Buschfeuer. Mel berührte meinen nackten Arm, schrie beinahe auf, folgte mir auf die Toilette im Heck des Jumbo-Jet, vergewaltigte mich beinahe zwischen Stößen von Miniseifen und Kreppapierrollen.
In N. Y. angekommen, flüchteten wir in ein Motel am Ausgang des Midtown Tunnel. Ich rief Ulfried an und erklärte etwas von versäumtem Zubringerbus und Verkehrschaos zwischen Kennedy Airport und New York. Stunden später kam ich an. Mel hatte mir eine Szene gemacht, meine sofortige Scheidung verlangt. Ulfried machte mir ebenfalls eine Szene, goß die Schale seiner Verdächtigungen über mich aus und er-

hielt schließlich die ertrotzte Antwort: »Ja, diesmal. Ja.«

Er lief im Zimmer des »Royal Manhattan« auf und ab, weinte, drohte, schrie, packte die Koffer, packte sie wieder aus, nannte mich Nymphomanin und Hure, verlangte die Scheidung, verweigerte sie, als ich zustimmte. Ich hielt ihn eine Nacht lang in den Armen, mußte mit ihm schlafen, zweimal, dreimal; es waren die ersten Vergewaltigungen in meinem Leben.

Von Sex sollte hier die Rede sein: Hunderte von Vergewaltigungen folgten der ersten. Zehntausende finden täglich allenthalben statt: gefordert und erduldet, gewaltlos und einverständlich. Männern diesen Gesichtspunkt verständlich zu machen ist ein von vornherein zum Scheitern verurteiltes Unterfangen. Sie sind von ihrer psychischen Struktur her nicht fähig zu begreifen, daß Empfindungen, die eine Frau für einen anderen als den erlaubten Mann hegt, ebensowenig mit gutem Willen und Fliedertee zu beseitigen sind wie diejenigen, die sie selbst für eine verbotene Frau hegen. Ihre Meinung, daß es bei ihnen »etwas anderes« sei, ist, seit Jahrtausenden zementiert, unausrottbar: Der Mann hätte elementare, unsteuerbare Gefühle, die auszuleben ihn seine Männlichkeit verpflichtete. Die Frau dagegen sollte ihre Empfindungen mittels eines eingebauten Druckknopfes selektieren, regulieren und – in der gewünschten Intensität – ins vorgeschriebene Bett lenken, andernfalls sie sich als Hure, Nymphomanin oder ähnliches, siehe oben, abqualifiziert.

Für Außenstehende könnte sich die Frage stellen, ob Katrins oder meine Situation die erstrebenswertere war. Daß eine die andere beneidete, liegt auf der Hand. Ich hätte viel für einige Wochen Ruhe gegeben, Katrin hätte sich gewünscht, auf ähnlich heftige Weise begehrt zu werden. Natürlich lag im Wunsch nach einem Tausch der Rollen ein Trugschluß: Das hätte beiden wieder nur die Konfrontation mit dem eigenen Elend gebracht. Ein Mann wäre kaum imstande gewesen, unserer beider Situation nachzuvollziehen, weil er weder in die eine noch in die andere je hätte geraten können. Ein Mann kann weder vergewaltigt noch moralisch oder psychisch genötigt werden: Sobald er keine Lust hat, findet simpel und punktum nichts statt. Andererseits kann er, falls er von einer Frau nicht beachtet oder links liegengelassen wird, Hunderte von Auswegen praktizieren. Vom Bitten, Werben, Drohen, von Gewalttätigkeit im häuslichen Bereich bis zum außerhäuslichen Büro-, Disko-, Bar- oder Bordellsex steht ihm jede Möglichkeit frei. Die Frau kann nur versuchen, das verlorene Terrain durch außerordentliche Gehorsamsleistungen wiederzugewinnen oder im engeren Umkreis unauffällig im trüben zu fischen, und das möglichst so, daß kein Schatten auf den ehelichen Verweigerer fällt.

»Hast du Ulfried schon einmal betrogen?«
Ich erzählte Katrin von Magnus und Mel, erwähnte die Schwierigkeiten ebenso wie die Höhenflüge.
»Das könnte ich nie«, sagte Katrin. »Rolf würde es mir anmerken, er kennt mich zu gut.«
»Keine Spur«, sagte ich. »Kein Mann merkt es, wie sollte er? Er wird begeistert sein über deine schwindenden Ambitionen, in seinem Privatleben herumzustochern, ihn zu überwachen, Vorwürfe zu produzie-

ren. Er wird deine gute Laune für die späten Früchte seiner Erziehung halten und sich selbst auf die Schulter klopfen.«

Es sollte genauso kommen, doch davon später. Zunächst soll von Katrins erstem Versuch, ihr Selbstwertgefühl zu restaurieren, gesprochen werden, der, ihrem Wunschdenken entsprechend, von atemberaubender Naivität war.

Eines Morgens – ich hatte die halbe Nacht an Saschas Bettchen zugebracht, der fieberte und meine Hand nicht losließ, und war gegen fünf Uhr früh in ohnmachtsähnlichen Schlaf gefallen – läutete das Telefon. Da Ulfried als freischaffender, gelegentlich auch nachts arbeitender Künstler vor zwölf Uhr mittags jegliche Aktivität verweigerte, tastete ich mich nach dem kalten Flur und hob den Hörer ab.

Katrins Stimme, munter und ungedämpft, schlug an mein Ohr: »Ich hab'n Liebhaber.«

»Was?«

»Einen Liebhaber. Da kuckste, wa?«

Wenn Katrin fröhlich war, forcierte sie ihren ohnehin unüberhörbaren Dortmunder Originalton. Ich verkeilte mich zwischen Kleiderablage und Türstock, um meine schlafweichen Knie abzustützen.

»Und? Wer ist es?«

»Mein Mann.«

»Bitte?«

»Mein Mann. Du hörst richtig. Gestern haben wir uns zusammengesetzt und unsere Probleme einmal in aller Ruhe auseinanderdividiert, und siehe da, es ging. Man kann im Grunde wunderbar mit ihm reden – abgesehen von allem anderen, was man wunderbar mit ihm kann. Ist das nicht eine tolle Lösung?«

»Gratuliere«, sagte ich und schleppte mich mit weichen Knien durch den Korridor zurück. Fühlte mich gefoppt und zum Gähnen gelangweilt, als ich unter die Decke kroch: Mein Schützling jagte mich um sieben Uhr früh aus dem Bett, um mir mitzuteilen, daß der säumige Ehemann sich wieder einmal auf seine Pflichten besonnen hatte. Wie lange würde der Honigmond dauern? Tage? Stunden?
»Du wirst es nie lernen«, sagte ich zu ihr bald darauf in einem Anfall von Ärger.

»Ich habe es gelernt«, verkündete Katrin wenige Wochen später.
»Wieder dein Ehemann?«
»Diesmal nicht«, sagte sie. Es klang triumphierend, dennoch ein wenig angespannt.
»Wer denn? Michael?«
»Der kleine Doktor. Ich habe ihn wieder beim Einkaufen getroffen.«
»Und?«
»Wir haben zusammen Kaffee getrunken, im ›Arabia‹. Dann haben wir uns für den nächsten Nachmittag verabredet.«
»Wo?«
»In seiner Wohnung. Seine Frau arbeitet in Vösendorf als Filialleiterin einer Fliesenfirma.«
»Willst du sagen, daß du in sein Ehebett geklettert bist?«
Von meinem Ton betroffen, nickte Katrin etwas zögernd. »Ja. Das wolltest du doch?«
»Ich wollte, daß du dich ablenkst und dir ein bißchen Freiraum schaffst. Was du dir da zurechtzimmerst, ist eine weitere Belastung. Habt ihr vor, es zu wiederholen?«

Katrin nickte, wieder zögernd. »Ich kann doch nicht mit ihm ins Hotel gehen!«

»Warum nicht?«

»Ich würde nie wagen, ihm so etwas vorzuschlagen. Außerdem glaube ich, daß er nicht gerne Geld ausgibt.«

»Aber seine Wohnung ist der denkbar schlechteste Ort. Hast du dich wohlgefühlt in seinem Ehebett?«

Katrin wandte sich ab. Ihr Gesicht war blaß. »Natürlich nicht. Es war furchtbar. Ich dachte jeden Augenblick, sie kommt nach Hause. Außerdem...«

»Außerdem was?«

»Ich weiß nicht.« Sie hob die Schultern, ließ sie wieder fallen. »Ich weiß nicht, ob es an mir liegt.«

»Ob es an dir liegt?«

»Es scheint, als ob – ich habe irgendwie den Eindruck, daß er impotent ist. Ich meine nicht, daß es ihm keinen Spaß macht. Aber er verlangt eigentlich alles von mir... und...« Sie verstummte.

»Und bleibt dir alles schuldig?«

»Ungefähr.« Sie wich meinem Blick noch immer aus.

Ich weiß nicht, warum ich plötzlich wütend wurde: Männer scheinen in diesem Punkt von einer an Skrupellosigkeit grenzenden Unbeschwertheit zu sein. Wenn sie ein Abenteuer suchen, steigen sie in ein Flugzeug, ohne im Besitz eines Motors oder auch nur der nötigen Menge Treibstoffes zu sein, und verlassen sich auf den freundlichen Aufwind, der sie vom Boden hebt. Ich habe von Männern gehört, die sich frohgemut stundenlangem »full service« überließen, ohne auch nur einen Funken von Eigeninitiative zu zeigen, und die Frau dann beim Abschied fragten, ob sie glücklich gewesen sei. Was ist dagegen zu tun? Es scheint unabänderlich zu sein.

»Was hast du? Du siehst so ärgerlich aus? Hab' ich etwas falsch gemacht?«
»Such die Schuld nicht immer bei dir!«
Hatte sie etwas falsch gemacht? Es war typisch für Katrin, sich zum unwilligen Ehemann einen impotenten Liebhaber zu suchen.
»Vielleicht ändert er sich. Du mußt Geduld haben«, sagte ich.
»Vielleicht bin ich nicht geschickt genug?«
»Wie kommst du darauf?«
»Rolf sagt es immer. Ich bin zuwenig weiblich, zuwenig weich. Ich müßte zärtlicher sein, den Mann fordern, ihn wecken.«
»Wenn du das weißt, warum tust du es nicht?«
»Ich habe keine Ahnung, wie ich es anfangen soll. Es ist nicht meine Natur. Verstehst du? Dafür gibt es kein Kochbuch, aus dem man sich ein Rezept suchen kann.«
»Katrin, entschuldige, aber wärst du bereit, über diese Dinge zu reden?«
»Reden schon. Aber ich könnte sie nicht tun. Ich weiß, woran du denkst. Aber ich kann mich nicht ändern. Es ist mir fremd. Ich finde es unangenehm und lächerlich. Ich bin, verdammt, zu normal. Wenn jemand das nicht akzeptiert, muß er es lassen.«
»Was auch geschieht – wie du siehst.«
»Verdammt, ja.«

Sie versuchte es dennoch, allerdings ohne Erfolg. Der kleine Doktor war ehegeschädigt, seine Filialleiterin hatte sich ihm jahrelang versagt, er wußte nur mehr in großen Zügen, worum es ging, und überließ der kopfscheuen und befangenen Katrin die Führung. Ihr

Selbstbewußtsein sank, ihre Depressionen stiegen. Nach ein paar Wochen war sie ein Nervenbündel, stopfte in einem Kaufhaus einen Pullover in die Tasche, ohne ihn zu bezahlen, und verließ durch den Hintereingang die Tür.

»Das ist gefährlich, Katrin. Wahnsinnig gefährlich. Wenn man dich erwischt hätte! Denk an Rolf!«

»Ich weiß.« Sie weinte.

»Warum hast du es getan?«

»Ich wollte mir etwas beweisen. Ich bin eine Null. Nicht einmal einen alten Knacker kann ich auf Trab bringen.«

»Du bist an einer unlösbaren Aufgabe gescheitert. Gib ihn auf! Je eher, desto besser.«

»Ich kann nicht. Er ist das einzige, worauf ich mich freue.«

»Du freust dich auf ihn?«

»Er mag mich. Er freut sich auf mich. Verstehst du? Da ist jemand, der sich darauf freut, mit mir ins Bett zu gehen. Wenn ich das nicht mehr habe, was habe ich dann?«

Diese masochistische Verkehrung aller Vorstellungen scheint vielen Frauen angeboren zu sein. Ich habe sie oft beobachtet, auch an mir selbst. Die mentalen Vergewaltigungen durch meinen Ehemann, die mir noch in der Erinnerung kalte Schauer über den Rücken jagen, gaben mir, sobald sie vorüber waren, das positive Empfinden, eine gute Tat vollbracht zu haben.

Katrins Freundin Christine, mit einem hoffnungslos unbegabten Liebhaber geschlagen, bekannte einmal: »Nach dem dritten Höhepunkt, den ich ihm vorspiele, glaube ich selbst daran.«

Isabel hatte zu Beginn ihrer Beziehung zu ihrem späteren Ehemann diesen im Glauben, es handle sich nur um eine flüchtige Liebschaft, um ihm Freude zu machen, wissen lassen, daß er der perfekte Liebhaber sei. Später, als Ehe und Kind folgten, konnte sie dies nie mehr widerrufen, mußte, um ihn nicht zu verletzen, immer wieder Entzücken mimen, wo sie ausschließlich Langeweile oder Ungeduld empfand. Als sie einmal, um die Sache vielleicht doch noch zu retten, ein wenig Phantasie ins Spiel brachte, richtete sich der Ehemann, wie von Drähten gezogen, im Bett auf und sagte voll ungläubigem Entsetzen: »Wer hat dir denn *das* beigebracht?« Er war von Stund an tief mißtrauisch, und die bedauernswerte Isabel mußte für den Rest ihrer Ehe gesteigerte Wonnen mimen, sobald der Beste Miene machte, sie mit der Fadesse seiner Aufmerksamkeit zu bedenken.

»Warum tut ihr das?« hatte ich Isabel gefragt, habe ich Christine und Edith gefragt, wieder und wieder. Warum tut das eine Frau?

Weil sie will, daß der Mann sich bei ihr wohlfühlt, ist die Antwort. Weil sie will, daß er sich nirgendwo mehr zu erproben braucht. Vollkommene Partnerschaft heißt für ihn, zu bekommen, was er wünscht, und dabei selbst bestätigt zu werden. Im Grunde keine üble Einstellung. Man muß gerecht sein. Was kann der Arme dafür, wenn die Frau ihm Begeisterung vormacht, wo keine ist? Wie soll er Sensibilität entwickeln, Einfühlsamkeit, Anpassungsgabe, wenn sie ihm von Anfang an versichert, alles sei wunderbar?

Schuldfragen sind nicht zu klären – sie existieren nicht. Es liegt an der Konstellation: Selbstunterschätzung und Bindungswunsch auf der einen, Beweisnot-

stand und Leistungsdruck auf der anderen Seite. Je mehr eine Frau im Bett zu empfinden vorgibt, je mehr Ekstasen sie dem Staunenden (»Ich habe gar nicht gewußt, daß ich so gut bin!«) vorgaukelt, desto höher wird sie von ihm geschätzt. Die Nachfolgerin muß die Vorangegangene in ihrem Entzücken übertreffen, sonst bleibt er mental an der Früheren hängen, kehrt vielleicht sogar zu ihr zurück. Es ist ein Circulus vitiosus. Ich glaube, daß die Dunkelziffer jener Frauen, die ihren Männern unter Hintanhaltung der eigenen Bedürfnisse vorspielen, sie seien exzellente Liebhaber, jede Schätzung übersteigt. Die Außenseiterin, die vielleicht um der Ehrlichkeit in der Partnerschaft willen Gespräche, Verständigungsmöglichkeiten sucht, vorsichtig Kreativität einbringt, ist suspekt, vermutlich schwierig, wenn nicht verklemmt. »Hände weg!« rät ein Mann dem anderen. »Die weiß nicht, was sie will. Wenn sie zu nörgeln anfangen, stimmt etwas bei ihnen nicht: Ich hatte bisher nur Frauen, bei denen es innerhalb von zwei Minuten geklappt hat.«
Dem wäre gerechtigkeitshalber entgegenzuhalten, daß dieses »Lobpreisungsprinzip« auch gegenüber den Männern nicht fair ist. Ich kenne einen Herrn der Schöpfung, der sechzig Jahre alt werden mußte, ehe ihm ein mutiger Teenager eröffnete, daß er ein miserabler Liebhaber war. Er wollte es zuerst nicht glauben, wies auf seine Erfolge bei mehreren Ehe- und sonstigen Frauen hin. Die Junge, pädagogisch ambitioniert, forderte ihn auf, die Frauen jetzt, nach entsprechendem zeitlichen und physischen Abstand, noch einmal zu befragen und auf Ehrlichkeit zu bestehen. Das Resultat war niederschmetternd.
»Warum habt ihr nichts gesagt«, weinte er sich bei einer der Verflossenen aus.

»Keine wollte dich verlieren«, war die Antwort. »Du bist reizend, erfolgreich, hast Format, bist klug, chevaleresk. Jede Frau ist stolz, dich vorweisen zu können.«
»Das ist nicht alles im Leben«, sagte der Jubilar. »Warum hat niemand versucht, mir die Tür aufzustoßen?«
»Das habe ich«, sagte die Verflossene, »vorsichtig und diplomatisch, wie ich dachte. Du hast damals ziemlich beleidigt reagiert und erklärt, es müsse an mir liegen, du hättest bisher fabelhafte Referenzen – wörtlich! Ich habe ganz schnell umgeschaltet, um den Verdacht der Frigidität wieder loszuwerden. Du hättest dir sonst vielleicht eine weniger gefühlskalte Frau gesucht.«
»Wahnsinn«, sagte der Mann, »ich habe mein Leben versäumt.«
»Das hast du vielleicht«, sagte die Verflossene. »Möglicherweise hast du das.«

Katrins kleiner Doktor also war nicht zu motivieren, zumindest nicht durch sie, wie sie meinte. Die Situation war die gleiche wie vorher, nur durch den fehlgeschlagenen Versuch noch um einen Schatten trostloser. Rolf war eine feste Bindung mit der Chefsekretärin einer Gärtnerei aus Linz eingegangen, die die Blumendekoration für das Immobilienbüro lieferte. Eines Abends tauchte Katrin bei mir auf, ohne telefonische Voranmeldung, blaß, zitternd, schweißgebadet. »Sie sind im ›Hilton‹. Du mußt mit mir hinfahren.«
»Wer ist im ›Hilton‹?«
»Rolf und die Neue. Ich habe einen Brief von ihr gefunden. Sie will ein Kind von ihm, und er scheint es

ihr nicht abgeschlagen zu haben.« Sie hatte Schüttelfrost, klammerte sich an den Türstock. »Barbara, wenn er mit ihr ein Kind bekommt, nachdem er wollte, daß ich abtreibe...«
»Wie kommst du auf diesen Unsinn? Er wird sich hüten. Er verspricht allen Frauen alles und sagt zu allem ja. Bevor es brenzlig wird, widerruft er es wieder.«
»Ich muß sie sehen. Wenn ich sie sehe, weiß ich es.«
»Du bist verrückt. Was willst du tun?«
»Ich fahre ins ›Hilton‹. Ich wollte schon alleine hin, aber ich hatte den Mut nicht. Bitte komm mit mir!«
»Setz dich für einen Augenblick!« Ich löste ihre Hände, deren Knöchel weiß hervortraten, vom Türstock.
Ulfried kam aus dem Musikzimmer, nachdem er den letzten Takt mit einer Dissonanz beendet hatte. »Was ist schon wieder los?«
»Nur ein paar Minuten. Ich habe mit Katrin zu sprechen.«
»Als ich mit dir sprechen wollte, hast du mir erklärt, daß du zu müde bist.«
Ich brachte Katrin ins Wohnzimmer. Überredete sie zu einer Tasse Tee. Versuchte, Zeit zu gewinnen.
»Woher weißt du es?«
»Ich habe gehört, wie sie sich verabredet haben. Rolf wußte nicht, daß ich im Badezimmer war. Er sprach vom Flur aus, ich habe jedes Wort gehört.«
»Hast du etwas gesagt?«
»Kein Wort. Ich konnte nicht. Ich ließ ihn weggehen und dachte, ich fahre ihm nach. Aber dann wollte ich nicht allein dort aufkreuzen.«
»Das war richtig. Es hätte nicht das geringste gebracht.«

»Ich will sie sehen.« Sie war verbohrt, starrsinnig. Wollte Augenschein, Konfrontation.
»Was versprichst du dir davon, Katrin? Es geht negativ aus, in jedem Fall. Nimm an, sie ist hübsch, dann tut es dir weh. Nimm an, sie ist durchschnittlich oder uninteressant, dann tut es dir erst recht weh. Es gibt keine positive Möglichkeit. Überleg doch selbst! Du kannst nichts gewinnen, nur verlieren.«
»Vielleicht hast du recht«, sagte sie nach einer Stunde.
Ulfried kreuzte wieder auf, er hatte sich demonstrativ in seinen Schlafrock gehüllt. »Was würde der Herr Diplomkaufmann Wegenstein sagen, wenn du um Mitternacht bei ihm in Döbling aufkreuzt?«
»Er würde sich freuen«, sagte Katrin, »und versuchen zu helfen. Sogar für den Fall, daß Sie es wären. Sie können es gern einmal versuchen.«
Es war zu diesem Zeitpunkt nicht Mitternacht gewesen, sondern neun Uhr abends. Bis Mitternacht mußte ich mir dann Ulfrieds Ausführungen über meine »rotzfreche deutsche Freundin« anhören.
»Du hast sie herausgefordert, Ulfried.«
»So eine braucht man nicht herauszufordern. Sie ist unverschämt, das ist habituell. Der Mann tut mir leid.«
»Verbünde dich mit ihm, dann könnt ihr euch gegenseitig bedauern.«
»Du sprichst schon wie sie. Nichts ist ansteckender als niedrige Gesinnung.«

Die Chefsekretärin bekam tatsächlich ein Kind. Katrin erfuhr es zwei Wochen später, wieder durch einen Brief, den Rolf hatte herumliegen lassen – wie ich vermute mit Absicht.

Sie rief mich an, mit dünner, monotoner Stimme.
»Es ist aus, Barbara. Ich kann nicht mehr.«
»Was hast du vor? Dich scheiden zu lassen?«
»Ich weiß noch nicht. Ich wollte mir das Leben nehmen. Aber was geschieht dann mit Ronald? Und Mary Rose, meine Tochter in Kalifornien, wenn sie es erfährt...«
»Ich spreche mit Rolf.«
Das war voreilig, unbedacht. Was konnte ich ihm sagen? Daß ich Lust hatte, ihn zu ohrfeigen? Tatsächlich war ich noch nie so zornig auf jemanden gewesen. Die Auseinandersetzungen mit Ulfried waren hart, aber dies war etwas anderes. Vor meinen Augen tanzten Kreise, mir war übel vor Empörung, als ich in Rolfs Firma anrief.
»Herrn Wegenstein, bitte.« Meine Stimme klang so hart, daß ich selbst erschrak. Es war ein unbedachtes, überstürztes Unterfangen. Wie kam ich dazu, ihn anzurufen, zur Rede zu stellen? Ich hatte in meiner Loyalitätspsychose nicht überlegt, einfach gehandelt. Typisch, hätte Ulfried gesagt, immer drauflos. Denken ist bei dir Glücksache. Er hielt mich für unfähig, Konsequenzen abzusehen, und hatte damit recht. Er hatte schon öfter etwas für mich korrigieren, ins Lot bringen müssen. Dies hier würde ich allein zu Ende zu bringen haben. Ich wartete zitternd, den Hörer ans Ohr gepreßt.
Rolf meldete sich.
»Ich muß mit dir sprechen«, sagte ich.
Zu meiner Überraschung stimmte er sofort zu. »Wann? Wo?«
»Heute abend.«
»Ich kenne ein Lokal«, sagte Rolf, »im ersten Bezirk, in der Walfischgasse.«

Ulfried war davon in Kenntnis zu setzen, daß ich einen Abend außer Haus verbringen würde. Ich wagte nicht, es ihm persönlich zu sagen, sondern bat die Nachbarin für eine Viertelstunde an Saschas Bett und verließ die Wohnung, kurz bevor Ulfried vom Hallentennis heimkam. Hinterließ einen Zettel. Die nachträgliche Auseinandersetzung war unvermeidlich. Die vorhergehende hatte ich mir dadurch erspart.
Rolf erwartete mich an einem reservierten Ecktisch, hatte Blumen bereitstellen lassen, erhob sich forciert elastisch, als ich an den Tisch trat.
»Unser erstes Rendezvous, Barbara.« Wir hatten bei einer der Einladungen, bei denen ich Katrins Gast war, auf ihren Wunsch Bruderschaft getrunken, flüchtig, mit Handkuß und distanziertem Lächelblick. Rolf versuchte zu scherzen, sah abgespannt, müde aus.
»Du weißt, warum ich mit dir sprechen möchte.«
»Natürlich«, sagte er. »Natürlich weiß ich das.«
»Rolf, wenn du findest, daß mich die Sache nichts angeht...«
»Nein«, sagte er, wieder zu meiner Überraschung. »Ich bin froh, wenn ich mit dir darüber sprechen kann.«
Ich drehte das Weinglas am Stiel, sekundenlang, beschloß dann, den Stier bei den Hörnern zu packen.
»Was ist wahr an der Geschichte mit dem Baby?«
»Alles«, sagte Rolf. »Bobo bekommt ein Kind. Ich habe das Attest gesehen. Dritter Monat. Sie hat mich hereingelegt. Behauptete, die Pille zu nehmen, behauptet jetzt, daß sie sie nur einmal vergessen hat.«
»Bobo?«
»Sie heißt Benedikte, Bobo ist ihr Kosename. Sie ist

dreiundzwanzig, ein nettes Mädchen. Ziemlich unerfahren. Hatte vorher irgendeinen Gärtnergehilfen in Linz, mit dem sie Schluß gemacht hat.«

»Du sagst, daß sie unerfahren ist, und gleichzeitig, daß sie dich hereingelegt hat.«

»Bei Frauen schließt eines das andere nicht aus. Sie haben einen natürlichen Instinkt, den Mann zu überfahren. Dazu brauchen sie weder Unterweisung noch Hirn.«

»Du bist verbittert, Rolf.«

»Soll ich es nicht sein? Ich versuche, mich anständig durchs Leben zu schlagen, und werde dauernd aufs Kreuz gelegt.«

»Die Frage ist, was du unter anständig verstehst.«

»Auf den Einwand habe ich gewartet. Es kommt darauf an, was man einzubringen imstande ist. Ein Schuft, der mehr gibt, als er hat. Soll ich dir etwas sagen? Katrin sollte wissen, wo der wunde Punkt liegt. Sie ist die erste, die es wissen müßte.«

»Katrin?«

»Habt ihr nie darüber gesprochen? Was hat sie dir gesagt? Und was verschwiegen?«

»Was sollte sie mir verschwiegen haben?«

»Ich wollte damals nicht heiraten«, sagte Rolf, »bei Gott, ich wollte nicht. Ich habe schlaflose Nächte verbracht. Es war mir ein schrecklicher Gedanke, mir ein Korsett anlegen zu lassen und mich nie mehr frei bewegen zu können. Ich habe es trotzdem getan. Damals dachte ich, Katrin würde es zu schätzen wissen, daß ich mich als Kavalier benommen habe und sie nicht mit dem Kind sitzenließ. Sie würde so vernünftig oder so fair sein, hin und wieder ein Auge zuzudrücken, noch dazu, da unsere Ehe ja sonst tadellos lief. Aber sie hat eine lebenslange Knebelung für mich daraus konstruiert, mit deutscher Gründlichkeit und ohne einen Funken von Humor. Denkst du, ich habe es mir leichtgemacht? Ich habe jahrelang versucht, nach ihrem Reglement zu leben, aber es gelingt mir nicht. Was hat sie davon, wenn ich einen Dressurakt an mir versuche, der letzten Endes schiefgeht? Barbara, du bist eine erwachsene Frau, wir brauchen einander nichts vorzumachen. Mit gutem Willen ist da nichts getan. Der kleine Gott läßt sich nicht befehlen, das weißt du so gut wie ich.«

Das Wort sprang mich aus dem Hinterhalt an. Schokkierend oder erheiternd oder beides.

»Entschuldige die Formulierung«, sagte Rolf. »Sie stammt von meiner Mutter. Ich fand sie immer hübsch. Zärtlich und respektvoll, wie es dem Gegenstand gebührt. Hab' ich dich verletzt?«

»Natürlich nicht«, sagte ich.

»Das starke Geschlecht«, sagte Rolf. »Hat je eine Frau versucht, hinter diese Fassade zu blicken? Letzten Endes läuft bei uns alles auf die begründete Angst hinaus, daß es eines Tages nicht mehr funktioniert. Ihr seid so begnadet, derartige Probleme nicht zu kennen. Bei euch kann nichts schiefgehen. Keine Frau wird sich je vorstellen können, was ein Mann im Augenblick des Versagens fühlt. Das ist eine Erfahrung, die man um jeden Preis vermeiden muß. Ein bißchen Abwechslung ist da oft die einzige Rettung, noch dazu, wenn die eigene Frau jede Chance rigoros unterbindet.«

»Wovon redest du, Rolf?«

»Von deiner Freundin. Von Katrin«, sagte Rolf. »Warum tut sie nicht ein bißchen das, worum ich sie

bitte? Warum rennt sie in ausgebeulten Gärtnerhosen und Holzlatschen zum Kaufmann? Man kennt mich in der Straße. Warum steckt sie nicht ihr Haar auf, wie ich es gern möchte, sondern läßt es unfrisiert herumhängen? Warum rasiert sie sich nicht die Beine und die Achselhöhlen? Jeder Mann möchte ein bißchen stolz auf seine Frau sein, sie auch dann herzeigen können, wenn sie nicht gerade frisch zurechtgemacht zum Abendessen oder ins Theater geht. Wenn ich nach einem Arbeitstag aus dem Geschäft heimkomme, hat sie immer noch denselben Schlafrock an wie am Morgen. Ist das nötig? Warum kann sie nicht ein paar Tropfen Parfum nehmen, wenn sie weiß, daß ich das gern möchte? Ich kaufe ihr welches, zu allen Festen, die Flaschen stehen ungeöffnet herum, weil sie findet, es habe sowieso keinen Zweck, ich solle sie lieber meinen Betthäschen schenken. Was ist das für eine Alternative? Ich liebe nun einmal ein bißchen Luxus an einer Frau, ich bin es gewohnt. Meine Mutter war eine attraktive, gepflegte und sehr körperbewußte Frau. Ich liebe das, was soll ich tun? Ich bin auf diese Dinge fixiert. Ich möchte dein Feingefühl nicht verletzen, aber bei mir spielt sich einfach nichts ab, wenn ich nicht das bißchen Ambiente habe, das ich mir wünsche.«
Er hatte sich vorgebeugt. Sein Gesicht war dicht vor mir. Blaß, angestrengt, eine Haarsträhne fiel ihm in die Stirn. Ich mußte wieder denken, wie unglaublich gut er aussah. Lohnte es sich nicht, seinetwegen ein paar Konzessionen zu machen? Von seinem Standpunkt aus war er zu verstehen: Man konnte es auch so sehen.
»Hast du etwas gesagt?«

»Man kann es auch so sehen«, sagte ich.
»Wie hast du es bisher gesehen?«
Es waren die gleichen Aussagen, manche davon wortgetreu. Woran lag es, daß das Bild sich verschob?
»Auch das«, sagte Rolf. Ich schien ein paar Sätze überhört zu haben. »Es liegt mir nicht, mich zu rechtfertigen oder den Ankläger zu spielen. Aber du könntest ihr helfen. Sie hört auf dich. Du könntest uns helfen. Ich wollte die Kinder nicht. Das ist es, was sie bis heute nicht begriffen hat. Ich wollte sie nicht. Sie setzt gegen meinen Willen Kinder in die Welt und ist dann beleidigt, wenn ich mich nicht dafür aufopfere. Ich wollte mein erstes Kind mit vierzig. Sie hat meinen Lebensplan durchkreuzt. Schön. Ich habe es hingenommen. Aber warum beschwert sie sich? Ich bin es, der auf allen Linien hat nachgeben müssen. Auch ihre Härte nehme ich seit Jahren hin. Wenn wir eine Meinungsverschiedenheit haben, denkst du, daß sie jemals den Versuch zur Versöhnung macht? Immer bin ich es, der einlenken muß. Sie schweigt vierzehn Tage lang, sie läßt es darauf ankommen. Ich liebe an einer Frau das Weiche und Anschmiegsame – und verdammt, ich kann es überall bekommen, nur nicht bei ihr.«
Ich kam mir lächerlich vor. Blockiert, entwaffnet. Suchte nach einer Entgegnung. Fand keine.
»Laß«, sagte Rolf. »Ich wollte mich nur einmal verständlich machen. Für den Augenblick bringt es nichts. Bobo will, daß ich mich scheiden lasse. Und sie wird ihr Ziel mit Nägeln und Zähnen verfolgen.«
»Und du?«
»Wo denkst du hin? Ich liebe Katrin.«
Er sagte die Wahrheit. Aber sie würde sie nicht glauben. Nicht verstehen.

»Könntest du nicht mit ihr sprechen, Barbara?«
»Mit Katrin?«
»Mit Bobo.«
Ich glaubte, mich verhört zu haben. »Wie kommst du darauf?«
»Weil du neutral bist. Bei dir kann ein Gespräch nicht zu emotional werden. Du hast mit der Sache selbst nichts zu tun. Wenn ich es versuche oder Katrin...«
»Wieso Katrin?«
»Sie hat es vor. Wenn du es nicht tust, wird sie es tun. Und dann sehe ich keine Chance. Du kennst sie. Die Fronten sind verhärtet, auf beiden Seiten. Es würden Wunden geschlagen, die nicht mehr zu heilen sind.«
»Sag ihr das! Sprich mit ihr darüber!«
»Das habe ich getan. Sie sucht die Konfrontation. Sie kann nicht untätig zusehen, es ist gegen ihre Natur.«
Das stimmte. Zwei Wochen vorher hatte sie ihn im ›Hilton‹ zur Rede stellen wollen. Inzwischen war sie noch entschlossener, verzweifelter.
»Es werden irreparable Dinge geschehen. Was ich sagen will ist, daß damit unsere Ehe höchstwahrscheinlich beendet ist.«
Ulfrieds Gesicht tauchte aus dem Dunkel der Wanddraperie auf. Lächelnd, mit vibrierenden Iriskreisen: Hörst du? Es geschieht dir recht. Wenn du dich um deine eigenen Angelegenheiten gekümmert hättest...
»Ich kann das nicht machen, Rolf«, sagte ich.
»Das habe ich befürchtet.« Er hob die Schultern, ließ sie wieder fallen. »Natürlich verstehe ich dich. Es ist eine Zumutung. Ich hätte dich auch nicht gefragt, wenn ich nicht wüßte, daß es definitiv der einzige Ausweg ist.«

»Entschuldige, aber ist Katrin derselben Meinung?«
»Du weißt, was sie von dir hält. Ich muß zugeben, daß ich jahrelang vor Eifersucht auf dich fast zersprungen bin. Barbara, die alles wußte, die alles konnte und alles verstand. Ich habe dich zum Teufel gewünscht, mehr als einmal. Aber für Katrin warst du immer eine gute Freundin. Wenn sie sich heute gegen meine Mutter durchsetzt, ist es dein Verdienst.«
»Setzt sie sich durch?«
»Du würdest dich wundern.« Er lächelte flüchtig, sein Gesicht blieb angespannt. »Der hysterische Anfall, den sie vor einem Jahr produziert hat, war höchst beeindruckend. Ich nehme an, du hast ihn mit ihr einstudiert?«
Das hatte ich tatsächlich. Ich hatte ihr geraten, wenn M. Q. wieder anfangen würde, sie mit ätzenden Bemerkungen zu bedenken, solle sie ein paar Teller zerschlagen und schreiend zusammenbrechen. M. Q. war von Katrins »Anfall« so schockiert gewesen, daß seither tatsächlich etwas wie Ruhe herrschte.
»Hat deine Mutter es übelgenommen?«
»Ja«, sagte Rolf, »mir. Sie fand, ich hätte sie im Stich gelassen. Seither hat sich unsere Beziehung nie wieder eingerenkt.« Davon hatte Katrin nichts gesagt. Vielleicht wußte sie es nicht.
»Ist das schlimm für dich? Tut es dir leid?«
»Eine sehr persönliche Frage, Frau Freud«, sagte Rolf. »Hin und wieder denke ich darüber nach. Aber irgendwann muß sich jeder Mann zwischen Frau und Mutter entscheiden. Bei mir war es, objektiv gesehen, höchste Zeit.«
Das war ehrlich. Ich schwieg überrascht. Woher wußte er, wie Katrin mich nannte? Im Aufblicken be-

gegnete ich seinem flüchtigen Grinsen, mit dem er meine unausgesprochene Frage beantwortete: »Wir haben keine Geheimnisse voreinander. Fast keine.«

Jetzt sitzt du da, mit deiner nahezu unlösbaren Aufgabe. Bobo bekommt ein Kind. Was geht es dich an? Was geht dich Bobos Kind an? Was ist, wenn sie dich dasselbe fragt: Was wollen Sie von mir? Was geht Sie mein Kind an? – Es ist auch Rolfs Kind, und Rolf ist der Mann meiner Freundin. – Und Sie, wer sind Sie? Ich nehme alles zurück, Ulfried: Ich hätte mich um meine eigenen Angelegenheiten kümmern sollen. Von Anfang an. Du hattest recht, wie immer. Was soll ich tun?

»Was wirst du tun?«

»Ich kann sie nicht anrufen und sagen: ›Hören Sie, Bobo, ich möchte mit Ihnen über Ihr Kind sprechen!‹«

»Das werde ich tun. Ich werde ihr sagen, daß du eine gute Freundin bist. Sie wird für jedes Gespräch dankbar sein. Sie will die Konfrontation ebenso wie Katrin. Aber wenn ich die beiden aufeinander loslasse...«

»Wenn du meinst«, sagte ich.

Ulfried empfing mich voll Güte und Nachsicht. Entschuldigte mein spätes Heimkommen wortlos, zeigte mir das Tellerchen, von dem Sascha Möhrchen und Kartoffelbrei, beides von ihm zubereitet, gegessen hatte. Später stellte sich heraus, daß er eine Steuernachzahlung übersehen hatte, die innerhalb der nächsten acht Tage zu begleichen war. Ich brachte ihm mein Scheckbuch ans Bett, in dem er wegen eines Schwächeanfalls lag; die Sache hatte ihn sehr aufgeregt. Der nachfolgende Dankbarkeitsakt beschloß den Tag.

Gegen Mitternacht rief Katrin an. »Willst du es wirklich tun?«
»Ich werde es versuchen.«
»Wenn wir dich nicht hätten!«

Bobo war adrett, aufgeregt, lavendelseifengepflegt und entschlossen. Ihre Kostümbluse gab den Blick auf ein appetitliches Dekolleté frei. Alles an ihr war rosig, straff und fruchtbar. Sie umklammerte die Kuverttasche mit gepflegten Kinderhänden.
»Glauben Sie nicht, daß ich mir etwas ausreden lasse.«
»Darauf wäre ich nie gekommen.«
Wir sprachen drei Stunden lang. Ich erklärte ihr Rolfs Beziehung zu Katrin. Sie pochte auf seine Versprechungen.
»Er wird sie nicht halten.«
»Ich nehme mir einen Anwalt. Ich bringe ihn vor Gericht.«
»Alles, was Sie erreichen können, ist, daß er seiner Unterhaltspflicht nachkommt. Das wird er auch freiwillig tun.«
»Aber er hat mir die Ehe versprochen.«
»Das Versprechen eines verheirateten Mannes hat keinerlei Gültigkeit. Eine aufrechterhaltene Ehe ist ein gesetzliches Hindernis für jede neue Heirat.«
»Ich bekomme ein Kind.«
»Seine Frau *hat* zwei Kinder. Denken Sie, das Gericht würde in diesem Fall für Sie entscheiden?«
»Ich mache ihn in seiner Firma unmöglich. Ich werde...« Sie weinte plötzlich. Sank in sich zusammen. »Ich werde nichts von allem tun. Ich liebe ihn. Ich kann ohne ihn nicht leben.«

Worte. Wenn sie Inhalt bekommen, kann es gefährlich werden. Bobo, die ihren lächerlichen Kosenamen mit der Überzeugung der Unverletzbarkeit trug, rannte blind durch die Trümmer ihrer Hoffnung.
»Er ist alles für mich. Er ist der erste, der es wert war. – Wenn er mich fallenläßt, bin ich nichts. – Ich habe alles auf ihn gebaut. Meine Welt stürzt ein.«
Worte. Gegen eine Wand geschleudert. Er hört dich nicht, hat eine Vertretung entsandt.
»Helfen Sie mir, um Gottes willen! Was soll ich tun?«
Helfen. Ich war nahe daran, die Flucht zu ergreifen. Wo war Katrin? Sie hätte es leichter gehabt, sie war Partei. Gratuliere! hörte ich Ulfrieds Stimme. Eine neue Klientin, du machst dich. Hoffentlich lohnt es sich, der Zeitaufwand ist nicht unerheblich.
»Hören Sie, Fräulein ...«
»Benedikte.«
»Benedikte. Ich bringe Sie nach Hause. Wir können morgen weitersprechen.«
»Lassen Sie mich nicht allein!«
»Aber ich muß zu meiner Familie. Ich habe ein Kind.«
Verdammt. Daran ist Ulfried schuld. Ich nehme das zitternde Bündel um die Schultern. Sie wimmert leise vor sich hin: »Bitte. Bitte. Bitte.«
Worum bittet sie mich? Um Rolf?
»Ich nehme mir das Leben.«
Ulfried war schon eingeschlafen. Ich hatte Bobo am Handgelenk die Treppen hochgezerrt, durch die Wohnungstür gestoßen, bugsierte sie über das knarrende Parkett in das Gästezimmer, warf ihr im Dunkeln das Bettzeug durch die halboffene Tür zu.
»Danke.«

Ich war müde, zornig, ausgelaugt. Stellte den Wecker auf sechs, ehe ich einschlief: Sie mußte aus der Wohnung sein, ehe Ulfried seinen morgendlichen Toilettengang antrat. Um fünf Uhr früh hörte ich Türenknarren, Schritte. Ich taumelte aus dem Bett. Im Korridor stand Bobo, barfuß, in Ulfrieds Morgenmantel, mit rotverschwollenem Gesicht.

»Ich kann nicht rechnen.«

»Wozu um Himmels willen wollen Sie jetzt rechnen?«

»Ich war mit einem Burschen befreundet, bevor ich Rolf kennenlernte.«

»Mit dem Gärtner aus Linz?«

Sie wunderte sich nicht.

»Was ist mit ihm?«

»Er würde mich vielleicht wieder nehmen. Er hat mich gern. Wenn er nicht wüßte... wenn er glauben könnte... Meinen Sie, daß so etwas geht? Daß man es durchhält?«

»Vielleicht. Vermutlich. Eine Menge Frauen haben es durchgehalten.«

»Wenn ich jetzt zurückgehe, ist es zu spät. Dann wäre es ein Sechsmonatskind. Aber vorher...«

»Sie meinen, bevor Sie Rolf kennenlernten?«

»Ja. Das ging so ziemlich ineinander, wenn Sie verstehen, was ich meine. Ist es möglich, daß ein Kind zu spät kommt? Nicht zu früh, sondern zu spät?«

»Doch. Das habe ich schon gehört. Bis zu zwei Wochen.«

»Das könnte reichen. Und wenn nicht...«

»Was, wenn nicht?«

»Ich könnte ja vom Schrank springen. Oder heiß baden. Ich meine, eine echte Frühgeburt herbeiführen.

Das Kind wird es schon überleben. Und dann stimmt das Datum.«

Katrin war verwirrt und erleichtert, als sie es erfuhr. Beides machte mich aggressiv.
»Was hast du, es ist immerhin Rolfs Kind, Barbara.«
»Wieso beeindruckt dich das plötzlich?«
»Und wenn er es sehen will?«
»Er wird sich hüten.«
»Du hast recht. Es ist eine großartige Lösung. Wenn wir dich nicht hätten!«
Rolf schickte mir ein Blumenarrangement und eine Flasche Bourbon in die Universität. Ich schenkte beides dem Portier.
»Was habt ihr sonst noch gesprochen?« fragte Katrin.
Ich sagte es ihr. Sagte ihr meine Meinung zu dem Thema.
»Ich verstehe. Ich soll ihn verführen. Die Schwarze-Strumpfband-Tour. Es ekelt mich an, Barbara. Es kommt mir einfach entwürdigend vor, in meinem Alter.«
»Augenscheinlich ist es nicht dein Alter, das ihn stört.«
»Hundertvierzig Pfund, in Spitze verpackt. Kannst du dir das vorstellen?«
»Das ist bei deiner Größe gar nicht viel.«
»Ich käme mir vor wie ein Elefant in Seidenpapier.«
»Du hast dir doch einmal so etwas gekauft, Strapse und Wäsche.«
»Ja, für den kleinen Doktor. Es war das einzige, was ihn ein- oder zweimal auf Trab gebracht hat.«
»Wenn du das Zeug im Kleiderschrank versteckt hast

– warum willst du es nicht einmal anziehen? Nur versuchsweise.«

Sie versuchte es. Das Resultat war niederschmetternd.
»Was hat er gesagt?«
»Er war begeistert. Es hat ihn wirklich gefreut.«
»Und?«
»Ich kam mir so lächerlich vor, daß ich mich überhaupt nicht gehenlassen konnte. Ich war total verkrampft.«
»Du liebst ihn doch. Hat dir das nicht geholfen?«
»Nein. Nach all den Jahren, in denen er mich gedemütigt hat, konnte ich einfach nicht über meinen Schatten springen. Erzähl mir nicht, daß *du* es könntest! Keine Frau könnte es. Ich bin mir vorgekommen wie eine Prostituierte.«
»Hat er es gemerkt?«
»Natürlich. Er ist ja kein Idiot. Ich glaube, jetzt ist es für alle Zeiten vorbei.«

Den fünften Geburtstag von Daniela und Sascha feierten wir wieder gemeinsam in Döbling. Diesmal war Rolf dabei, beschäftigte sich mit Sascha, zeigte ihm selbstgemalte Bilder. Mother Queen, ein wenig geschrumpft und nicht mehr ganz so überzeugend wie früher, stelzte durchs Haus, gab Befehle, um ihre ungebrochene Herrschaft zu dokumentieren, und führte sie selbst aus. Katrin hatte dreißig Krapfen gebacken und war abgehetzt, mit strähnigem, herunterhängendem Haar erst im letzten Augenblick ins Kleid geschlüpft.
»Es kommen noch ein paar Leute. Nikola mit ihren

Kindern, zwei Mädchen aus Danielas Kindergarten mit ihren Müttern und ein Junge mit seinem Vater.«
Der Vater war Hausmann, seine Frau Direktrice in einem Pelzhaus. Katrin kannte ihn vom Kinderabholen.
»Wie gefällt er dir?«
»Warum fragst du? Hast du etwas mit ihm vor?«
»Vielleicht.«
Katrin hatte sich einen aufgesetzt lockeren Ton zurechtgelegt, als gebe es nichts, was sie ernstlich berührte. Sie kleidete sich modisch, trug zu große Ohrclips, lachte zu oft und zu laut. Das Honorar ihrer letzten Buchübersetzung hatte sie wieder in einem Pelz angelegt, ein Cape aus Wildnerzschwänzen, das seit der Erwerbung ungetragen in einer Plastikhülle im Kleiderschrank hing. Rolf ging seit dem Eklat beim Firmenheurigen nicht mehr mit ihr aus.
»Wozu hast du dir das Zeug angeschafft?« fragte Nikola in ihrer freundlichen Direktheit.
»Ich werde es tragen«, sagte Katrin, hob die Augenbrauen und klapperte mit den Wimpern. Ich mochte es nicht, wenn sie die Femme fatale spielte, es paßte nicht zu ihr, entwertete ihre ruhige Schönheit. Sie flatterte an diesem Nachmittag in ihrem gepunkteten Seidenkleid durch die Villa wie ein aufgescheuchtes Huhn, kicherte, brillierte mit ihren Back- und Kaffeekünsten, bedachte die anwesenden Hausfrauen und den anwesenden Hausmann mit zwanglosen Scherzen. Rolf zog die Schultern hoch und verschwand mit Sascha und Daniela über die Veranda in den Garten, lehrte sie, auf der Steinbank unter dem Birnenspalier sitzend, die Uhr zu lesen. Katrins Betragen, das ihm offensichtlich peinlich war, nahm er ebenso wortlos hin wie M. Q.s diesbezügliche Bemerkungen.

Später sah ich, daß er gleichzeitig mit den Gästen das Haus verließ und sich hinter das Lenkrad seines Ford Capri klemmte.
»Hat er sich von dir verabschiedet?« fragte Katrin.
»Natürlich.«
»Von mir nicht.« Sie hatte mich gebeten, ein wenig länger zu bleiben als die anderen. Sascha und Daniela übten noch immer Uhrenlesen. »Es macht ihm nichts aus, wenn es alle wissen. Er fährt jetzt zu irgendeiner Nutte. Ich bin es ihm nicht einmal wert, daß er fünf Minuten wartet, bis die anderen weg sind.«
»Vielleicht wollte er keine Auseinandersetzung.«
»Die wollte er ganz sicher nicht.« Katrin lachte auf. Die Wimperntusche zerfloß unterhalb ihrer Lidränder auf ihrer hektisch geröteten Haut. »Vielleicht hat er endlich kapiert, daß ich soweit bin, Gleiches mit Gleichem zu vergelten.«
»Das mit dem Hausmann finde ich keine glückliche Idee.«
»Das sagst du? Du warst es doch, die mir die Augen geöffnet hat! Ohne dich wäre ich nie so weit gekommen.«
»Das ist nicht der richtige Weg.«
»Was redest du?« Sie stand vor mir, angespannt, auf ihren Backenknochen hatten sich kreisrunde Flecken gebildet. Sie hatte ein paar Gläser Bourbon getrunken, mit Wasser, aber rasch hintereinander.
»Wenn du dich ablenken willst, warum läßt du es Rolf merken?«
»Weil er es mich auch merken läßt. Sonst wäre es ja sinnlos.«
»Du stellst ihn vor euren Freunden bloß.«
»Es sind meine Freunde. Seit wann ergreifst du Rolfs Partei?«

»Ich ergreife nicht seine Partei. Ich bin objektiv.«
»Seit wann bist du objektiv?«

Ulfried empfing Sascha und mich in freundlicher Geschäftigkeit. Er hatte kaltes Abendessen bereitgestellt, nahm mir das todmüde Kind aus dem Arm, brachte es zu Bett. Beim Käse eröffnete er mir den Grund seiner Zufriedenheit. »Hast du die Nachrichten gehört?«
»Nein. Welche?«
»Deverest ist tot. Dein drogensüchtiger Heros. Überdosis. War nicht anders zu erwarten bei seinem Lebenswandel. Entschuldige, ich wollte dich nicht verletzen.«
»Du hast mich nicht verletzt.«
Seine Genugtuung war nicht zu übersehen. Magnus von Kalckreuth war vor vier Jahren im Hörsaal während einer Vorlesung an einer Herzattacke gestorben.
»Ich überlebe sie alle«, sagte er und sah mir über den Käseteller hinweg suggestiv in die Augen.
Die Sache hatte ein Nachspiel. Mel, von dem ich mich nach einem schweren Zerwürfnis getrennt hatte – er hatte mir die Rückkehr zu Ulfried und vor allem Saschas Geburt nie verziehen –, hatte zu einem letzten, bösen Schlag ausgeholt. In seinen Memoiren, die nach seinem Tod erschienen, verschwieg er alles Zarte, Positive unserer Beziehung und verfälschte die wahre Dimension ins krasse Gegenteil. Beschrieb mich, für jedermann erkennbar, als kettenrauchende, tolldreiste Nymphomanin. Ich habe nie geraucht, noch war ich männersüchtig, Mel wußte das. Wußte aber auch, wie er mich treffen und Ulfried, dem sein ganzer Haß galt, gegen mich aufbringen konnte. Es

war nicht die Person Ulfrieds, an der er Rache nahm, sondern dessen Status als geistig und körperlich gesunder Mann. Mel war durch eine Erbkrankheit gezwungen gewesen, sich sterilisieren zu lassen. Ich aber wollte Kinder, und Mel wußte das. Daß Ulfried, der Durchschnittsmann, mir geben konnte, was ihm, dem Genie, zu geben versagt war, bildete den unüberbrückbaren Konflikt.
Ulfried bekam das Buch in die Hände und drehte durch. Er, der vor der Veröffentlichung durchaus Mels Meinung über mich geteilt hätte, identifizierte sich im Augenblick, da Mel mich öffentlich beschuldigte, voll mit mir. Sein Leid war von herzzerreißender Perversion: »Wenn er dich geschätzt hätte, wenn die Beziehung so gewesen wäre, wie du sie dargestellt hast, hätte ich es verstanden, ertragen. Aber daß du für ihn nichts als ein Flittchen warst...«
Ich versuchte zu erklären: Der Mann war psychisch labil, infantil in seinen Handlungsweisen, rachsüchtig, von kindlicher Grausamkeit. Ulfried weinte über die Demütigung, ich weinte mit ihm, tröstete ihn, hätte es gern ungeschehen gemacht, wußte, daß ich es jederzeit wiederholen würde.

Sascha kam zur Schule. Seine Lehrerin war freundlich, drall, weizenblond und naturbezogen. Sie machte mit den Kindern Ausflüge, ging mit ihnen in den Prater zum Kastaniensammeln, wies sie an, sich im Fernsehen einschlägige Sendungen anzusehen. Damals erwachte das erste zögernde Umweltbewußtsein. Biologen hatten davor gewarnt, die Erde bis zur Verödung auszubeuten, die Atmosphäre durch Treibgase zu zerstören, Wälder aus Auspuffrohren mit Gift zu beschießen.

Sascha, aufgeweckt, intelligent, ein wenig zum Perfektionismus neigend, warf sich mit der Energie seiner sechs Lebensjahre in die erschöpfende Aufgabe, die Welt zu verbessern. Ich habe bisher zuwenig von Sascha gesprochen, habe nicht erwähnt, daß er all die Jahre hindurch mein einziger, mein wunderbarer und kongenialer Lebenspartner war. Habe nicht von den Skiurlauben erzählt, die wir zu zweit verbrachten – Ulfried trieb nur Hallensport, lehnte es ab, sich im Freien zu bewegen –; nicht von unseren Gesprächen am abendlichen Kaminfeuer in Berghütten; nicht vom gemeinsamen Einschlafen in Hotelbetten, Hand in Hand, nach herrlichen, ermüdenden Wandertagen; nicht vom gegenseitigen Geschichtenerzählen und Liedersingen und Die-Welt-Auseinandernehmen, wie es in dieser Intensität nur ein vor Neugier und Daseinsfreude überschäumendes Kind zu fordern und zu geben vermag.
Sascha half mir über alle Hürden: Seine verhaltene, einfühlsame Zärtlichkeit, seine nahezu vom ersten Augenblick an ansprechbare Vernunft. Er reagierte schon als Säugling auf meine Worte, verstummte im Gebrüll, wartete, ließ sich beruhigen, schien zu begreifen. Die Auseinandersetzungen seiner Eltern hörte er in Laufställchen oder Gitterbettchen stehend, später an seinem Kinderschreibtisch sitzend, mit blassem, abgewandtem Gesicht an. Versuchte manchmal leise zu vermitteln, es schnitt mir ins Herz. Ich zwang mich zur Ruhe, erlag gleich darauf wieder der Provokation von Ulfrieds Worten, dem Ton, in dem er sie vorbrachte. Mein Schuldgefühl kompensierte ich mit grenzenlosem Verständnis, grenzenloser Geduld. Nie konnte oder wollte ich Sascha etwas abschlagen,

nie hätte ich gewagt, ihn festzuhalten, wenn er fortwollte. Alles, was ich anstrebte, war, ihn wissen zu lassen, daß er frei war, daß wohl ich immer für ihn da sein würde, aber nichts dergleichen von ihm erwartete. Er schien es zu begreifen, war mein Freund, mein Reisebegleiter, mein Kavalier und Kumpan, ohne Zwang, einfach, weil wir gern beisammen waren.

Auch über meinen Beruf habe ich bisher kaum gesprochen. Er war das zweite Bein, auf dem zu stehen ich gelernt hatte. Der starre Raster der Verpflichtung bewahrte mich davor, mich gehenzulassen, wenn mir danach zumute gewesen wäre. Die Forderung verpflichtete, vor meinen Studenten Haltung zu bewahren, mir nichts anmerken zu lassen, auch wenn die letzte Auseinandersetzung eine Stunde vor der Vorlesung stattgefunden und ich das Haus in Weinkrämpfen verlassen hatte. Ich liebe die Sprache, das Wort, das Buch, den Dichter, das Geschriebene aller Zeiten und in jeder Form. Der Wunsch, mich ein Leben lang damit zu befassen, hatte bei meiner Berufswahl den Ausschlag gegeben. Die Arbeit bedeutete immer und jederzeit Entspannung, Anregung, Freude und Trost. Wenn ich las, war ich aus der Realität getreten. Wenn die Studenten mich in Diskussionen zogen, war alles ausgelöscht. Alles, außer Sascha, der mich daheim mit Akribie befragte, der die Dinge, die ich ihm in einfacher Form zu übermitteln versuchte, in der für seine Jahre passenden Weise interpretierte und nachvollzog. Wir tauschten unsere »Arbeitserfahrungen« aus wie zwei Erwachsene.
Als er sich auf Anregung der Lehrerin mit Umweltfragen zu befassen begann, stimmte ich meine Kollegs

darauf ab, nahm Stifter und Wiechert in mein Übungsprogramm auf. Die ersten Filme von Horst Stern wurden im Fernsehen gezeigt. Verfechter des Umweltschutzes begannen sich zu formieren, ein Biologenkongreß wurde einberufen, sollte in der Wiener Hofburg stattfinden. Sascha, zu seinem Bedauern vom Geschehen ausgeschlossen, bat mich, hinzugehen, genau zuzuhören und ihm zu berichten.
»Wir müssen alles tun, Mami. Die Bäume schreien, wenn die Holzfäller mit der Säge kommen. Hast du das gewußt?«
Ulfried, der allen neuen Impulsen mit angeborener Skepsis gegenüberstand, begann, sich Sascha zuliebe für das Thema zu interessieren. Ich erinnere mich noch genau des Abends, da er allein vor dem Fernsehapparat saß, als Sascha und ich von einer Bootsfahrt auf der Alten Donau heimkamen. Im Vorabendprogramm lief eine Diskussion, bei der einige der ausländischen Teilnehmer des bevorstehenden Biologenkongresses zu Wort kamen. Als ich ins Zimmer trat, zeigte der Bildschirm in Großaufnahme einen Mann, dessen ruhige, akzentuierte Stimme den Raum füllte.
Ich blieb an der Tür stehen. »Wer ist das?«
Der Mann hatte dunkle, brennende Augen. Ein schmales, sensibles Gesicht. Intelligent, und wie von einer Art tiefsitzender Unruhe erfüllt. Sein Haar war dunkel und leicht gewellt. Eine Haarsträhne fiel ihm in die Stirn, was ihm einen jugendlich unbekümmerten Anstrich verlieh. Ich hörte ein paar Sätze lang zu. Jedes Wort schien eine Offenbarung an Einfachheit, Verantwortungsbewußtsein, Logik und Überzeugungskraft.

»Wer ist das?«
Ulfried hatte nach dem neben ihm liegenden Programmheft gegriffen. »Professor Reinking, Biologe aus der Bundesrepublik. Hat irgendwo einen Lehrstuhl, reist das halbe Jahr durch die Welt: Malaysia, Nepal, Ladakh. Interessanter Mann. Wie war es auf der Alten Donau?«
Von da an ist nichts mehr zu berichten bis zu dem Augenblick, da er, Stefan Reinking, im Kongreßsaal der hellerleuchteten Hofburg inmitten der Festgäste, das halbgefüllte Weinglas in der Hand, auf mich zutrat und sagte: »Wer sind Sie? Sind wir einander schon begegnet?«
Hier ist die Zäsur in meinem Leben. An dieser Stelle unterbreche ich.

2

Die Nacht hinter der Panoramascheibe hat sich auf das Birnenspalier gesenkt. Rolf hat mich allein gelassen, sich in sein Zimmer im ersten Stock zurückgezogen. »Ab morgen entgehst du mir nicht«, hat er, mich sanft in den Arm nehmend, gesagt.

Ich schreite das Zimmer ab, Katrins Zimmer, zweimal, dreimal. Rolf hat alles, was mich an sie erinnern könnte, taktvoll entfernt. Mein Hochzeitskleid liegt auf dem Schaukelstuhl, es ist zartgrün; weiße Handschuhe, weiße Tasche.

»Es ist das schönste Zimmer im Haus«, hatte ich zu Katrin gesagt. »Ich träume manchmal, daß ich hier wohne.«

»Das bedeutet, daß du eines Tages zu mir ziehen wirst«, hat Katrin gesagt, »wenn unsere Kinder groß sind, wenn Rolf mich verlassen hat. Unsere Ehe geht ohnedies irgendwann in die Brüche.«

»Warum sollte deine Ehe in die Brüche gehen?« habe ich gefragt. »Solange du Rolf liebst, wird es nicht geschehen.«

»Vielleicht, solange du deine Hände über uns hältst«, hat Katrin gesagt.

Ich hatte mich neben Ulfried gesetzt, die Diskussion im Fernsehen dauerte anderthalb Stunden. Sascha verlangte sein Essen, ich stand auf, ließ aber die Tür zum Wohnzimmer offen, während ich in der Küche mit Tellern und Gläsern hantierte. Wir aßen vor dem Bildschirm, auch Ulfried, der Sascha sein Interesse beweisen wollte.

»Sieh dir abends den ›Club zwei‹ an!« beauftragte mich Sascha. »Erzähl mir morgen, was sie gesagt haben!«

Der »Club« begann nach dem Hauptprogramm. Professor Reinking war wieder dabei. Die Diskussion dauerte bis nach Mitternacht. Ulfried war längst zu Bett gegangen, ich saß mit schmerzendem Rücken, schmerzenden Gliedern bewegungslos auf dem Stuhl.

Am nächsten Morgen beschaffte ich mir an der Universität eine Eintrittskarte zur Kongreßeröffnung. Es lief ab wie in einem österreichischen Heimatfilm: Kaiserball, Kaiserwalzer, erleuchtete Räume, kerzenschimmernde Wandleuchter. Reinking stand nahe dem Eingang, drei, vier Herren mit gefüllten Gläsern umringten ihn. »Auf gutes Gelingen, Prosit!«, sie tranken. Ich war an der Tür stehengeblieben, er wandte sich plötzlich um. Vermutlich hatte ich ihn angestarrt, als erwarte ich seinen Gruß: Schließlich war er am Vorabend stundenlang in meinem Wohnzimmer zu Gast gewesen. Er trat auf mich zu, sah mir forschend ins Gesicht. Stellte dann seine knappe Frage.

»Nein«, sagte ich. »Ich glaube nicht, daß wir einander schon begegnet sind. Ich heiße Barbara Bennent.«

»Stefan Reinking«, sagte er. Ich mußte lächeln, weil er annahm, jemand im Saal wisse nicht, wer er war.

Er lächelte zurück. »Sind Sie Biologin?«

»Germanistin«, sagte ich. »Mein Sohn hat mir die Teilnahme am Kongreß befohlen. Und ein Kollege von

der naturwissenschaftlichen Fakultät hat mir die Einladung besorgt.«
»Ich bin beiden Herren zu Dank verpflichtet.«
Die Glätte seines Auftretens schien mir Tarnung, Maske zu sein. Dahinter brannte etwas, ungeordnet, ungebändigt. Seine Augen durchdrangen Hindernisse, als suchten sie jenseits der Wände nach Halt. Menschen, die sich dazwischenschoben, wichen zur Seite, als gehorchten sie einer Anweisung. Er schien nichts und niemanden zu sich vordringen zu lassen, obwohl er alle Fragen beantwortete, allen Einwänden Rede stand.
Als ich mich entfernen wollte, unterbrach er sich mitten im Satz: »Einen Augenblick! Ich komme mit Ihnen.«
Er führte den Satz zu Ende, wir verließen den Saal. Saßen draußen auf den Denkmalsstufen unter dem schwarzen Himmel.
»Man wird Sie vermissen.«
»Ja.«
Seine sorglose Fröhlichkeit war ansteckend.
Er wußte nicht, was es war. Ich ebensowenig. Wir saßen bis zum Morgengrauen zu Füßen Prinz Eugens, des edlen Ritters.
»Sie leben in Malaysia?«
»Manchmal«, sagte er. »Im Augenblick habe ich eine zweijährige Lehrverpflichtung in Wien angenommen. Wir sind Kollegen.«
Später habe ich nachgedacht, wann und auf welche Weise es begonnen hat. Wochenlang sprachen wir miteinander, ohne daß er auch nur meine Hand berührte. Irgendwann war es dann geschehen, übergangslos, ohne vorhergegangene Verliebtheit, sofort

endgültig, lebensnotwendig. Ich glaube, daß ich zuerst seinem Intellekt verfiel, seiner Art zu denken, zu formulieren. Ich war süchtig nach den knappen Definitionen, dem Ernst, mit dem er sich seinem Auftrag stellte. Er erinnerte in seiner Präzision an Magnus, unterschied sich von ihm durch das Engagement, das dahinterstand. Erinnerte in seiner Kreativität an Mel, ohne Spuren von dessen Dekadenz aufzuweisen. Er überbot alles, was ich im einzelnen für unüberbietbar gehalten hatte. Später lernte ich seine Sensibilität kennen, die Unerschrockenheit, mit der er seine Höhenflüge antrat. Zuletzt seinen Körper.

Stefan Reinking war blickfeldfüllend, nahm mich in den Sog seiner jungenhaften Entrücktheit. Wir hatten längst den Boden verlassen, befanden uns im luftleeren Raum.

»Ein Haus. Wir bauen uns ein Haus, mit unseren Händen. In Frankreich, auf einem Felsen am Meer. Wir werden Tiere haben, Blumen, Bäume. Wir werden ein Stück Erde bebauen und unser Brot selbst backen. Ein Boot zimmern, mit dem wir zum Fischfang aufs Meer fahren. Wir brechen alle Brücken hinter uns ab und beginnen ein neues Leben.« Und: »Ich möchte ein Kind von dir.«

»Hast du keine Kinder?«

»Drei Abtreibungen von zwei Frauen. Es wäre das erstemal.«

Funkstille. Der Erdrutsch fand lautlos statt.

»Ich habe schon ein Kind, Stefan. Einen Sohn.«

»Ich wünsche mir eine Tochter.«

Beim erstenmal hob er mich hoch und trug mich auf das Bett. Es war mein Ehebett. Ulfried hatte die Einladung eines Komponistenkollegen nach Salzburg zu einem Hallentennisturnier angenommen.

Flüchtig mußte ich an Katrin denken. Beschloß, daß dies etwas anderes war.
Ich ließ Übungen ausfallen. Überredete Ulfried, einen Auftrag des Hessischen Rundfunks anzunehmen, der ihn für einige Wochen nach Frankfurt führte: die Titelmusik für eine Vorabendserie. Meine Beziehung zur Realität war auf einige feststehende Routinehandlungen geschrumpft. Eigentlich begriff ich nichts mehr, was sich außerhalb meiner Verbindung mit Stefan abspielte. Die Dimensionen hatten sich verschoben, Grenzen waren aufgebrochen, andere hatten sich manifestiert. Einzig Sascha blieb präsent, seine Wärme, die seltenen, scheuen Anfälle von Zärtlichkeit.
Stefans Körper war die Vollendung dessen, was ich vorher an ihm kennengelernt hatte. Wir sprachen gleichzeitig die gleichen Dinge aus. Ahnten Telefonanrufe voraus, hoben im Moment des Signals den Hörer ab. Erfüllten unausgesprochene Wünsche des anderen augenblicklich und exakt.

Ich konnte mich niemandem mitteilen, von jeher nicht. Eines Tages merkte ich, daß ich Hilfe brauchte. Simpel und praktisch jemanden, der bereit war, Ulfried die von mir angegebenen Aufenthaltsorte zu bestätigen.
»Katrin, ich war heute mit dir im Kino. – Katrin, wir beide waren heute in der Stadt.«
Keine Lokale, in denen man hätte nachfragen können.
»Wer ist es, Barbara?«
»Ich sag' es dir später.« Es war mir nicht möglich. Ich hatte Mühe, es mir selbst zu sagen.
»Gib acht auf dich, Barbara! Du klingst so merkwürdig.«

»Es ist alles in Ordnung.«
Die Gegenwart war ungreifbar geworden, hatte sich in einer Zukunft verschachtelt, die gleichfalls ohne Kontur war. Stefan hatte mich mit dem Begriff der Zeitlosigkeit konfrontiert. Ich gab ihr den mir geläufigeren Namen Ewigkeit und ließ mich darin treiben.
Mein Geburtshelfer, mit dem ich seit Saschas Eintritt in diese Welt befreundet war, führte den Test durch, während ich, am Fenster stehend, die Baumkronen des gegenüberliegenden Stadtparks zählte.
»Positiv«, sagte er. »Freust du dich?«
»Unbeschreiblich«, sagte ich.
Später hielt Stefan meine Hand. Er schien kaum zu atmen. »Ich danke dir.« Der Ton seiner Stimme hätte die Fische auf dem Grund unseres präsumtiven Meeresgrundstückes zum Tanzen gebracht.
»Wenn es soweit ist, ziehen wir uns irgendwohin zurück. Ich möchte, daß wir es gemeinsam zur Welt bringen. Nur du und ich. Hast du Vertrauen zu mir?«
Ich hätte ihm mehr anvertraut als mein Leben und das meines Kindes. »Wenn es soweit ist?« Ich hätte fragen sollen: »Wie weit? Wann ist es soweit? Warum nicht jetzt?« Die Frage dämmerte jenseits der Bewußtseinsgrenze, unklar, ungewünscht, sank, beiseite gewischt, wieder in sich zusammen.
Deine Vernunft, hat man mir später vorgeworfen, wo war deine Vernunft? Der Zeitpunkt, zu dem die Möglichkeit bestanden hätte, etwas wie Vernunft aufzubringen, war längst überschritten. Ich wußte nur, daß der bestehende Zustand freizuhalten war von irgendwelchen Störungen. Wenn es soweit war, würde Stefan es mir sagen. Vorher war nichts zu ändern, nichts zu tun.

Ich wartete eine von Ulfrieds Vergewaltigungen ab und sagte ihm, daß ich schwanger war. »Meinen Sie, daß man es durchhält?« hatte Bobo gefragt. »Vielleicht. Vermutlich«, hatte ich gesagt, »eine Menge Frauen haben es durchgehalten.« Dennoch war es mir nicht möglich. Als das Kind sich zu bewegen begann, Ulfried es mit seinen Händen fühlen wollte, als seinen Besitz zu betrachten begann, sagte ich ihm die Wahrheit.

Er wußte damit nichts anzufangen, weigerte sich, sie zur Kenntnis zu nehmen. Sah darin einen Trick, ihn von mir fernzuhalten. Dann, übergangslos, schwenkte er um, als habe er es längst schon gewußt. Der Zusammenbruch folgte, Empörung, Verbitterung, Zorn. Morddrohungen gegen den Verbrecher, Kriminellen, Sittenstrolch, der sein Leben zerstört hatte. Ich verweigerte die Auskunft über die Person, hatte Stefan zu schützen, vor Konfrontation zu bewahren.

Ein Doppelleben zwischen zwei Feuern begann. Ulfried beobachtete mich mit dem Argwohn eines gereiztes Tieres. Dennoch war es mir nicht möglich, mich von Stefan fernzuhalten. Wenn ich ihn länger als einen Tag nicht sah, verfiel ich in Depressionen, die mich an der Ausführung der einfachsten körperlichen Tätigkeiten hinderten. Eine unbestimmte Angst stand dahinter, bedrohlich, irrational. Pumpte mir schleichendes Gift in die Adern, würgte mich im Traum. Wich erst, wenn Stefan vor mir stand, dann aber augenblicklich. Löste sich spurlos auf, war nicht mehr nachvollziehbar. Ein- oder zweimal versuchte ich, mit ihm darüber zu sprechen, scheiterte jedoch an der Unmöglichkeit, die Schatten in seiner Gegenwart zu be-

schwören. Fünf, sechs Monate lang, mein Zustand blieb nicht verborgen.
»Ein Kind?« sagte Katrin. »Mein Gott, weißt du, was du tust? Wie willst du das durchhalten, die Nervenanspannung, Ulfrieds Attacken, das Doppelspiel? Du siehst elend aus, du wirst dich umbringen. Kann er dich da nicht herausholen, der große Unbekannte? Was habt ihr für Pläne, was soll daraus werden?«
Ich wich aus. So lange, bis Katrin mich mit Stefan sah. Wir begegneten einander auf der Universitätstreppe. Katrin hatte ein Vorlesungsverzeichnis besorgt, ihre Tochter Mary Rose aus Kalifornien beabsichtigte, ein Studienjahr in Wien zu verbringen.
»War das nicht Reinking? Der Biologe?«
»Woher kennst du ihn?«
»Rolf besorgt ihm eine Wohnung. Sie haben bisher im Hotel gewohnt. Es scheint ziemlich schwierig zu sein. Sie weiß nicht, was sie will, Peripherie oder Innenstadt.«
»Wovon redest du?«
»Von Reinking. Von seiner Frau. Rolf meint...«
Ich hörte auf, ihre Sprache zu verstehen. Hatte das Gefühl, mich in einem Lift auf rasender Talfahrt zu befinden.
»Barbara, was ist los? Entschuldige, ist er vielleicht der große Unbekannte?«
»Natürlich nicht.« Die Stimme gehorchte mir, seltsamerweise. Es mußte ein Irrtum sein.
Das Kind in meinem Innern schien bleischwer zu werden, zog mich zu Boden. Keine Fehlgeburt! dachte ich. Vorsicht, Konzentration! Es wird sich aufklären.
»Barbara, du kannst jetzt nicht autofahren.«
»Laß nur«, sagte ich. »Es ist alles in Ordnung.«

Stefan kam zur Verabredung, wie immer fröhlich, voll Wärme. »Meine Familie«, sagte er und schloß mich und sein zukünftiges Kind in die Arme.
»Stefan, bist du verheiratet?«
»Nein. Nein.« Er schüttelte den Kopf. Der Ton seiner Stimme löste augenblicklich die Umklammerung in mir.
»Eine Freundin hat mir gesagt, daß du eine Wohnung suchst...«
»Das tu' ich«, sagte er.
Ich glaubte, nicht weiterfragen zu müssen. Merkte, daß Stefan eine Frage erwartete. Suchte nach einem Wort. Er kam mir zuvor.
»Dorothy«, sagte er. »Ich lebe seit ein paar Jahren mit ihr. Aber es ist keine Ehe. Auch nichts Eheähnliches, wenn du verstehst, was ich meine. Sie ist mir eine mütterliche Freundin, eine Schwester.«
Es gibt sie. Es gibt sie.
»Ich bitte dich, mir zu glauben«, sagte er, »daß es außer dir keine Frau in meinem Leben gibt.«
Der Ton seiner Stimme war der gleiche wie vorher. Aber das Kind in meinem Inneren, Stefans Kind, hatte begonnen, zu einem Fremdkörper zu werden: war nicht länger ein Teil von mir, hatte Gewicht, Leben, Eigenständigkeit bekommen.
»Was wird aus uns?« fragte ich, der Stimme des Wesens in mir gehorchend. »Was wird geschehen?«
»Wir gehören zusammen«, sagte Stefan. »Ich wünsche mir eine gemeinsame Zukunft.«
»Wann soll sie beginnen, die Zukunft?«
»Bald«, sagte Stefan. »Sehr bald.«
»Und diese Frau? Dorothy?«
»Ich werde mit ihr sprechen.«

Wann? wollte ich fragen. Wollte das Wort »bald« nicht noch einmal hören.
Ein paar Tage später, da die Angst Gestalt angenommen hatte: »Wirst du dich von ihr trennen, Stefan?«
»Natürlich.«
»Aber jetzt suchst du eine Wohnung für euch beide.«
»Im Augenblick kann ich nichts anderes tun. Ich muß ihr Zeit lassen. Hab Vertrauen, Barbara! Ich bitte dich, hab Vertrauen!«

Ich hätte damals zu Ulfried gehen und ihm erklären sollen, daß es doch sein Kind sei: Alles andere seien, wie er vermutet habe, Ausreißversuche gewesen. Er hätte mir geglaubt, legte mir diese Version Hunderte Male in den Mund. Aber ich hatte keine Wahl. Wenn Stefan bei mir war, ergriff eine andere Art von Gegenwart von mir Besitz: ein geschenktes zweites Leben. Er formulierte es ebenso. Es hatte nichts mit den Vorgängen außerhalb zu tun. Man konnte die Tür dazu öffnen und schließen. Manchmal trug es mich über weite Strecken bis zum nächsten Wiedersehen: durch all die Stunden des Wartens, der Angst, der Verzweiflung, durch Ulfrieds Tobsuchtsanfälle, seine Vorwürfe und Vergewaltigungen.
Im Rückblick frage ich mich, warum ich meine ehelichen Pflichterfüllungen immer Vergewaltigungen nenne, obwohl Ulfried mich weder betäubt noch körperlich überwältigt hat. Die Antwort ist, daß ich es offenbar so empfand. Wenn er bis vier Uhr früh neben meinem Bett kniete, bat, flehte, ausharrte, bis ich schließlich in Gedanken an den folgenden Tag, die Übungen und die Dinge, die für Sascha zu erledigen waren, nachgab, fühlte ich mich vergewaltigt. Ich

fühlte mich vergewaltigt, wenn er seine Annäherungen mit irgendwelchen Drohungen verband: Er werde schon herausfinden, wer der feige Kerl sei, den ich schütze. Ebenso, wenn er, nachdem ich ihn abgewiesen hatte, tags darauf seine üble Laune ungehemmt nicht an mir, sondern an Sascha ausließ, so daß ich am folgenden Abend keine Minute zögerte, ihm wieder zu seinem seelischen Gleichgewicht zu verhelfen.

Ich glaube gar nicht, daß ich darin eine Ausnahme bilde. Vielmehr meine ich, daß jede Frau eine Umarmung, die sie nicht wünscht und die ihr aus irgendeinem Grund abgefordert wird, als Vergewaltigung empfindet, die frigiden oder habituellen Opferlämmer ausgenommen, die die Augen schließen und an das Empire denken. Ebenso ausgeschlossen jene Frauen, die es aus Liebe, Zärtlichkeit und Zuneigung zu einem geliebten Mann tun, der ebenso bereit ist, seine auch einmal nicht präsenten Empfindungen zu mobilisieren, falls die Frau es wünscht.

Natürlich hielt ich meine Schwierigkeiten von Stefan fern. Sie gehörten dem Leben an, zu dem er keinen Zutritt hatte. Wir sprachen über uns, über Gott, den Kosmos, die Erde, die Biologie, die Literatur, das Kind.

»Wie soll es heißen?« fragte ich.

»Nele«, sagte Stefan. »Ich hatte als Junge ein Lieblingsbuch: de Costers ›Eulenspiegel‹. Das Mädchen darin hieß Nele. Ich wollte immer, daß meine Tochter so heißt.«

Es klingt sonderbar, aber für einen Jungen hatten wir keinen Namen. Es stand für Stefan und daher ebenso für mich fest, daß es ein Mädchen würde.

Die Geburt kam näher, und ich wartete auf unseren gemeinsamen Aufbruch.
»Ein Haus«, hatte er gesagt, »irgendwo, wo die Luft rein ist und der Himmel weit. Ich werde über den schönsten Platz nachdenken.«
Ein paar Wochen vor dem Termin – mein Arzt hatte mich gefragt, ob er mir ein Zimmer in seiner Klinik freihalten solle – vergaß ich mein Vertrauen.
»Stefan, soll ich versuchen, mich scheiden zu lassen?«
»Kannst du das deinem Mann antun?«
»Ist es nicht gleich, ob früher oder später?«
»Kannst du es Sascha antun?«
Ich horchte auf seinen Ton. Er schien neutral.
»Warum sorgst du dich so sehr um meinen Mann und mein Kind?«
»Mitleid ist ein Faktor, dem ich nie ausweichen konnte. Es ist vielleicht das stärkste Gefühl, das ich empfinden kann. Dich zu verlieren muß die Hölle sein.«
»Ich könnte es versuchen, Stefan.«
Er brachte die Gegenwart zum Erlöschen, mit irgendeiner Geste, irgendeinem Wort.
Ein paar Tage später: »Wenn du dich scheiden ließest, Barbara, – ich wäre glücklich. Aber meine eigene Situation – versteh mich. Ich kann sie jetzt nicht ändern.«
»Was verstehst du unter ›jetzt‹?«
»Im Augenblick. Ich kann sie im Augenblick nicht ändern. Dorothy ist nicht gesund. Sie ist sensibel. Sie hat berufliche Schwierigkeiten. Ich muß die Ausstellung in London für sie arrangieren...«
Dorothy malte Katzen auf Seidentücher. Eliots Katzen in Hunderten von Variationen.

»In London?«
»Nur ein paar Tage.«
»Wann, Stefan?«
»Noch lange nicht.«
Eine Dialogstelle aus einem Stück von Guitry fiel mir ein: Wir haben etwas Besseres vor uns als ein ganzes Leben: zwei volle Tage. »Vielleicht willst du es gar nicht«, sagte ich. Mein Herz war plötzlich blutleer. »Vielleicht liebst du sie und weißt es nicht.«
»Nein«, sagte Stefan, zu schnell, zu laut. »Nein, ich liebe sie nicht.«
Neles Geburt, dachte ich, sie wird alles lösen.

Acht Tage vor dem Termin mußte er nach London, der Ausstellung wegen.
»Kannst du es nicht verschieben?«
»Die Ausstellung? Unmöglich«, sagte Stefan. »Ich bin rechtzeitig zurück. Mach dir keine Sorgen!«
»Mach dir keine Sorgen«, sagte er noch einmal, als er mich zum Abschied in die Arme nahm.
Nele nahm es nicht hin. Sie bäumte sich auf, etwas zerriß in mir. Als Stefan sich im Taxi umwandte, mir ein letztes Mal zuwinkte, fing sie an, sich den Eintritt in die Welt zu schaffen.
»Eine Woche zu früh«, sagte mein Arzt, den ich von der nächsten Telefonzelle aus anrief. »Kein Problem. Nimm dir ein Taxi und fahr in die Klinik! Ich komme sofort. Weiß es dein Mann?«
»Ich möchte es lieber allein zu Ende bringen«, sagte ich. »Außerdem muß ich dir wegen der Blutgruppe etwas sagen.«
Es war fünf Uhr nachmittag. Stefans Flugzeug ging um sechs. Die Spätsommersonne schien gelb und

freundlich, wenn auch ein wenig kraftlos durch die Baumwipfel, als ich durch den Burggarten zum Taxistandplatz ging.
»Allein?« hatte mein Arzt gefragt. »Ist da niemand, den du verständigen willst?«
»Nicht jetzt«, hatte ich gesagt. »Vielleicht später.«
Ich hatte nicht einmal Stefans Telefonnummer. Wußte nicht, in welchem Hotel er abstieg.
Die Sonne schien auch noch, als ich auf den Plastiktisch kroch, fiel schräg in den Raum, den ich von Saschas Geburt her kannte. Eine Art Taubheit war über mich gefallen, ähnlich dem Gefühl, in einer Glaskugel zu sein, das sich sonst in Stefans Gegenwart einstellte. Nur: Diesmal war Stefan ausgeschlossen. Die Empfindung betraf allein Nele und mich. Ich hatte mit ihr zu sprechen begonnen, empfing ihre sanften, nachdrücklichen Signale. In einer vierten Dimension streckte ich ihr meine Hände entgegen, wartete, daß sie sie ergriff. Sie dehnte sich, machte sich groß und stark, ich sprach ihr Mut zu, sie nahm jede Schwingung auf, antwortete mit der intuitiv und zielstrebig gesteuerten Sprache ihres Körpers. Ich liebe dich, sagte ich in das Klirren der Instrumente, das halblaute Stimmengewirr, das Zerren in meinem Inneren hinein. Ich liebe dich, ließ Nele mich wissen, kleine vertraute Schübe von Zärtlichkeit in den Rhythmus unseres noch gemeinsamen Herzschlages pumpend.
»Es ist ein Mädchen«, sagte die Hebamme Stunden später. Es hatte nicht weh getan, war nur schwere Arbeit gewesen. Ich nahm das kleine, laue Stück Leben in die Arme. Es atmete, gab sanfte, kurze Töne von sich, sie klangen wie das Gurren eines schlafenden Täubchens. Dunkle Flaumhaare, Stefans kurze, ge-

rade Nase, seine Ohren. Wie lange dauerte ein Flug nach London?
»Gibt es jemanden, den du verständigen möchtest?« fragte mein Arzt wieder. »Wir lassen dir ein Telefon ans Bett stellen.«
Nele wurde mir weggenommen. Die Verbindung blieb bestehen. Ich hatte meinen Arzt gebeten, in der Universität anzurufen und nach dem Hotel zu fragen, in dem Stefan abgestiegen sei. Bekam Adresse und Telefonnummer. Wählte.
»Ja, bitte?« Seine Stimme.
»Die Herrschaften sind soeben angekommen«, hatte der Portier zuvor in nasalem Englisch gesagt.
»Stefan, du hast eine kleine Tochter. Sie hat dunkles Haar und ist...«
Klick. Die Verbindung war unterbrochen. Ich wählte noch einmal.
»Just a moment, madam«, sagte der Portier.
»Stefan...«
»Ich freue mich«, sagte er mit gedeckter Stimme. »Mein Gott, wie ich mich freue.«
»Wann kommst du?«
»Bald. Sobald ich kann. Ich rufe dich morgen an.«
»Ich liebe dich, Stefan.«
Ulfried kam spätabends, saß an meinem Bett. »Warum hast du mich nicht verständigt?«
»Ich dachte...«
»Du bist meine Frau. Es ist dein Kind. Hast du die Absicht, eine Show abzuziehen?«
»Natürlich nicht.«
»Bis zur Klärung bleibt alles, wie es war. Versuch nicht, mir Schwierigkeiten zu machen, sonst siehst du Sascha nie wieder.«

Welche Klärung? Wovon sprach er? Seine Worte hatten wie Peitschenhiebe geklungen. In seinen Augen stand unverhüllte Liebe.
»Hat es weh getan?«
Ich wandte mich ab. Ein Weinkrampf schüttelte mich: Es waren die Worte, die ich von Stefan hatte hören wollen.
Ulfried streichelte ungeschickt meine Hände: »Es wird alles gut, Barbara.«
Er ging. Katrin kam.
»Wo ist der große Unbekannte?«
»In London. Frag nicht weiter!«
»Verheiratet?«
Ich schüttelte den Kopf.
»Aber...«
»Hör davon auf! Hast du Nele gesehen?«

Stefan rief nicht am nächsten Morgen an, auch nicht am Mittag.
Ich bat die Schwester, Nele bei mir zu lassen. »Wo ist denn der Papa? Hat er sie schon begrüßt?« Sie berief sich auf die Vorschriften, trug Nele aus dem Zimmer.
Am späten Nachmittag kam mein Arzt. »Um Gottes willen, was ist mit dir los?«
»Ich weiß nicht. Depressionen. Ich sehe alles wie durch einen schwarzen Filter.«
»Librium«, verordnete er. »Sofort.« Und: »Das Kind bleibt hier.«
Nele bekam ein Körbchen neben meinem Bett.
Gegen Abend rief Stefan an. »Meine Liebste. Mein Zaubermädchen. Wie geht es euch beiden?«
»Gut«, sagte ich, »gut«, hielt den Hörer an Neles rosenblattfarbige Lippen. Sie gab kleine, glucksende Tönchen von sich.

»Sag ihr, daß ich sie liebe. Ich liebe euch.«
»Wann kommst du?«
»In vier oder fünf Tagen. Spätestens. Morgen ist die Eröffnung. Ich warte die ersten drei Tage ab, wegen der Reaktionen. Dann...«
Er sagte immer »ich«. Niemals »wir«. Trotzdem wurde mir übel. Der Hörer entglitt mir, lag kühl und fremd in meiner Halsbeuge.
»Barbara!«
»Ja, Stefan.«
»Ist alles in Ordnung?«
»Natürlich. Ich liebe dich.«
Nachts überlegte ich, ob ich Nele zu mir ins Bett nehmen und meinen Mund so lange auf ihre Röschenlippen pressen solle, bis wir beide erstickt seien.
Er kam am vierten Tag. Blieb wie angewurzelt vor Neles Körbchen stehen.
»Ich hatte nicht erwartet, daß sie bei dir ist.«
»Sie sieht dir ähnlich, Stefan. Kannst du es erkennen?«
»Ja. Ja.«
Er war blaß vor Anstrengung, seine Stimme zitterte.
»Ich weiß nicht, wie ich dir danken soll. Es ist das größte Wunder in meinem Leben. Seit ich denken kann, habe ich es mir gewünscht.«
Er fuhr heim zu Dorothy. Aber die Depression war gewichen: Er hatte mich davon überzeugt, daß nun alles gut würde.
Am nächsten Tag kam er wieder. »Sie ist gewachsen, ob du es glaubst oder nicht.«
Am übernächsten: »Sie wird immer hübscher. Ich kann es kaum erwarten, mit ihr auszugehen.«
Am vierten Tag sagte er es mir: Dorothy sei neben ihm

gestanden, als ich ihn angerufen hatte. Die Unterbrechung war keine Störung in der Leitung gewesen: Er hatte den Hörer aufgelegt.

Ich verlor die Fassung, weinte stundenlang. Er saß neben mir, tröstete mich zärtlich und geduldig, fand Worte, die noch kein Mann für eine Frau gefunden hatte. Schichtete in unendlicher Mühe Stein auf Stein des zerbrochenen Bauwerks wieder auf. Verlieh ihm die Farben von Leben und Hoffnung.

Endlich ging es mir besser, und er konnte heimfahren zu Dorothy.

Am nächsten Tag holte Ulfried mich ab und eröffnete mir, daß er gegen Nele nichts unternehmen werde, sie sei mein Kind und habe keine Schuld. Doch was ihren Vater betreffe, würde er sich notfalls an die Öffentlichkeit wenden.

»Ich werde mit Dorothy sprechen«, hatte Stefan gesagt. Ich wartete. Traf ihn, die kleine Nele im Körbchen oder Kinderwagen, täglich im frühherbstlichen Stadtpark.

»*Wann* wirst du mit ihr sprechen?«

»Nicht im Augenblick, Barbara. Das ist nicht möglich. Es würde mehr zerstören als nützen. Wir müssen behutsam vorgehen.«

Er kaufte Spielzeug, Wäsche, Kleidchen und winzige, handgenähte Schuhe für Nele. Mietete eine Wohnung, in der wir einander in Ruhe treffen konnten. Ich weinte, als ich sie zum erstenmal betrat.

»Du denkst, daß es noch lange dauern wird.«

»Natürlich nicht. Aber warum sollen wir es bis dahin nicht hübsch haben?«

Ulfried machte seine Drohungen wahr, wandte sich

an den Minister, verlangte Stefans Relegation. Er erhielt ausweichende Antworten und ließ seine Verbitterung an Sascha und Nele aus.
»Ich kann nicht mehr dort bleiben, Stefan.«
»Hab Geduld! Alles wird gut.«
Die psychischen Belastungen schwächten mich so, daß ich Nele nicht mehr stillen konnte. Flüchtig dachte ich an Katrin: Beschloß, daß dies etwas anderes sei. Stefan, zermürbt von meinen Attacken, versprach, mit Dorothy zu sprechen. »Aber nicht vor Weihnachten, Barbara. Sie hält es sonst nicht durch. Nicht in diesem Kalenderjahr.«
Es war später Oktober. Ich hatte ein Richtzeichen, klammerte mich daran. Sagte zu Nele, daß es nicht mehr lange dauern werde.
Es wurde ein kühles Weihnachtsfest für mich mit Ulfried. Nach Stefans Aussage ein stummes für ihn mit Dorothy. Sie mußte längst etwas gemerkt haben. Ich verstand es nicht, wagte nicht, zu fragen. Silvester. Nele wurde krank. Mußte in die Kinderklinik. Eine Infektion, vermutlich von Sascha aus der Schule heimgebracht – nicht schlimm für Kinder in Saschas Alter, aber gefährlich für ein Baby. Sechs Wochen, davon drei in Angst um Neles Leben.
Stefan stand mit mir in der Klinik vor der Glasscheibe. »Sie muß gesund werden. Ich weiß jetzt, was Verzweiflung ist.«
Er fuhr heim zu Dorothy.
Als Nele entlassen wurde, empfing er uns in unserer gemeinsamen Wohnung. »Ich weiß jetzt, was sie mir bedeutet. Was ihr beide mir bedeutet.«
Er fuhr heim zu Dorothy.
Ich wartete täglich auf das Wunder. Manchmal,

abends vor dem Einschlafen, hatte ich das Empfinden: Jetzt, in diesem Augenblick, spricht er mit ihr. Morgen wird er es mir sagen. Am nächsten Tag, wenn er dann kam, lächelnd, voll Wärme und Optimismus, und von tausend gleichgültigen Dingen sprach, wurde ich in seinen Armen zu einem formlosen Etwas aus Dumpfheit und Qual.

Irgendwann Mitte Februar fragte ich ihn.

»Was meinst du, Barbara? Wovon sprichst du?«

»Davon, daß du gesagt hast, du würdest bis Ende des Jahres...« Ich unterbrach mich. »Stefan, willst du sagen, du hast die ganze Zeit so weitergelebt wie vorher?«

Er schien verwirrt. »Ungefähr. Warum fragst du?«

Er wußte nicht, wovon ich sprach. Hatte es vergessen.

Ich schleppte mich nach Hause.

Ulfried empfing mich mit gedämpftem Hohn. »Ist etwas schiefgegangen? Vermutlich wärst du sonst nicht mehr hier.«

Katrin kam. Fragte, versuchte zu helfen. Trug wie im Sommer bunte Flatterkleider, offenes, strähniges Haar und zu große Ohrclips. Sie hatte vier Kilo abgenommen und klapperte mit müden, blaugefärbten Augenlidern.

»Das kriegen wir schon wieder hin.«

Sie versuchte, mir Mut zu machen. Ich hatte ihr noch immer nicht die Wahrheit gesagt, erfand ein paar Lügen. Sie war damit einverstanden, fragte nicht. Das wichtigste für sie war, daß sie von sich erzählen konnte, und ich erfuhr die Geschichte vom Hausmann, der sich benahm »wie eine Jungfrau, die man auf die Straße schickt«.

»Er steht an der verabredeten Ecke mit einem derart

ängstlichen Hasengesicht, daß man ihn gleich wieder nach Hause zu Muttern schicken möchte. Dann dreht er alle Lichter ab, sieht zehnmal nach, ob die Tür verschlossen ist. Breitet mitgebrachte Badetücher über das Bett, schreit in jeder Situation ›Achtung‹, wenn ich ein bißchen fester zufasse. Überprüft hinterher augenblicklich, ob und wo er irgendwelche Spuren abbekommen hat. Rennt in die nächste Apotheke und kauft Salben, um sich zu behandeln. Sage ich: ›Untersucht dich deine Olle jeden Tag mit der Lupe?‹ Sagt er: ›Ich finde das nicht komisch. Anscheinend weißt du nicht, was eine gute Ehe ist.‹«

Sie hatte gelernt, über sich selbst zu lachen. Dennoch: Es war kein gutes Lachen. Der Hausmann machte seinerseits jede Art von Gebrauch von ihr, so daß sie Flecken, Kratzer und Druckspuren jeder Farbe und Zahl aufwies. »Bei mir ist es egal. Rolf sieht es ohnehin nicht. Er ist in die Mansarde gezogen, schon lange. Jetzt habe ich das Gartenzimmer allein. Es wartet auf dich, Barbara. Wenn es mit uns beiden so weitergeht, fängt unsere Zukunft vielleicht schon bald an.«

Ich wollte das nicht hören. Vertraute auf Stefan, der seinerseits auf die Zeit zu vertrauen schien. Im Grunde war ich die glücklichste Frau der Welt. Unsere Liebe hatte sich vertieft, war zu einem Wunder geworden, das ich immer wieder hervorholen, in seine Bestandteile zerlegen mußte, um es zu begreifen. Unsere körperliche Bindung war nach Neles Geburt über alles Vorstellbare hinausgewachsen: war reine Leidenschaft neben zärtlichster Verbundenheit, überschritt die Grenze gegenseitiger physischer und psychischer Hörigkeit.

»Auf dem Heimweg, gestern... Hast du je den Film

mit Danny Kaye gesehen?« sagte Stefan. »Er geht von seiner Liebsten und marschiert vor dem Haus durch den Swimmingpool, ohne es zu merken. So ist es für mich, jedesmal, wenn ich von dir gehe.«
Der Weg durch den Pool führte zu Dorothy, aber diese Zone war tabu, wir hatten aufgehört, davon zu sprechen. Jedenfalls hörten wir immer wieder von neuem davon auf, Dutzende Male. Ich erinnere mich, daß wir in einer Woche siebenmal aufhörten, davon zu sprechen.
»Ich bin wie gelähmt«, sagte Stefan, sobald die Rede darauf kam. »Ich weiß nicht, woran es liegt. Ich nehme es mir vor, und wenn es soweit ist, bin ich wie gelähmt.«
Dennoch versuchte ich es im Abstand von Monaten, Wochen oder Tagen immer wieder, um meinetwillen und um Neles willen, die manchmal stundenlang nach ihrem Vater weinte.
»Bedeutet dir dein Kind nichts?«
»Es bedeutet mit alles auf der Welt.«
Die Wiederholungen zermürbten uns beide, ohne unsere Gefühle füreinander zu ändern.
»Vielleicht liebst du mich nicht genug.«
»Ich liebe dich, Barbara. Ich liebe dich, wie ich noch nie eine Frau geliebt habe. Das ist die Wahrheit. Ich schwöre es bei meinem Leben. Ich liebe dich.«
»Und Dorothy?«
»Nein. Nein.«
Er fuhr nach Hause zu ihr.

Sonderbarerweise verging dennoch die Zeit. Saschas und Danielas neunter Geburtstag lag zurück, der zehnte wurde gefeiert. Rolf spielte den Vater, trug die

kleine Nele auf den Schultern durch das Birnenlaub, ließ sich von ihr an den Haaren ziehen. Nahm mich beim Abschied ruhig und ein wenig besorgt in die Arme. »Barbara, kann ich dir helfen?«
Ich hätte fast geweint.
Er merkte es. »Ich habe dich sehr gern. Wenn du mich einmal brauchen solltest...«
Einen kurzen Augenblick lang hatte ich in seinen Armen etwas wie Entspannung gefühlt. Stefan war mit Dorothy irgendwo in der Welt auf Reisen. Sie ertrug die Übergangszeiten in Europa nicht, Frühling und Herbst. Er hatte seine Gastprofessur in Wien immer wieder verlängern können und nutzte die Pausen, um seine Forschungsarbeiten in Malaysia, Nepal, Ladakh oder Mexiko fortzusetzen. Er sagte mir nie, wo er war, stand eines Tages als Überraschung auf der Universitätstreppe oder später vor dem Kindergarten, Nele, die er von der Schwester übernommen hatte, auf dem Arm. Sie liebte ihn mit all der Hingabe, mit der ein kleines Mädchen einen großen und schönen Vater lieben kann. Die Zeiten von Stefans Abwesenheit brachten mich einem Zustand nahe, der nicht mehr mit lebendig zu bezeichnen war. Ich vegetierte pflichterfüllend den Tag dahin, schleppte mich von einer festgesetzten Aktion zur anderen, versuchte nichts zu denken, nichts zu fühlen. Nele kroch zu mir ins Bett, warm, zärtlich, weich, preßte mir den vom Lutschen feuchten Daumen auf den Hals. Fragte nach ihrem Vater, leise klagend, verständnislos.
Ulfried hielt, wenn wir in seiner Wohnung waren, freundliche Distanz zu ihr, liebte sie wohl auf seine Weise. Jedenfalls war sie ein jederzeit präsentes Mittel, mich zu erpressen, und schon deshalb ein wichti-

ger Faktor für ihn. Seine Haltung ihr gegenüber hing von meinem Gehorsam ab. Die Konsequenz lag auf der Hand: Ich hätte mehr für Nele getan, als mich mißbrauchen zu lassen. Mehr für Stefan, als es ihm zu verschweigen. Eines Tages werde ich es ihm sagen, dachte ich manchmal. Dann wird sich alles lösen. Er wird es nicht zulassen, nicht ertragen. Es war die Waffe, die ich im Ärmel versteckt hielt, sie half mir zu warten. Nach jeder überstandenen Krise war ich froh, sie noch nicht gebraucht zu haben.
Es gibt den schwer zu beschreibenden Zustand, in dem man sich selbst als verkörperten Schmerz, als eine einzige lebende Wunde empfindet. Ulfried beobachtete mich, kommentierte meine Verfassung mit schadenfroher Verzweiflung. Ich muß erwähnen, daß ich ihn verstand, in jedem Augenblick. In seiner Situation, im umgekehrten Fall, hätte ich wahrscheinlich ebenso empfunden. Jeder Fehlschlag, der mir widerfuhr, bedeutete Hoffnung für ihn. Daß ich es vorzog, Stefans wegen zu leiden, statt mich von ihm, Ulfried, lieben zu lassen, konnte er um seines Selbstwertgefühls willen nicht akzeptieren. Also schrieb er es mangelndem Qualitätsempfinden meinerseits zu, das seine Ursache nur in meiner habituellen Lasterhaftigkeit haben konnte. Nur schlechten Menschen konnte das geschehen, und es geschah mir zu Recht. Daß er mich, die Qualitätslose, trotzdem liebte, bewies seinen unwandelbaren Charakter, seine Standhaftigkeit. Daß ich Stefan trotz seiner Qualitätslosigkeit liebte, bewies meine Minderwertigkeit. Noch einmal muß ich betonen, daß ich ihn verstand. Aber etwas zu verstehen und es zu ertragen sind zwei verschiedene Dinge. Meine Vorstellung, die ich in der Klinik gehabt

hatte, Nele zu mir ins Bett zu holen, um mit ihr gemeinsam zu ersticken, kehrte wieder, nahm zwanghafte Formen an.
Aus meiner Studienzeit kannte ich einen Psychiater. Ich suchte ihn auf. »Kannst du mich behandeln?«
Es war nicht nötig, wie sich zwei Tage später herausstellte.
»Du bist nicht krank. Du reagierst ganz normal, wenn man das Wort anwenden will. Dein Partner ist es, der Hilfe braucht. Seine Entschlußlosigkeit ist pathologisch. Er müßte nach so vielen Jahren wissen, was er will.«
»Wärst du bereit, mit ihm zu sprechen?«
»Natürlich. Wenn er bereit ist, mit mir zu sprechen.«
Es verlief so, wie ich es vorausgesehen hatte: Stefan stimmte ihm in allem zu, sagte, daß er mich liebe, seine Familie brauche, mit ihr leben wolle. Fuhr dann heim zu Dorothy. Ich fragte den Arzt, warum bei mir nicht etwas wie ein Gewöhnungszustand eintrete, der Schmerz scharf sei wie am ersten Tag.
»Die Wunden werden tiefer«, sagte er. »Die Toleranzgrenze verschiebt sich, ein psychischer Stau entsteht.«
Ich beschloß, mit Nele aus dem Leben zu gehen. Ulfried würde sich um Sascha kümmern, es war besser für uns alle. Nele gehörte allein mir, niemand wollte sie haben, es war mein Recht, sie mit mir zu nehmen. Zwischen Übungen und Hausarbeiten schmiedete ich Pläne. Zum erstenmal seit Jahren wich der Druck von meinem Herzen. Der Gedanke, daß ich es nur zu beenden brauchte, um Ruhe zu finden, war tröstlich und voll Verheißung. Jeder neue Plan war besser als der alte, ich verglich sie untereinander, baute aus,

brachte Verbesserungen an. Schied zuletzt systematisch einen nach dem anderen aus, bis der letzte, der beste übrigblieb: Nele ein paar Schlaftabletten verabreichen, selbst eine größere Dosis schlucken und dann mit ihr gemeinsam hinausschwimmen in den Strom, bis wir müde würden. Irgendwo draußen mit ihr gemeinsam untergehen, die Wasser über uns zusammenschlagen lassen. Unerreichbar sein für immer, für alles, für alle.

Ich hatte meinen besten Pfeil noch nicht verschossen, das Fangnetz für meinen Plan: Ich erzählte Stefan von Ulfrieds Vergewaltigungen. An einem Regentag, im Wagen sitzend, während das Wasser über die Windschutzscheibe lief.

»Das habe ich nicht gewußt. Ich habe es nicht geahnt, Barbara.«

Er war totenblaß geworden.

»Das ist grauenhaft. Entsetzlich. Ich werde nie ausloten können, was du gelitten hast.«

Sein Gesicht war eingefallen, blaß. Die Adern an seiner Stirn traten hervor, pulsierten zum Zerspringen.

»Verzeih mir! Ich kann dich nur auf Knien bitten: Verzeih mir!«

Er fuhr heim zu Dorothy. Entließ mich in Ulfrieds Bett.

Am nächsten Tag: »Ich habe die ganze Nacht kein Auge zugetan. Wir müssen es ändern. Wir werden es ändern, Barbara.«

»Wann?«

»Bald.« Er zögerte, sagte dann mit fester Stimme: »Morgen.«

Am übernächsten Tag: »Ich habe es versucht. Ich kann es nicht, kann es nicht. Nicht jetzt, Barbara. Ich bin wie gelähmt...«

Er fuhr heim, erlitt einen Nervenzusammenbruch. Ich fühlte mich schuldig, erstickte in Selbstvorwürfen. Beschloß, es auf andere Weise zu beenden. Unblutig, ohne Katastrophe. Stefans Krankheit hatte mich auf den Boden der Realität gebracht: Vielleicht war es leichter, ohne ihn zu leben, als ihn jeden Tag von neuem zu verlieren. Vielleicht tat es einmal und für lange Zeit weh und hörte dann doch irgendwann auf, anstatt mich langsam zu zerfressen, zu zersetzen, Zelle für Zelle.
Er fand meinen Brief vor, als er nach sechs Wochen Rekonvaleszenz die Universität betrat. Nach der Vorlesung rief er in der Bibliothek an.
»Wie du willst, Barbara. Wir können es versuchen.«
Seine Stimme klang schleppend. Der unüberhörbare Vorwurf traf mich unterhalb der Gürtellinie.
»Es ist vielleicht besser für uns beide. Auch für Nele, wenn sie dich vergißt.«
»Wie du willst, Barbara.«
Ich hätte beinahe gelacht. Wir trennten uns, ohne uns noch einmal gesehen zu haben. Er flog nach Teneriffa zur Erholung.

Katrin kam mit Daniela, die die Aufnahmeprüfung in die Realschule bestanden hatte, um sich ein paar Bücher auszuborgen.
»Sie muß ein bißchen in der Literatur Bescheid wissen. Hast du etwas Passendes?«
Daniela hatte begonnen, sich für Sascha zu interessieren. Mädchen sind früher dran, hatte schon meine Großmutter gesagt. Sascha wußte nicht recht, was er mit ihr anfangen sollte. Schleppte sie in sein Zimmer und zeigte ihr seine Giftsammlung. Daniela schien be-

eindruckt und stieß, durch die halboffene Tür deutlich hörbar, angeregte Grusellaute aus.
»Rede schon, Barbara!« Katrin sah fröhlich und erholt aus, hatte die Haare hochgesteckt, trug Jeans und ein farbiges Sweatshirt.
»Du siehst gut aus, Katrin.«
»Das kann ich dir leider nicht zurückgeben. Was ist los?«
»Ich habe mich von ihm getrennt.«
»Vom großen Unbekannten? Bist du verrückt? Und was wird jetzt?«
»Nichts.«
»Nichts?«
»Am besten, wir sprechen nicht darüber. Was gibt es bei dir?«
Was es bei ihr gab, überstieg die kühnste Vermutung, ließ mich meine eigene Situation für Augenblicke vergessen: »Ich habe ihn wiedergesehen.«
»Wen?«
»Michael. Nach all den Jahren. Den Studenten. Du erinnerst dich?«
»Natürlich.«
»Er war hier. Zufällig. Auf Urlaub. Rief, mehr zum Spaß, meine Nummer an. Dachte gar nicht, daß ich überhaupt noch hier wohne. Ich hob ab, und es war passiert.«
»Was war passiert?«
»Barbara, ich habe mich verliebt.«
»Verliebt, in Michael?«
»Ich weiß, es ist verrückt. Er ist immer noch zehn Jahre jünger als ich. Aber doch viel reifer, als er damals war. Hat inzwischen ein paar Affären hinter sich gebracht, aber eben nicht das Richtige.«

»Und jetzt...«
»Er sagt es, Barbara. Ich glaube ihm. Ich will ihm glauben. Ich bin ein paar Jahre älter als du. Ich habe nicht mehr viel Zeit. Ich will noch einmal leben. Meine Kinder sind groß. Michael ist nicht viel älter als Mary Rose. Vermutlich ist es verrückt, aber ich kann es nicht ändern.«
»Und Rolf?«
»Er weiß es nicht. Noch nicht. Ich möchte es noch ein wenig für mich behalten.«
»Wird er dich gehen lassen?«
»Warum nicht? Mother Queen wird glücklich sein, ihn wiederzuhaben.«
»Wie geht es mit ihr?«
»Fabelhaft. Dank dir, Frau Freud. Sie ist zu einer zahnlosen, halbblinden Viper geschrumpft: Wenn sie beißt, beißt sie daneben. Ich bin freundlich zu ihr, das ist meine Rache.«
»Und was hat Michael mit dir vor?«
»Darüber haben wir noch nicht nachgedacht. Ich bin glücklich, verstehst du? Ich wache morgens auf und bin glücklich. Kannst du dich noch erinnern, wie das ist: glücklich sein?«
Sie merkte ihren Fehler, versuchte, darüber wegzureden. Legte mir in den Mund, daß die Lösung für mich positiv, wünschenswert sei.
»Du bist stark, Barbara. Ich bewundere dich. Gut, daß du es geschafft hast. Du wirst sehen, du kommst darüber weg.«
Ich kam nicht darüber weg. Am zweiten Tag nach Stefans Rückkehr von Teneriffa rief ich im Institut an.
»Barbara?«
»Ich kann es nicht, Stefan. Ich halte es nicht durch.«

»Ich habe darum gebetet, daß du anrufst.«
Wir stürzten ineinander, auswegloser als je vorher. Verbrachten Stunden, die jenseits alles Beschreibbaren liegen.
»Es ist mehr als Liebe«, sagte Stefan.
Wenn ich jetzt halbe Nächte wach lag, wußte ich, daß ich ihn am nächsten Tag sehen würde. Es war leichter und schwerer. Aber lebbar. Ohne ihn war es nicht lebbar gewesen.
Nele ging jetzt zur Schule. Wenn nach den Eltern gefragt wurde, kam sie weinend heim. Ließ sich trösten. Wenn ich weinte, tröstete sie mich. Unser Zusammenleben war zur Symbiose geworden. Sascha schlug sich tapfer und gescheit durch die Mittelstufe. An der Universität hatte man mir einen Lehrstuhl angeboten.
Manchmal traf ich am Portal den Psychiaterkollegen. Wich seinen Fragen aus, schließlich ihm selbst. In dieser Zeit hatte ich begonnen, zur Selbsthilfe zu greifen: Ich ließ mich in eine Art von selbsterzeugtem schizophrenen Schub gleiten, der es mir möglich machte, aus meinem Problem herauszutreten und es als eine Art Spektakel, an dem ich selbst nicht beteiligt war, vor mir auszubreiten. Da ich mit niemandem sprechen konnte, erfand ich eine zweite Person, die die Situation für mich so aufschlüsselte, wie ich es bei Katrin getan hatte. Es half nicht, aber es beschäftigte mich, machte ein Selbstgespräch möglich. Die Doppelposition Patient/Psychiater habe ich seither nie wieder ganz verlassen.
Warum kann ich das nicht: einen Mann teilen? Es gibt Tausende von Frauen, die es tun.
Es gibt Tausende, und jede stirbt tausend Tode, jeden Tag.

Es war besser, etwas vor sich selbst einzugestehen, als es zu leugnen, zu verbergen. Zu diesem Schluß kam ich, ohne den Kollegen vom Universitätsportal. Er wartete manchmal auf mich, stand einmal vor meiner Wohnung auf der Straße. Ich zog die Vorhänge zu.

Stefan reiste mit Dorothy nach Kota Bahru in Malaysia. Es war die Insel, die er für uns hatte bebauen wollen. Er hatte es vergessen, als er mir den Namen nannte. Ich riß mir die Hände an der Hausmauer blutig, als er ins Taxi stieg und mir durch das Rückfenster zuwinkte. Es half, aber nur für kurze Zeit.
Heimgekommen, rief ich Katrin an.
Rolf hob ab. »Sie ist nicht daheim. Hat Besuch aus Deutschland, irgendeinen Neffen. Sie hat Dutzende davon. Sie sagte, es würde spät werden.«
»Entschuldige! Ich rufe morgen wieder an.«
»Warte! Was tust du heute abend?«
»Nichts Besonderes. Es geht mir nicht gut.«
»Vielleicht bessert sich das, wenn ich dich zum Abendessen einlade.«
»Ich glaube nicht, Rolf. Danke dir. Ich möchte allein sein.«
»Mit mir kann man fabelhaft allein sein«, sagte Rolf. »Frag Katrin. Ich werde dich überhaupt nicht beachten.«
Ich mußte lachen.
Rolf lachte ebenfalls. »Schon besser. Wann also?«
Stefans Flugzeug ging um acht. Ich würde stundenlang durch die Wohnung rennen. Beruhigungstabletten schlucken, die nichts halfen. Am Ende vor Erschöpfung einschlafen und mich am folgenden Morgen in katastrophaler Verfassung in die Universität schleppen.

»Halb acht«, sagte ich, »wenn es dir recht ist.«
»Komm ruhig im Arbeitskittel. Ich werde dich keines Blickes würdigen.«
Im Lokal küßte er mir mit abgewandtem Gesicht die Hand und spielte seine Rolle weiter, als halte er sich an eine seriöse Absprache. Daraus entstehende komische Situationen parierte er mit lockerer Selbstverständlichkeit.
»Vor dem Kellner müssen wir uns zusammennehmen«, sagte er. »Nur ein kurzes, einverständliches Nicken deinerseits, wenn du die Güte hättest. Es ist gleich vorbei.«
Es tat wohl, einfach mit jemandem beisammenzusitzen, frei von Druck und Schwere. Bei Stefan wich die Spannung nie, und nie der Schmerz. Auch in den glücklichsten Augenblicken blieb der unweigerlich bevorstehende Abschied stets präsent, rückte näher von der Sekunde der Begrüßung an, machte jedes Wort im Augenblick, da es gesprochen wurde, zur Erinnerung, jede Geste der Zärtlichkeit zur Leihgabe.
Rolf war in die Rolle des Entertainers geschlüpft, unaufdringlich, mit unterkühltem Charme. Wenn ich über eine seiner improvisierten Einlagen lachen mußte, atmete er auf, als habe er sich einer Zentnerlast entledigt, und trocknete die Stirn mit seinem blütenweißen Taschentuch.
Ich mußte kurz daran denken, daß Katrin es gebügelt hatte, wischte den vagen Anflug schlechten Gewissens mit Selbstgerechtigkeit beiseite: Was tat ich schon? Katrin war in diesem Augenblick vermutlich mit Michael in der Stadtwohnung. Sie hatte sie Mother Queen abgekauft, als diese wegen eines Perlnerzes in Verlegenheit, Katrin dank ihrer Buchüberset-

zungen im Besitz des nötigen Geldes war. Sie bezahlte die Kosten, vermietete zeitweise an Diplomaten und Touristen, zeitweise auch nicht und war die einzige, die einen Schlüssel besaß. Schon der Hausmann war seinerzeit in den Genuß des Appartements gekommen.

»Du hattest damals ganz recht mit dem Ehebett, Barbara. Das ist keine Lösung. Es ist wunderbar, ein Stück Freiheit zu besitzen. Wenn ich dich nicht hätte, Frau Freud!«

In unserer mittlerweile männerlos gewordenen Runde – die beiden Renommierstücke waren uns von spätbekehrten Emanzen weggeheiratet worden – war einmal die Rede darauf gekommen.

»Warum sind es immer die Frauen, die die Quartiere bereitstellen müssen?«

»Weil sich sonst nichts abspielt«, hatte Elisabeth, unsere Radikalintellektuelle, erläutert. »Kein Mann würde sich die Mühe machen oder das Risiko eingehen. Sie scheuen sowohl die Kosten als auch die Peinlichkeit der Anfrage bei einem Freund. Wenn die Frau einen Unterschlupf auftreibt, gut, wenn nicht, bleibt es beim Autogeknutsche oder dem freundlichen Gedenken während der ehelichen Pflichterfüllung. Ich kenne Männer, die auf diese Weise ohne geistige oder finanzielle Strapaze Dutzende von Verhältnissen absolviert haben.«

»Frauen sind risikofreudiger«, sagte Christine.

»Nein, sie investieren dabei ihre Seele, während die Männer sich beim Kalbsbraten vom Suppenfleisch erholen wollen.«

Rolf sah an diesem Abend nicht aus, als wolle er sich bei Kalbsbraten oder Sonstigem erholen. Eigentlich

sah er schon länger nicht danach aus. Die Zeit war auch an ihm nicht spurlos vorbeigegangen.
Beim Anblick des von Katrin gebügelten Taschentuchs sprang mir eine Frage über die Lippen, die ich nicht mehr zurückholen konnte: »Was ist mit eurer Stadtwohnung, Rolf? Ich dachte nicht, daß du sie je aufgeben würdest.«
»Ich auch nicht.« Er lächelte etwas süßsauer. »Es hat sich ergeben. Katrin hat in einem Augenblick zugeschlagen, da meine Mutter in blindem Amoklauf auf ein anderes Ziel zusteuerte.«
Ich mußte lachen. »Der Perlnerz?«
»Ja. Zwei Damen aus dem Bridgeclub besaßen bereits einen, die dritte hatte den Kauf angedroht.«
»Ist sie ihr zuvorgekommen?«
»Gottlob.« Er sah konsequent an mir vorbei. »Ich wüßte gern, ob die Frage persönlichen oder allgemeinen Charakter hat, Frau Freud.«
»Was meinst du?«
»Ob dich mein Privatleben Katrins oder meinetwegen interessiert.«
Ich wandte verblüfft den Kopf. Wollte zu einer Erklärung ansetzen, das offensichtliche Mißverständnis zurechtrücken. Da wandte auch er sich mir zu. Sah mir sekundenlang ruhig und unverhüllt in die Augen.
Es geschah so überraschend, daß ich nicht ausweichen konnte. Im Hintergrund meines Bewußtseins angelte ich krampfhaft, viel zu lange nach einem neutralen Wort. »Weder das eine noch das andere«, sagte ich schließlich. Riß mich gewaltsam von seinem Blick los. Die Unsicherheit hatte mich gepackt, war knieaufwärts in meinen Kreislauf gedrungen.

»Ich dachte immer, daß deine Mutter gewisse Pläne hat.«
»Meine Zukunft betreffend«, sagte Rolf, »das ist richtig. Sie hat sie aufgegeben. Ebenso wie ich.«
Der Schock verebbte langsam. Der Gesprächston hatte sich halten lassen.
»Katrin wäre glücklich, das zu hören«, sagte ich. »Hast du es ihr gesagt?«
»Warum sollte ich?«
»Sie könnte ein wenig Sicherheit brauchen. Sie denkt immer noch, daß du sie verlassen wirst.«
»Warum sagst *du* es ihr nicht? Du bist ihre Freundin.«
»Das ist absurd, Rolf. Ihr beide seid die Partner.«
»Katrin ist kein Partner für mich«, sagte Rolf.
Ich hatte den Aufbruch hinausgezögert, weil ich Angst vor dem Alleinsein hatte. Rolf küßte mich zum Abschied. Es tat sekundenlang weh, reizte zum Widerspruch: die fremden Lippen, der Duft des fremden Rasierwassers. Dann, als gleite ein Filter darüber, der neutralisierte und abschirmte, blieb nur die Realität der Umarmung, der Gegenwart eines Mannes, der hier bei mir auf dem Boden war und nicht mit einer anderen Frau in der Luft.
»Falls du wieder einmal allein sein möchtest«, sagte Rolf, »du kennst meine Telefonnummer.«
Ich schob alles beiseite, als ich die Treppen hochstieg. Es war nichts gewesen, weniger als nichts. Hatte mich über die Stunden von Stefans Abreise gebracht, das war alles. Mich müde gemacht, so daß ich vielleicht würde schlafen können.
In der Nacht kam der Schmerz wieder, schleichend, peinigend. Ich witterte ihn von weitem, fühlte seine

auf mich zustrebenden Saugarme, als er näher kroch, teigig und klebrig, um sich auf mir niederzulassen. Ich haßte ihn, diesen Schmerz, hatte ihn satt zum Überdruß, wütete gegen ihn, er langweilte mich zum Erbrechen. Ich stieß mit Füßen nach ihm, wollte ihn abwürgen, zertreten. Wußte dennoch, daß er erst mit mir zusammen erlöschen würde.

Ulfried kam an mein Bett. »Was ist mit dir los? Bist du krank?«

»Nein. Warum?«

»Du hast im Schlaf geschrien. Nicht das erste Mal.«

»Ich träume manchmal schlecht.«

Er stand vor meinem Bett, sah auf mich herunter. »Du tust mir leid, Barbara.«

Am nächsten Vormittag rief Katrin an. »Ich hab's geschafft, Frau Freud. Dank deiner Hilfe. Ich hätte nie gedacht, daß ich so weit kommen würde.«

»Wovon redest du?«

»Rolf hat was Neues, und es ist mir egal.«

»Was hat er?«

»Eine Neue. Heute morgen habe ich die Spuren gefunden. Ich habe es ihm auf den Kopf zugesagt. Er hat es gar nicht abgestritten.«

Ich hatte meine Füße um die Sesselbeine gehakt, preßte die Knöchel gegen das runde Holz, um mich festzuhalten. »Wie kommst du darauf?«

»Ich habe in seinem Wagen auf dem Beifahrersitz eine Schachtel Cerini gefunden, diese kleinen italienischen Wachsstreichhölzer, die du auch benutzt. Gestern abend, als er mich in die Stadt brachte, waren sie noch nicht da.«

»Hat er dir nicht gesagt, daß...« Ich stockte.

»Er hat mir überhaupt nichts gesagt. Er starrte mich nur mit seinen schönen blauen Augen an. Typisch, wenn er ein schlechtes Gewissen hat. Und weißt du, was das Schönste ist? Es ist mir piepegal. Piepegal.«
»Wo warst du gestern?«
»In der Stadtwohnung, mit Michael. Ich mußte es ausnutzen, er fährt morgen zurück nach Deutschland. Ab nächsten Ersten vermiete ich wieder, ich brauche das Geld. Übrigens habe ich Rolf gesagt, daß ich mit dir zusammen war.«
»Du hast...«
»Sei nicht so entsetzt! Was hätte ich tun sollen? Der Neffe wurde langsam suspekt. Hast du's plötzlich mit der Moral?«
»Katrin, du hättest mir ein Wort sagen müssen.«
»Das hatte ich vor, aber es war keine Zeit. Sei doch nicht sauer, Barbara. Was ist plötzlich mit dir los?«
Die Konfusion war doppelt. Ich fühlte, wie mir alles aus der Hand glitt. Beruhigte Katrin flüchtig. Legte auf.
Was war geschehen? Was war zu tun?
Der Augenblick, Katrin zu sagen, daß ich die Frau mit den Streichhölzern gewesen war, war vorbei. Warum hatte Rolf es nicht getan? Warum hatte er zu ihren Anschuldigungen geschwiegen? Und wie dachte er jetzt über die Sache mit Katrins Neffen? Hätte ich von Katrins Ausrede gewußt, hätte ich seine Einladung nicht angenommen. Wie sollte ich sie nun schützen? Wie ihr erklären, daß ich nicht dazu imstande war?
Ich beschloß, im Augenblick nichts zu unternehmen und zu warten, bis ich einen klaren Gedanken fassen konnte. In meinem Kopf sah es aus wie auf einem Trümmerfeld. Die Morgenzeitung hatte einen Bericht

über Dorothys bevorstehende Ausstellung in London gebracht.

Ich ließ ein paar Tage vergehen. Rief dann bei Rolf in der Firma an. »Warum hast du Katrin nicht gesagt, daß ich es war?«

»Sehr einfach, Barbara: Weil sie ihrer Aussage nach den Abend mit dir verbracht hatte.«

»Und was...«, ich stockte, »wie...«

Er lachte leise, ein wenig hart. »Du hast recht: Es sind zu viele Fragen auf einmal. Wie wäre es, wenn wir bei einem Glas Wein versuchten, sie zu beantworten?«

»Auf keinen Fall.« Ich war erschrocken, wußte selbst nicht, weshalb. Jedenfalls durfte die Konfusion sich nicht ausweiten. Es war genug.

»Es ist genug, Rolf.«

»Genug, wovon?« Er fragte ruhig, ernst. »Du scheinst Dinge über Katrin zu wissen, die ich nicht weiß.«

»Was sollte das sein?«

»Das müßte ich dich fragen.« Eine Pause entstand. Ich merkte, daß ich schweißgebadet war: Wenn Rolf je dahinterkäme, hatte Katrin gesagt, er würde keine Sekunde zögern, sich aus ihrem Verschulden scheiden zu lassen.

»Möglicherweise hätte ich es ihr auf den Kopf zugesagt und die Sache mit dir klargestellt«, sagte Rolf, »aber da war noch etwas anderes. Sie hat mich jahrelang mit ihrer innigen Beziehung zu dir auf die Palme gebracht. Vielleicht habe ich in einer Art von Revanchedenken gehandelt und es genossen, daß diesmal wir beide, du und ich, es sind, die ein Geheimnis haben.«

»Aber das ist verrückt. Wir haben kein Geheimnis.«

»Natürlich nicht«, sagte Rolf. »Wenn du willst, werde

ich es aufklären und mich entschuldigen. Aber ich kann dir versichern, daß das keine gute Idee ist.«

»Warum nicht?«

»Weil Katrin meinen wird, daß wir es gleich hätten sagen sollen.«

»Wir?«

»Ich. Sie wird sagen: ›Wenn es so harmlos war, warum hast du es verschwiegen?‹«

Das würde sie, ohne Zweifel. Die Fußangel saß locker, aber unlösbar um mein Gelenk.

»Die Fäden zwischen uns laufen kreuz und quer«, sagte Rolf, »von Anfang an. Du kannst die Tatsache, daß wir eine Art Dreieck sind, nicht wegstecken.«

»Wovon redest du, Rolf? Womit spielst du?«

»Ich spiele nicht«, sagte Rolf. »Eines Tages wirst du dahinterkommen.«

Katrin kam und erzählte mir von Michael. Was er tat und sagte, wie es gewesen war, als sie einander wiedergefunden hatten. Sie war verändert, war jung und sportlich gekleidet, hatte das Haar kurzgeschnitten, ein wenig getönt. Sie steckte voller Pläne, wollte ihr Glück mitteilen.

»Wie soll es weitergehen, Katrin?«

»Vielleicht lasse ich mich scheiden. Die Kinder sind groß. Sie werden es verstehen. Sie haben es lange genug mit angesehen, wie Rolf mich gedemütigt hat.«

»Liegt dir nichts mehr an Rolf?«

»Doch.« Sagte Katrin. »Mir liegt an der Zeit mit ihm, an unseren gemeinsamen Jahren, an der Erinnerung, dem investierten Gefühl. Er ist ein Teil von mir. Vielleicht finden wir viel später wieder zueinander. Er hat sich auch verändert. Wir waren wohl nicht reif füreinander.«

»Würdest du Michael seinetwegen aufgeben?«
»Darüber kann ich nicht nachdenken«, sagte Katrin. »Ich bin froh, daß sich die Frage nicht stellt.«
Sie liebte Rolf immer noch. Vielleicht wußte sie es nicht, wollte es nicht wissen. Ich hätte es wissen müssen. Das spricht mich schuldig.
Sie erzählte von Michael, ihre Körperhaltung hatte sich geändert, war mädchenhaft weich geworden. Ihre Sprechweise hatte alle Schnoddrigkeit verloren.
»Er ist ein Stück Natur, nach all der Künstlichkeit, dem Krampf, dem demütigenden Getue. Er nimmt mich, wie ich bin. Ich brauche keine Vorwände und Tricks, keine Strapse und Parfumwolken. Er hat keine Marotten, kennt keine Zwänge, keine Angst zu versagen. Weißt du, was das heißt?«
Ich wußte es. Wußte, daß es keine Zukunft hatte, ebensowenig wie bei mir. Wußte, daß wir es beide nicht wahrhaben wollten.
»Wir machen eine Reise, Barbara. Michael hat es vorgeschlagen. Durch Deutschland, Dänemark, Norwegen, bis hinauf zum Nordkap. Er hat es schon einmal gemacht, allein, und möchte es mir zeigen. Im Sommer, wenn er das Examen hinter sich hat.«
»Studiert er immer noch?«
»Zweitstudium. Er hat Jura gemacht, macht jetzt noch Soziologie. Seine Eltern haben es ihm freigestellt. Er möchte alles wissen, alles lernen.«
»Was wirst du Rolf sagen, wenn du nach Norwegen fährst?«
»Keine Ahnung. Kommt Zeit, kommt Rat. Wünsch mir Glück, Barbara!«
»Das tu' ich.«

Stefan kam wieder. Braungebrannt, zärtlich und fröhlich. »Warte nur, wenn ich mit Nele zum ersten Ball gehe! Meinst du, daß sie mich als Tänzer akzeptiert?«
Ich wollte ihm sagen, daß ich von Ulfried wegwollte. Erwog damals zum erstenmal, mit Nele ganz in unsere kleine Wohnung in der Türkenstraße zu ziehen.
Stefan erzählte von Kota Bahru: »Ich habe das Haus neu decken lassen, mit rostroten Schindeln, wie sie die Malaysier mit ihren Händen aus Torf formen. In der Nacht kommen fliegende Hunde vorüber. Nele wird dort aufwachsen wie eine kleine Eingeborene.«
Ich fragte nicht mehr, wann. Er wußte so gut wie ich, daß Nele nicht mehr viel aufzuwachsen brauchte. Es war schon jetzt zu spät. Schon jetzt alles versäumt.
Er verstand mich, hielt mich in den Armen. »Barbara, ich schwöre es dir: Ich habe nur den einen Wunsch, nur das eine Ziel. Vertrau mir! Es wird gut. Ich brauche nur noch ein wenig Zeit, ganz wenig. Alles wird gut.«
Er nahm seine Arbeit an der Universität wieder auf.
Eines Morgens, ich hatte den Abend davor im Kreis unserer etwas geschrumpften Damenrunde verbracht, kroch Nele in mein Bett, zitternd, verstört:
»Wo warst du, Mami?«
»Fort. Mit Freunden.«
»Wo war Papi? Ich habe bei ihm angerufen, er war nicht da.«
Nele hielt Stefans Institutsnummer für seine Privatnummer, wußte nichts von Dorothy, würde es nie erfahren. Tagsüber war er für sie erreichbar, abends war ich bei ihr.
»Ulfried hat gesagt, daß du eine schlechte Frau bist.«
Sie nannte Ulfried zum Unterschied von ihrem Vater beim Vornamen.

»Glaubst du das, Nele?«
»Er hat gesagt, du wirst nicht wiederkommen. Eines Tages wirst du uns allein lassen und nicht wiederkommen.«
»Ich werde dich nie allein lassen.«
Sie weinte, war verwirrt. Wollte nicht zur Schule gehen.
»Bleib daheim. Ich schreibe dir eine Entschuldigung.«
»Ich will nicht hierbleiben, wenn Sascha nicht da ist.«
Sascha besuchte seit Beginn der Mittelstufe auf eigenen Wunsch das Musikgymnasium in Dürnbach, dem ein Internat angeschlossen war. Spielte dort im Orchester, kam nur am Wochenende heim.
»Willst du mit mir zur Universität kommen? Du kannst in meinem Zimmer auf mich warten.«
Das kleine Gesichtchen strahlte auf. »Ich werde dich überhaupt nicht stören, Mami.«
»Du wirst ziemlich lange allein sein. Ich habe eine Vorlesung und eine Übung.«
»Aber du bist in der Nähe. Darf ich mir die Bücher ansehen?«
»Natürlich.«
Stefan kam in mein Zimmer, während ich die Übung abhielt. Nele war auf der kleinen Couch eingeschlafen.
Sie richtete sich auf. »Papi. Papi.« Sie war traumbefangen, verwirrt. »Wo warst du? Ich habe dich angerufen.«
Er setzte sich zu ihr. Nahm sie in die Arme. »Meine kleine Nele. Mein Kind. Mein Baby.«
Sie begann zu weinen. »Warum können wir nicht mit-

einander leben? Ich will, daß du immer da bist, wenn ich aufwache.«
Er schwieg. Hielt sie an sich gedrückt.
»In der Schule sagen sie mir, daß ich keinen Vater habe. Ulfried ist nicht mein Vater. Bin ich schlechter als die anderen?«
Sie hielten einander umarmt, als ich eintrat. Neles Gesichtchen war gerötet, schweißnaß, das Haar klebte ihr an der Stirn. Sie hielt Stefan krampfhaft fest, als wolle sie ihn hindern aufzustehen. Stefan war totenblaß, seine Augen lagen tief in den Höhlen. Die Ader an seiner Stirn pulste zum Zerspringen. Ich wandte mich ab, sah aus dem Fenster, weil mir übel vor Mitleid mit beiden war.

Nele wollte nicht in die Wohnung zu Ulfried zurück. Nun, da Sascha aus dem Haus war, konzentrierte er sich in meiner Abwesenheit voll auf sie, beobachtete jeden ihrer Schritte. Wollte sie ständig bei sich im Zimmer haben, verwickelte sie in Gespräche über unsere Situation, denen sie nicht gewachsen war. Nele bekam Lernschwierigkeiten, Sprachstörungen. Wir schlossen einen Kompromiß: Wohnten die halbe Woche bei Ulfried, wobei das Wochenende mit Sascha mit eingeschlossen war, und zogen uns von Montag bis Donnerstag in das von Stefan gemietete Appartement in der Türkenstraße zurück. Er konnte uns dort jederzeit besuchen. Nele erklärte nun in der Schule, daß sie mit ihren Eltern zusammenwohne.
»Aber verheiratet sind sie nicht.«
»Doch«, sagte Nele, »sie haben in Paris geheiratet, in Notre Dame. Es war ein tolles Fest. Ich war dabei.«
»Warum heißt du dann nicht so wie dein Vater?«

Als Stefan Nele offiziell seinen Namen gab, wurde es für sie in der Schule besser.
Meine Lügen waren genauso phantastisch wie die ihren.
»Wo schläft Papi? Hat er kein eigenes Bett?«
»Er schläft auf der Couch, im Hofzimmer. Wir kaufen später ein Bett.«
»Ich habe am Abend das Türschloß gehört. Ist er weggegangen?«
»Natürlich nicht.«
Wir drückten von nun an das Schloß mit dem Taschentuch zu, wenn Stefan abends ging.
»Warum ist er am Morgen nie da?«
»Er muß früh fort. Er hat viel zu tun.«
Wie lange würden meine Lügen halten? Neles Zustand hatte sich ein wenig gebessert. Sie hatte aufgehört, Worte zu zerhacken, wenn sie sprach. Dafür setzten Schlafstörungen ein.
Eines Nachts kroch sie in Panik unter meine Decke.
»Mami, Papi ist fort! Die Couch ist leer!«
Ich wußte nicht gleich, wovon sie sprach.
»Ich mußte auf die Toilette, und die Tür zum Hofzimmer stand offen. Ich wollte sehen, wie Papi aussieht, wenn er schläft. Die Couch ist leer. Warum ist er weggegangen?«
»Er ist bei einem Kongreß. Er kommt sehr spät. Vielleicht ist er gleich zur Universität gefahren und schläft ein paar Stunden in seinem Büro.«
Sie war mißtrauisch geworden. Stand in der nächsten Nacht wieder auf. »Er ist nicht da, Mami!«
Ich erzählte etwas von einer Dienstreise. Sie glaubte mir nicht. War steif vor Angst.
»Er hat uns verlassen. Du willst es mir nicht sagen.«

»Verlassen?«
Sie begann zu weinen, erst leise, stoßweise, verfiel dann in einen Schreikrampf. Schrie zwei Stunden lang nach ihrem Vater. Schrie, daß er uns verlassen habe.
»Nele, wie kommst du darauf? Nele, um Gottes willen!«
Ich erwog, Stefan anzurufen. Verwarf es. Entschloß mich endlich doch dazu. Wählte seine Nummer. Dorothy hob ab. Verschlafen, unwillig: »Ejaa?«
»Kann ich Professor Reinking sprechen?«
»Nein.« Sie legte auf.
Natürlich wußte sie längst von uns. Stefan hatte irgendwann ein Geständnis abgelegt, war danach noch tiefer in die Verpflichtung ihr gegenüber geglitten. Mit dem Mut der Verzweiflung wählte ich noch einmal. Diesmal hob sie nur ab und legte gleich wieder auf.
Nele weinte bis zum Morgen. »Er kommt nicht wieder. Du wirst es sehen.«
»Aber warum? Wie kommst du darauf?«
»Ulfried hat es gesagt. Eines Tages wird er uns verlassen.«
Auch die Mädchen in der Klasse hatten es prophezeit. Neles Schicksal war ihnen zu romantisch. Wie alles, was außerhalb der Norm läuft, forderte es Diskussion, Neid, Übelwollen heraus.
Ich bat Stefan, ein paar Nächte bei uns zu verbringen. Er tat es, geriet dabei Dorothy gegenüber in beinahe unüberwindliche seelische Schwierigkeiten. Da er ihr gesagt hatte, daß er im Ausland sei, wagte er sich nicht auf die Straße, sagte die Vorlesungen ab. Zuckte zusammen, wenn das Telefon läutete.

Nachts weckte ich Nele, führte sie an sein Bett. »Siehst du, Papi ist hier.«
Sie kontrollierte es selbst noch ein paarmal. Beruhigte sich dann. Ich hatte ein zweites Bett gekauft, zerwühlte jeden Tag das Bettzeug, auch als Stefan wieder bei Dorothy war. Er kam jetzt manchmal, blieb für eine Nacht und frühstückte bei uns. Kam hin und wieder morgens so früh, daß er in der Küche saß, wenn Nele aufwachte. Wenn er nicht da war, gab ich Nele zum Abendessen eine leichte Schlaftablette in den Orangensaft. Oft kam ich mir vor wie ein Fallschirmspringer, dessen Schirm sich nicht geöffnet hat.
»Es wird«, tröstete mich Stefan. »Bald. Ich weiß jetzt, daß ich es ändern muß.«
Vielleicht klingt es grotesk, aber ich wartete immer noch.
»Bald«, sagte Stefan. »Vertrau mir! Ich muß meine Kräfte neu sammeln. Im Augenblick bin ich wie gelähmt...«
Ich hatte Neles Sprachstörungen wegen mit ihr einen Kinderpsychiater aufgesucht.
»Sie braucht Sicherheit«, hatte er gesagt. »Geben Sie sie ihr, um jeden Preis!«
Ein paarmal hatte ich aufgeben wollen. War am Ende meiner Kräfte.
»Es ist gefährlich für das Kind«, sagte der Psychiater. »Wenn sie fünfzehn ist, können Sie ihr die Wahrheit sagen. Jetzt ist es zu früh.«
Das Versteckspiel mit Stefans Übernachtungen wurde fortgesetzt.
»Wo bleibt dein Nervenzusammenbruch?« fragte mich Katrin, die als einzige eine Ahnung von meiner Situation hatte. »Kein Mensch kann das aushalten, was du da durchexerzierst.«

Manchmal war ich soweit, die Wochenenden mit Ulfried herbeizusehnen. Was mir dort bevorstand, betraf wenigstens Nele nicht. Jedenfalls dachte ich so. Aber auch das änderte sich.
Eines Nachts, als Ulfried mit einer seiner Vergewaltigungen am Werk war, kam Nele ins Zimmer. Die Schlaftabletten befanden sich in der Türkenstraße, ich hatte nicht daran gedacht, daß wir sie hier benötigen würden. Nele stand in der Tür, buchstäblich zur Salzsäule erstarrt. Kehrte dann um und ging zurück in ihr Bett.
Ich löste mich in Panik aus Ulfrieds Umklammerung, stürzte ihr nach. Sie hatte sich in ihrem Bett verkrochen, das weiße Gesichtchen zur Wand gedreht. Sprach nicht mit mir. Reagierte auf kein Wort, keine Berührung. Ulfried kam mir nach. Setzte sich neben mich auf ihr Bett. Streichelte Nele, sprach zu ihr. Schließlich wandte sie sich ihm zu. Ließ sich von ihm aufheben, in den Arm nehmen: Es war ein Vater, der zu ihr sprach. Er liebkoste das erstarrte Gesichtchen, bis sie sich wieder abwandte, einschlief.
Mir hat sie nie verziehen.
Der Gedanke, ein Ende zu machen, nahm wieder Gestalt an. Wenn ich aus dem Weg war, war alles gelöst. Ulfried hatte Nele gern. Er würde sich um sie kümmern, wenn Stefan es nicht tat. Und, vielleicht, wenn ich nicht mehr da war, würde Dorothy damit einverstanden sein, daß Stefan Nele zu sich nahm. Ich allein war der störende Faktor. Sascha war bald erwachsen. Besser eine tote Mutter als eine verstörte und zerstörte Hysterikerin, zu der ich früher oder später unweigerlich werden würde. Ich wendete und drehte den Entschluß wie ein Stück Stoff oder Leder, wochenlang.

Besah ihn von allen Seiten, immer wieder. War aus mir herausgetreten, in die Psychiaterrolle geschlüpft, wog Für und Wider, wertfrei, ohne persönliche Beteiligung.
Eines Morgens ging ich, ebenso unbeteiligt, zur Apotheke. Verlangte eine Packung eines starken Barbiturats.
»Haben Sie ein Rezept?« Routinefrage. Der Apotheker kannte mich.
»Leider, mein Arzt ist verreist. Ich bringe es nach.«
»Ausnahmsweise.«
Es reizte mich kurz zum Lachen, daß er vergebens auf das Rezept warten würde. Ich nahm das kleine Paket, ging damit heim. Wartete auf etwas wie Selbsterhaltungstrieb oder wenigstens auf Abschiedsschmerz. Nichts davon stellte sich ein. Ich war nur erleichtert. Sascha und Nele würden weinen und vergessen. Ulfried und Stefan einander die Schuld zuschreiben. Beide mit Recht. Katrin würde sich einen neuen Psychiater suchen müssen.

Ich kannte den Weg von früheren Sonntagsausflügen mit Ulfried und den Kindern her. Er führte über das Weidlingtal hinauf in den Wienerwald, Windischhütte, Windischalm. Auf dem Weg zum Gipfelwald stand eine Heuhütte. Im ersten Sommer mit Nele waren wir ein paarmal dort gewesen, Nele hatte auf den steinigen Waldpfaden ihre ersten Schritte getan. Nun machte ich mich auf den Weg. Mit Straßenbahn und Autobus, damit niemand eine Spur finden würde. Der Tag war warm, früher Juni, das Gras roch nach Minze, Lauch, Erde. Eine Zeile aus einem Lied fiel mir ein: »Sage ihm, der fernher reitet durch die Wiesen hin, daß mein Leben ihn begleitet, daß ich nicht mehr bin.« Die Sentimentalität schien mir, auf die Situation bezogen, legitim. Ich wiederholte die Zeile ein paarmal, während ich bergwärts durch den Wald stieg. Eine Kreuzotter wäre jetzt nicht schlecht. Enthöbe mich der Verpflichtung, die Tabletten mit dem mitgebrachten Tetrapak-Frühstückskakao hinunterzuspülen. Ich schlucke Tabletten schlecht und ungern, sie bleiben mir im Hals stecken, ich glaube jedesmal zu ersticken. Nun, auch das wäre im vorliegenden Fall kein Fehler. Irgendwo ratterte ein Traktor – »Unter hohem Sonnenhimmel Mohn und Akelei, silberhell weht das Gebimmel her aus der Abtei«.

Alle Frauen schlucken schlecht Tabletten, hatte Stefan gesagt. Ich vermutete, er spielte auf Dorothy an. Das Heu war warm. Ich wartete noch immer auf den Wunsch, die ganze Aktion abzubrechen und in die eheliche oder außereheliche Wohnung zurückzukehren. Der Selbsterhaltungstrieb ist der stärkste existierende Trieb, hatte der Psychiaterkollege erklärt: Bei mir war er offensichtlich verkümmert. Was ich vermutlich vermissen würde, war der Geruch von Sonne und Heu, aber davon nahm ich ja eine Nase voll mit. Eine Münze hatte ich zu mir gesteckt, für den trinkgeldkorrumpierten Fährmann, meine mythologische Lieblingsfigur. Ich war neugierig, ihm zu begegnen. Die perforierte Ecke des Kakaopäckchens streikte, eine der Tabletten, die ich mir auf die flache Hand geschüttet hatte, verkroch sich im Heu. Mein letztes telepathisches Gespräch mit Stefan war kurz.

»Ist das alles, Stefan? War das alles?«

Er schwieg wie immer. War blockiert oder gelähmt, oder beides.

Sekundenlang sah ich sein Gesicht vor mir, braungebrannt, lächelnd, voll Wärme. Die Tabletten stellten sich in meiner Speiseröhre quer. Ich mußte fast den ganzen Inhalt des Viertelliterpäckchens nachgießen. Warf es dann weit von mir gegen die sonnendurchwärmte Bretterwand, weil ich die Aura hehrster Natur nicht durch den Anblick von Großstadtmüll vergiften wollte. Gift wäre auch nicht schlecht gewesen, da wäre es jetzt schon vorüber. Tabletten brauchen ihre Zeit. Sascha hortete einige Gifte in seinem Schrank, aber ich hatte Angst gehabt, das Falsche zu erwischen. Außerdem hätte es möglicherweise sein Gewissen belastet. Ich starrte, auf dem Rücken liegend, hinauf zu dem löcherigen Bretterdach, durch dessen Ritzen der weiße Himmel stach. Drehte mich dann zur Seite. Mein Hinterkopf schien sich zu einem Klumpen zu ballen, alles ging plötzlich sehr rasch.

Na denn, würde Katrin sagen.

Wenn ihr wüßtet, wie gern ich gelebt hätte. Keine speziellen Gedanken jetzt. Keine einzelnen Gesichter. Fort mit euch! Keine Stimmen, keine Augen, keine Gerüche, keine Berührungen. Amen. Oder?

Meine Heuhütte bäumte sich auf, schoß senkrecht in die Tiefe wie ein Schiff auf einer Flutwelle. Kam wieder hoch. Aus den Augenwinkeln sah ich, wie eine Kreuzspinne sich aus den Halmen hob, auf mich zukroch. Sie tauchte kurz in meiner Halsbeuge unter, nahm dann den Weg quer über mein Gesicht, eine klebrige, ein wenig ätzende Spur hinterlassend. Ich konnte die Hand nicht mehr heben, um sie fortzuwischen.

3

Als ich erwachte, saß Ulfried an meinem Bett. Das Zimmer war verdunkelt. Ich erkannte ihn an der Silhouette vor der sonnenbestrahlten Jalousie und an der zögernden, ein wenig ruckweisen Art, in der er mein Gesicht streichelte. In meinem Hinterkopf saß ein Klumpen, zog mich in das Kissen zurück, als ich mich aufrichten wollte. Ich versuchte zu sprechen.

»Sag nichts!« Ulfried beugte sich über mich. Sein Streicheln wurde intensiver. »Ich bin froh, daß du aufgewacht bist. Ich warte seit Stunden. Mach dir keine Sorgen, Barbara! Es wird alles gut.«

Ich schlief wieder ein. Wachte auf, als die Sonne die Jalousie verlassen hatte. Ulfrieds Haltung war unverändert. Jetzt nahm ich die Einrichtung des Zimmers wahr, den Infusionsgalgen über meinem Bett, fühlte die Nadel in meiner Armbeuge stecken.

»Was ist geschehen...?«

»Du hast das Zeug erbrochen. Gott sei Dank hattest du dich zur Seite gerollt. Trotzdem hast du so viel abgekriegt, daß du zwei Tage da oben gelegen bist. Dann hat dich der Bauer gefunden, als er Heu abladen kam. Beinahe hätte er dich zugeschüttet.«

»Wo bin ich?«

»Allgemeines Krankenhaus. Neurologische Abteilung.«

»Neurologische...?«

»Dein Blutdruck war so abgesunken, daß die Gefahr bestand, Teile deines Gehirns könnten gelähmt bleiben. Du warst im Koma, als man dich fand. Ein paar Stunden länger, und du wärst nicht zu retten gewesen.«
Ich wandte mich ab. Nicht zu retten. Ein paar Stunden. Schlechte Arbeit. Pfusch. Oder höhere Gewalt? Man kann das Zeug erbrechen, daran hätte ich denken müssen. Um sicherzugehen, muß man es mittels Klistier verabreichen. Die Idee, mit Schlauch und Klistier den Berg zu besteigen, war mir nicht gekommen.
Teile des Gehirns. Koma...
»Wie lange bin ich schon hier?«
»Barbara, du warst lange bewußtlos. Du mußtest künstlich ernährt werden. Jetzt ist die Gefahr vorüber. Doktor Perner sagt...«
Stefan. Weiß er davon? Was weiß er...?
»Der wievielte ist heute?«
»Der Sechste. Nein, der Siebente. Wenn sich dein Zustand weiter bessert...«
»Der siebente Juni?«
»August«, sagte Ulfried.
Ich drehte mich zur Wand. Das Bett hatte zu schlingern begonnen. Wie der Heuhaufen vorher. Vor zwei Monaten. Wie war das möglich? Ein Gedanke jagte mich hoch: »Die Kinder. Sascha und Nele.«
»Es geht ihnen gut. Sascha ist von einer Reise zurück, er war mit Freunden in Jugoslawien. Nele war bei Katrin.«
Ich versuchte, etwas von alledem zu verstehen. Die Gedanken rollten auf mich zu, hoben sich, bevor ich danach greifen konnte, schwebten jenseits der weiß-

getünchten Zimmerdecke ins Nichts. Was war es, das mich erschreckt hatte? Ich schlief wieder ein.
Es dauerte Tage, bis ich nach und nach begriff.
Der Sommer war vorüber. Niemand außer Ulfried besuchte mich. Ich würde bald entlassen werden, versicherte mir der Arzt, dann würde ich meine Kinder sehen. Ich wagte nicht, ihn oder eine der Schwestern zu bitten, Stefan anzurufen. Noch immer steckte Tag und Nacht die Infusionsnadel in meiner Vene. Zwischendurch durfte ich am Arm der Schwester ein paar Schritte im Zimmer oder auf dem Gang tun.
Am Tag, als man die Nadel fortnahm, wagte ich lange nicht, den Weg zur Telefonzelle zu nehmen. Eine junge Schwester hatte mir ein paar Münzen überlassen. Nach stundenlangem Zögern – die Zeit, die Stefan im Institut zu verbringen pflegte, war fast vorbei –, kroch ich aus dem Bett, tastete mich die Wand entlang die wenigen Schritte bis zur Zelle. Wählte die Nummer. Es läutete, niemand hob ab. Ich versuchte es wieder, dann noch einmal. Die Hitze in dem kleinen Raum war unerträglich. Mein Kreislauf wollte streiken, ich hielt mit einer Hand die Tür auf, um ein wenig Luft zu bekommen. Dann, im dumpfen Gefühl der Panik, wählte ich Stefans private Nummer. Es läutete zweimal.
»Wagner.«
Ich drückte den Hebel herunter. Versuchte ein paarmal durchzuatmen. Das Seidenhemd klebte mir am Körper, mein Herz hämmerte in schmerzenden Schlägen. Noch einmal die Nummer, diesmal sorgfältig, mit einer Hand die Tür offenhaltend.
»Wagner.«
Ich schleppte mich zurück ins Bett. Ein Alptraum aus

der Kinderzeit fiel über mich: Ich sitze in einem Schneeloch, der Schnee fällt dichter, weht alles zu, es wird dunkel, ich schreie, der Schrei löst sich nicht, erstickt im Schnee.

Eine Schwester kam mit einer Spritze. Ruhe, leise fallende Flocken.

Als ich aufwachte, saß Ulfried an meinem Bett.

»Ich habe gehört, daß du telefonieren wolltest. Es ist besser, wenn du die Wahrheit erfährst: Reinking hat das Land verlassen. Ich habe ihn dazu aufgefordert, nachdem wir dich gefunden hatten. Vermutlich hat er begriffen, was er dir angetan hat. Jedenfalls hat er keinen Einwand gemacht. Er hat seine Gastprofessur abgebrochen, noch vor den Semesterferien.« Er ergriff zögernd meine Hand, die fühllos auf der Bettdecke lag. »Vielleicht bist du mir jetzt böse, aber eines Tages wirst du erkennen, daß es richtig war. Es ist die einzige Möglichkeit, daß zwischen uns wieder alles gut wird.«

Er streichelte meine Hände, mein Gesicht. Ich hielt die Augen geschlossen, als könne ich seine Worte damit aussperren.

»Denk darüber nach, Barbara! Denk an die Kinder!«

Mein Bett begann wieder die Talfahrt. Spritzen, Galgen, dann nur mehr Spritzen. Schließlich Tabletten, jeden Tag acht Stück, dann sechs, dann vier.

Mein Hirn war leer. Zum Anziehen und Duschen brauchte ich zwei Stunden. Später eine. Die Blätter vor dem vergitterten Fenster wurden gelb.

Als ich entlassen wurde, stand Ulfried am Portal. Neben ihm Sascha, der sich einen Tag vom Internat freigenommen hatte, an Saschas Hand die achtjährige Nele.

»Hast du Angst vor Geistern, Barbara?«
Die Dämmerung vor den Scheiben des Gartenzimmers hat sich zu schwarzen Blöcken geballt. Mitternacht kommt heran.
Eines Tages waren wir auf den Gedanken gekommen, unsere Kindheit nachzuholen. Wir fanden, daß eine Freundschaft wie die unsere viel früher hätte beginnen müssen.
»Vor Geistern? Ja. Und du?«
»Ich nicht«, sagte Katrin. »Ich habe es mir abgewöhnt. Als ich etwa acht Jahre alt war, verbrachten wir einen Sommer in einem Dorf bei Berchtesgaden. Neben der Kirche war ein wunderschönes Beinhaus. Die Schädel lagen auf Wandbrettern zu Pyramiden gestapelt, darunter die übrigen Knochen, Rippen, Arme, Beine. Ich schlich mich fort, als meine Eltern schliefen, stieg über den Zaun und hockte mich mit einer Kerze in den Knochenturm. Er war rund, das Kerzenlicht flackerte, und die Schädel sahen mich an, als wollten sie sprechen oder lachen.«
»Und du?«
»Ich habe ausgehalten. Von elf bis eins. Als es Mitternacht schlug, dachte ich für einen Augenblick, mein Herz stehe still. Aber es geschah nichts. Dann war es vorüber. Gegen Ende wurde ich frech. Ich sagte den Idioten da oben, sie sollten herunterkommen, wenn sie Lust hätten. Sie grinsten ärgerlich, aber keiner rührte sich vom Fleck. Seither habe ich nie mehr Angst vor Geistern gehabt.«
»Du bist tapfer. Ich wäre gestorben.«
»Es ist nur ein Moment der Überwindung. Wenn du siehst, daß nichts geschieht, ist es vorbei.«
»Wovor hast du Angst?«

Katrin überlegte. »Vor Spinnen. Weberknechten, Kakerlaken. Vor allem, was lange, dünne Beine hat. Und du?«
»Ich nicht. Bei einer Schulaufführung im Gymnasium haben mir die Burschen aus der Achten eine Spinne auf das Dekolleté gesetzt. Ich spielte die Eboli. Ich bin damit auf die Bühne gegangen und habe König Philipp verführt.«
»Entsetzlich!« Katrin schüttelte sich. »Der arme alte Mann. Hat er keinen Schock bekommen?«
»Er war achtzehn und Leistungssportler.«
»Wovor hast du Angst?«
»Vor allem, was *keine* Beine hat. Vor Würmern und Schlangen. Vor allem, was auf dem Bauch kriecht. Ich habe mich jahrelang auf die Insel Delos gefreut. Dann, als man mir sagte, daß es dort Giftschlangen gebe, habe ich fast nicht gewagt, sie zu betreten. Der Schiffskoch mußte mir seine Fischerstiefel borgen.«
Ich habe die Stehlampe angeknipst. Draußen zuckt ein sanftes Wetterleuchten über den Himmel hin. Friedlich und fern. Im plötzlichen Aufflackern war es mir, als habe sich Katrins Schatten auf dem Korbstuhl am Fenster niedergelassen. Es war ihr Lieblingsplatz. Ihre Stimme höre ich schon seit Anfang unseres Gespräches.
Habe ich Angst vor Geistern? Nicht mehr, seit ich Menschen unter ihnen weiß, die mir nahestanden. Wenn Katrin die Tür öffnete und einträte, würde ich mich freuen. Auch wenn Ulfried vor mir stünde, mir die Hand entgegenstreckte mit seinem zögernden, traurigen Lächeln, ich würde sie augenblicklich ergreifen. Vorausgesetzt, daß die Gesichter so wären, wie ich sie kannte. Wenn sie verzerrt wären, bekäme

ich Angst. Manche Traumgestalten haben die Gesichter von Dämonen.
Mitternacht.
Vier Schläge, dann zwölf. Ich halte den Atem an. Warte sekundenlang mit klopfendem Herzen. Voll Hoffnung, als ließe es sich herbeiwünschen, ertrotzen. Fixiere den Korbstuhl, bis meine Augen brennen. Er ragt stumm und unbeteiligt aus dem Dunkel der Zimmerecke. Zwei-, dreimal zuckt das Wetterleuchten darüber hin. Die Stille rauscht in meinen Ohren. Das Gespräch, das nicht mehr stattgefunden hat. Das Gespräch, das du mir schuldig geblieben bist, Katrin: Ich hätte es gern mit dir geführt.

»Keine Ursache«, sagte Katrin, als ich mich bedanken wollte. »Wir haben Nele sehr liebgewonnen. Rolf hat sich mehr mit ihr befaßt, als er es je mit seinen Kindern getan hat.« Sie sagte es lachend, ohne Vorwurf. »Mach dir keine blödsinnigen Gedanken, wie du dich revanchieren könntest und dergleichen! Du hast genug getan. Ohne dich wäre ich heute nicht der Mensch, der ich bin.«
Einzelne Silberfäden zogen sich durch ihr kurzgeschnittenes Haar, machten es lebendig, sie trug Jeans und Sandalen, eine offene Bluse. Antwortete auf Rolfs ein wenig spitze Fragen mit fröhlicher Offenheit.
Ich horchte auf, der Ton zwischen den beiden hatte sich verändert, besaß nicht mehr den Chef- und Befehlsempfängercharakter, den ich von ehedem kannte. Rolf hatte Katrins Art, sich zu kleiden, jahrelang schonungslos kritisiert, auch in Gegenwart von Freunden. Nahezu alles an ihr hatte ihm mißfallen, er hatte nicht gezögert, sie in ihrer etwas hausbackenen

Hilflosigkeit lächerlich zu machen. Nun war sie es, die seine Krawatte bemängelte, den zu eng geschnallten Gürtel, der den tatsächlich nur andeutungsweise vorhandenen Ansatz eines Embonpoints betonte, oder das für seine Jahre zu jugendliche T-Shirt.

»Seit ich Michaels Körper kenne«, sagte sie später im Garten zu mir, »denke ich manchmal, wenn ich Rolf ansehe: Na, mein Alter, da kannst du nicht mehr mit.«

»Rolf sieht gut aus, immer noch.«

»›Immer noch‹ ist das richtige Wort. Weißt du, was das heißt, einen Mann in den Armen zu halten, der fast dein Sohn sein könnte?«

»Bist du sicher, daß Rolf nichts ahnt? Er scheint mir verändert.«

»Möglicherweise.« Katrin wurde nachdenklich. »Manchmal versuche ich, mich in seine Lage zu versetzen. Er müßte längst etwas gemerkt haben. Aber ich kann ihn schlecht fragen. Außerdem spielt es keine Rolle mehr.«

»Wovon redest du?«

Wir waren unter dem Birnenspalier stehengeblieben. Die Herbstsonne fiel durch die sich lichtenden Äste, das Laub raschelte unter unseren Tritten.

»Ich lasse mich scheiden. Ernsthaft, Barbara, es ist soweit. Michael macht im Februar sein Staatsexamen. Man hat ihm eine Stelle in der Bewährungshilfe angeboten, in Berlin-Moabit. Berlin war schon immer meine Traumstadt. Ich kann dort übersetzen, Michael hat Beziehungen zu einem Sachbuchverlag. Ich kann...«

»Katrin, willst du ihn heiraten?«

»Warum nicht?« Ihr Lidschlag wurde flatterig. Für Sekunden schoß ihr das Blut ins Gesicht, verebbte, hinterließ zwei kreisrunde Flecken auf den Backenknochen. In ihre Augen war ein Ausdruck von Trotz getreten. »Rolfs Mädchen waren generell zwanzig Jahre jünger als er. Die Männer denken, daß nur sie es sind, die ein Recht auf junges Fleisch im Bett haben. Die Erfahrung tut verdammt weh, Barbara. Ich habe sie jahrelang ausgehalten. Leider kann ich sie ihm nicht ersparen.«

»Möchtest du das?«

»Was meinst du?«

»Katrin, liebst du Michael oder willst du dich an Rolf rächen?«

Sie wandte sich ab. Grub ihre Schuhspitze in das feuchte Laub, stocherte darin herum, stieß es in kleinen Klumpen zur Seite. »Vielleicht beides«, sagte sie.

»Das heißt, daß du ihn immer noch liebst.«

»Rolf?« Sie schüttelte den Kopf. »Du kennst mich nicht. Irgendwo bin ich maßlos bürgerlich. Ich kann nicht auf zwei Seiten. Das war immer schon so.«

»Vielleicht kennst du dich selbst nicht.«

Sie hörte zu stochern auf, vergrub die Hände in den Taschen ihrer Jeans. »Wenn auch. Die Sache ist entschieden.«

»Wann wirst du es ihm sagen?«

»Spätestens, wenn Michael seine Prüfung hinter sich hat. Auf keinen Fall vor Weihnachten. Schon wegen der Kinder. Im März machen wir die Fahrt nach Norwegen. Barbara, ich hätte eine Bitte an dich.«

»Ja?«

»Ich weiß nicht, ob ich es dir zumuten kann. Aber wir sind so gute Freunde.«

»Rede schon!«
Sie bohrte, die Händen in den Taschen, wieder die Schuhspitze in den modernden Boden. »Michael kommt Mitte Dezember nach Wien. Er bleibt zehn Tage. Er hat einen Kredit aufgenommen wegen des Geländewagens, den er für Norwegen gekauft hat. Ein Hotel kommt nicht in Frage, außerdem könnte ich ihn dort nicht besuchen, solange ich noch verheiratet bin. Und die Stadtwohnung habe ich vermietet. Ich dachte, falls du die Wohnung in der Türkenstraße nicht mehr brauchst...«
»Warum sollte ich sie nicht mehr brauchen?«
Sie war erschrocken. Vermutlich über meinen Ton. »Entschuldige. Ich dachte – du wohnst doch wieder bei Ulfried?«
Sie hatte recht. Es gab keinen sachlichen Grund, die Wohnung zu behalten. Dennoch hätte ich nie daran gedacht, sie aufzugeben. Bei ihren Worten hatte ich den Eindruck gehabt, man treibe mir einen zugespitzten Baumstamm durch die Brust.
»Ich werde es halten wie vorher. Die Wochenenden bei Sascha und Ulfried, die übrige Zeit in der Türkenstraße. Aber natürlich kannst du die Wohnung für diese Zeit haben. Sag es mir ein paar Tage vorher, dann gebe ich dir die Schlüssel.«
»Ich danke dir, Barbara. Ich hätte sonst nicht gewußt...«
Rolf kam mit Nele und holte uns ins Haus. Er hielt sie an der Hand, sie sah zu ihm auf, wie man zu einem Vater aufsieht.

»Ich habe geweint«, sagte Nele, »viele Tage lang. Ich habe gewußt, daß ich schuld war.«

»Schuld, woran?«
»Daß du krank geworden bist. Weil ich nicht mehr mit dir gesprochen habe. Damals, als das mit Ulfried passiert ist. Inzwischen habe ich nachgedacht. Du hast es sicher nicht freiwillig getan.«
»Nein«, sagte ich.
Das Blut war mir in die Schläfen gestiegen, meine Hände waren eiskalt. Es war ein ungewöhnliches Gespräch zwischen Mutter und Tochter, besonders, da die Tochter knapp acht Jahre alt war.
»Zuerst wollte ich mich verkriechen und auch krank werden«, sagte Nele, »aber dann dachte ich, daß ich es dir sagen würde, wenn du wiederkommst. Von da an ging es besser. Rolf sagt, wenn zwei sich schuldig fühlen, ist meist keiner schuld.«
»Hast du mit ihm darüber gesprochen?«
»Nicht darüber. Er sagte es mir nach einem Streit mit Katrin, den ich zufällig gehört hatte. Er sagte, man beschuldigt einander, und jeder weiß, daß er es ist, der unrecht hat.«
Es war erstaunlich, mit Nele zu sprechen. Sie besaß in vielen Dingen den Durchblick, der mir fehlte.
»Hat Papi uns jetzt verlassen?«
»Ulfried hat ihn weggeschickt. Er wollte, daß wir bei ihm bleiben.«
»Wenn er gegangen ist, ist das dasselbe.«
Ich weigerte mich lange, ihr recht zu geben. Hatte schließlich keine Wahl. Ein Jahr lang agierte ich mit der Hälfte meines Körpers, meines Hirns, meiner psychischen Existenz. War manchmal auf einen korrekt gekleideten Kadaver reduziert, in dem ein ausgelaugter Klumpen unkontrollierte Zuckungen vollführte, um die Maschine in Gang zu halten.

Nele hatte aus Stefans Abgang ein Memento gemacht. Sie errichtete in einer Nische des Wohnzimmers in der Türkenstraße eine Art Hausaltar, auf dem sie alle Geschenke aufbaute, die sie von ihm erhalten hatte. Den Mittelpunkt bildete eine italienische Skulptur, ein kostbares Stück, das Stefan ihr spontan gekauft hatte, als Nele bei einem Ausstellungsbesuch wie verzaubert davor stehengeblieben war. Die Figur stellte Lots Weib dar, im Augenblick, da sie zur Salzsäule erstarrt: halb Leben, halb schon Stein. Eine meisterhafte Darstellung der fortschreitenden Verwandlung: Der zart konturierte Frauenkörper schien in die Erstarrung hineinzuwachsen, von ihr aufgesogen zu werden. Nele baute alle anderen von Stefan erhaltenen Gegenstände im Umkreis von Lots Weib auf: Porzellanfiguren, Schatullen, Spiegel, Reiseandenken aus Malaysia, Nepal und Mexiko, einen Inka-Gott, eine indische Tabakschneideschere, eine Tempelglocke, Kupferschalen, eine Gebetsmühle aus Tibet. Lots Weib ragte daraus hervor wie eine Wächterin, zog alle Blicke auf sich. Nele stand manchmal davor, viertelstundenlang, die Hände in den Taschen ihrer Jeans vergraben, das Museum ihrer Erinnerung betrachtend. Ich glaube, daß ihr Instinkt sie richtig geleitet hat: Der Altar half ihr, über Stefans Abgang hinwegzukommen. Wenn sie einen Vater brauchte, wandte sie sich an Rolf. Er war seit dem gemeinsamen Sommer jederzeit für sie zu sprechen.

Michael kam Mitte Dezember. Ich lernte ihn bei der Schlüsselübergabe kennen: ein großer, sympathischer Waldläufer, bärtig, ruhig, sensibel, gute, gescheite Augen, offensichtlich ein wenig linksorientiert, wie viele späte Studenten. Er saß mit mir beim Tee in unserer vorübergehend gemeinsamen Wohnung und bewunderte Frau Lot und die Anordnung der restlichen Gegenstände. Katrin kam dazu, zeigte sich ebenfalls von der Skulptur beeindruckt. Später, als sie die Küche in Besitz nahm und ich mit Michael im Wohnzimmer sitzen blieb, entwickelte er seine Pläne, versuchte mir Zustimmung zu entlocken, um seinen ein wenig forcierten Optimismus zu untermauern.

»Die Scheidung wird keine Schwierigkeiten machen. Schlimmstenfalls warten wir die gesetzliche Frist ab. Drei Jahre Trennung genügen. Wenn Katrin vorher ein Kind bekommt, legalisieren wir es später.«

»Ein Kind?«

»Natürlich wollen wir Kinder. Ich könnte mir ein Leben ohne Kinder nicht vorstellen.«

»Aber Katrin hat schon drei Kinder.«

Er lachte fröhlich auf, die Zähne in seinem dunklen Bart blitzten. »Meine Mutter hatte sieben. Die Familie der Zukunft ist anders orientiert. Man braucht wieder Großfamilien, um die Vereinsamung im Alter zu verhindern.«

Das war schon richtig. Aber Katrin war dreiundvierzig, und die Jahre ihrer Ehe hatten sie müde gemacht.

»Daß sie schon Kinder hat, verbessert ihre Chancen erheblich«, sagte Michael. »Mit ihren achtunddreißig Jahren kann sie noch zwei, drei bekommen. Wir mieten eine große Wohnung in Moabit, in der haben zwei Arbeitszimmer Platz. Katrin kann zu Hause übersetzen. Wir werden...«

Ich hörte nicht mehr, was er noch sagte. Achtunddrei-

ßig! Katrin hatte ihm ihr Alter verschwiegen, sich um fünf Jahre jünger gemacht.
Er erklärte mir die neuen Familienstrukturen. Später würden sie seine Mutter zu sich nehmen. Auch für Katrins Kinder aus der Ehe mit Rolf sei Platz. Über Altersunterschiede setze man sich in seinen Kreisen hinweg. Er sagte: »Nicht wahr?« und »Meinen Sie nicht auch?« – bestätigte seine eigenen Worte, setzte meine Zustimmung voraus. Katrin kam zurück, teilte seinen Optimismus. Sie sah nicht fünf, sondern zehn Jahre jünger aus, als sie war.
»Weihnachten, unser erstes gemeinsames Fest. In ein paar eigenen Wänden, auch wenn sie nur geborgt sind. Du weißt nicht, was du uns schenkst, Barbara. Wenn ich dich nicht hätte...«

Ich übersiedelte für die Zeit von Michaels Anwesenheit ganz zu Ulfried. Ulfried deutete dies als Demonstration meines guten Willens, es wurde ein äußerlich friedliches Weihnachtsfest. Dann reiste Michael ab, um die letzten Vorbereitungen für sein Examen zu treffen, und ich zog mit Nele für die Wochentage wieder in die Türkenstraße.
Ein paar Kollegen von der Universität erwähnten, daß sie Nachricht von Stefan erhalten hätten. Postkarten aus Kota Bahru, später von den Galapagos-Inseln. Er hatte erwähnt, daß er die Gewohnheiten der Regenpfeifer studieren wolle, um eventuell ein Buch darüber zu schreiben. Ich sah täglich mit bis zur Übelkeit gesteigerter Erregung zu, wie der Portier die Post aus meinem Fach nahm. Griff unkontrolliert danach, blätterte sie so heftig durch, daß mir einzelne Kuverts entglitten und zu Boden fielen. Fand nichts, hörte lange

nicht auf zu warten, auch daheim die Post zweimal, dreimal durchzublättern, bis ich es schließlich aufgab, Ulfried den Schlüssel überließ und die Post aus der Universität tagelang liegenließ, ehe ich sie durchsah.
Katrin rief nach Weihnachten ein paarmal an. Mother Queen hatte einen Schlaganfall erlitten, Katrin pendelte zwischen Haushalt und Krankenhaus hin und her, las mir zwischendurch am Telefon Michaels Briefe vor, ebenso ihre Antworten an ihn. Beide waren voll Ehrlichkeit, Poesie, Scharfsinn und dem Willen, die Situation zu verarbeiten. Sie verloren sich manchmal in philosophische Gedankengänge; es war ein Ringen um eine Chance, hinter dem das Wissen um die unausbleibliche Niederlage permanent mitschwang.
Schließlich trafen wir einander. Katrin sah blaß, ein wenig angestrengt aus. Sie trug ein Paket Bücher unter den Arm geklemmt.
»Was ist das?«
»Soziologie. Ich möchte nicht wie ein Idiot durchs Leben gehen. Er soll in mir eine Partnerin haben. Wenn Daniela ihr Abitur hat, fange ich zu studieren an.«
»Katrin, mutest du dir da nicht zuviel zu?«
»Man muß das Unmögliche anstreben, um das Mögliche zu erreichen.«
Sie hatte noch mehr Sprüche zur Hand. Placierte sie passend oder unpassend.
Eines Mittags nach der Vorlesung traf ich Rolf in der Opernpassage.
»Irgendwann werde ich um die Hand deiner Tochter anhalten. Sie ist ein bezauberndes Geschöpf.«
»Wäre deine derzeitige Ehefrau damit einverstanden?«

»Vielleicht habe ich bald keine derzeitige Ehefrau mehr.«

Etwas mußte vorgefallen sein. Rolf erschien mir seltsam lethargisch. Wir tranken eine Tasse Kaffee im unterirdischen Espresso. Er kam nicht mehr auf die Sache zurück, erzählte mir nur, daß es Mother Queen nicht gutgehe, machte sich sichtlich Sorgen.

»Weißt du, wie deine Freundin meine Mutter nennt?« fragte er, plötzlich etwas lebhafter. »Ich hab' sie am Telefon gehört, sie sprach mit Nikola. ›Die Schwiegeralte‹, sagte sie. Hast du so etwas schon gehört? ›Die Schwiegeralte ist in der Klinik.‹ Mir wurde übel. Ich habe ihre Schnoddrigkeit nie vertragen. Ich weiß, du hast dich manchmal gewundert, wie unfreundlich ich zu ihr sein konnte: Ich fühlte mich durch ihre Art provoziert, von Anfang an. Es liegt mir nicht, ausfallend zu sein. Ich hasse es, aber sie hat mich dazu herausgefordert. Manche Menschen bringen in einem Eigenschaften ans Licht, die sonst verborgen geblieben wären.«

»Gute und schlechte«, sagte ich.

»Ja«, sagte Rolf. »Gute oder schlechte.«

Er verabschiedete sich, um seine Mittagspause zu beenden.

Ich rief Katrin noch am selben Abend an.

»Ich kann jetzt nicht sprechen. Morgen? Gut, ich hole dich um eins von der Uni ab.«

Sie saß reglos, vorgebeugt auf der Bank unter den kahlen Kastanienbäumen. Stand auf, als sie mich kommen sah.

»Rolf hat mein Tagebuch gefunden.«

»Du führst ein Tagebuch?«

»Eher eine Art Erinnerungskalender. Ich trage alles

ein, was ich tagsüber tue. Schon seit meiner Mädchenzeit, ich bin daran gewöhnt. Nur ein paar Worte. Es sind dünne Hefte, Schulhefte. Rolf hat sich nie darum gekümmert.«
»Wie ist es passiert?«
»Ich habe meine Hefte sortiert. Er kam zufällig aus der Firma, um etwas zu holen. Das letzte Heft lag oben. Er schlug es auf und las: Donnerstag Michael, Freitag Michael, Samstag Michael.«
»Sonst nichts?«
»Nein. Ich schreibe keine Erklärungen oder Kommentare. Aber er ist schließlich kein Idiot.«
»Was hast du gesagt?«
»Daß es sich um den Verlagslektor handelt. Daß es bei einem Sachbuch sehr intensiver Zusammenarbeit bedarf.«
»Hat er es geglaubt?«
Katrin zuckte mit den Achseln: »Keine Ahnung. Er hat nichts mehr gesagt. Wir sind einander völlig entglitten, Barbara. Ich dachte nie, daß so etwas möglich sei. Mich interessiert nicht einmal mehr, ob er friert oder Hunger hat. Ist das normal? Irgend etwas müßte doch übrigbleiben. Manchmal glaube ich, daß ich ein Unmensch bin. Aber bei ihm scheint es nicht anders zu sein.«
»Nichts ist toter als eine tote Liebe«, sagte ich.
»Woher hast du das?«
»Aus der Seminararbeit eines Studenten. Er referierte über die im besonderen Fall steigerbaren Formen nicht steigerbarer Worte.«
»Rolf hätte eine Frau wie dich gebraucht«, sagte Katrin. »Eine, die ihn anregt, statt ihn zu blockieren. Ich ziehe ihn zu Boden, das hat er mir hundertmal gesagt.

Als wir einander kennenlernten, hat er gemalt, modelliert und Cello gespielt. Bei mir hat er mit allem aufgehört. Es gibt nichts, womit er bei mir nicht aufgehört hätte. Seine Mutter wirft mir das bis heute vor. Wenn ich als Rolfs Frau gestorben wäre, hätte ich mich für einen Versager gehalten.«

»Michael sieht das anders?«

»Bei ihm bin ich ein anderer Mensch. Wenn Rolf mich einmal mit ihm sehen könnte, würde er mich nicht wiedererkennen. Jeder ruft andere Eigenschaften in einem wach.«

Es waren im Klartext Rolfs Worte. Ich wagte es nicht, auf die vor Michael verheimlichten Jahre zu sprechen zu kommen. Ließ mir auf einer von Katrin mitgebrachten Karte die Autoroute zum Nordkap zeigen.

»Was wirst du Rolf sagen?«

»Daß ich es für besser halte, wenn wir uns für eine Weile trennen. Daß ich zu meiner Familie fahre und dann auf Urlaub nach Westerland. Nikola kümmert sich um Daniela. Ronald ist zu seiner Freundin gezogen, schon vor sechs Wochen.«

Am Tag vor der Abreise kam sie noch einmal zur Universität. Hatte in der Stadt Besorgungen gemacht, Mother Queen, deren Zustand sich langsam, aber unaufhaltsam verschlechterte, einen letzten Besuch abgestattet. Sie stand, dem vorüberbrausenden Straßenverkehr den Rücken zugekehrt, auf dem schmalen Rasenstreifen unter dem Kastanienbaum, der an den äußersten Enden seiner Zweige zögernd zu knospen begann.

»Hast du ein bißchen Zeit, Frau Freud?«

»Soviel du willst.«

Wir waren in der Türkenstraße gewesen, Katrin hatte mir, durch die Tagebuchgeschichte gewarnt, Michaels Briefe übergeben, damit Rolf sie nicht während ihrer Abwesenheit vorfinde, zu einem Bündel geschnürt, mit einer blauen Schleife versehen.
»Und die Tagebücher?« fragte ich.
»Es steht nichts drin. Außer im letzten, und das kennt er ohnehin. Den kleinen Doktor habe ich immer nur mit ›Dr. S.‹ bezeichnet, als müsse ich zum Arzt. Die paar übrigen Eintragungen sagen nichts.«
Sie war blaß und erregt. »Ich weiß nicht, wie ich die nächsten Stunden überstehen soll. Je näher es kommt, desto schlimmer wird es. Manchmal bin ich verrückt vor Glück, dann wieder total unsicher.« Sie hielt mich umarmt. »Mit ihm zusammensein, neben ihm einschlafen, neben ihm aufwachen. Ich fasse es nicht. Manchmal denke ich, gleich wache ich auf, und es ist nicht wahr. Du hast mir Mut gemacht, Barbara. Ich werde leben. Endlich werde ich leben.« Sie fühlte sich heiß an, ihre Augen glänzten. Auf ihren Backenknochen hatten sich kreisrunde, rote Flecken gebildet. »Wenn man es mir vor zwei Jahren prophezeit hätte, ich hätte es nicht geglaubt. Verlier die Hoffnung nicht, Barbara! Es wird sich auch für dich ändern, es wird noch alles gut. Ich weiß es. Kümmerst du dich ein bißchen um Rolf? Manchmal glaube ich, daß er vereinsamt. Keine Lippenstiftflecken in den Hemden, keine Cerini im Auto. Wenn ich denke, wie glücklich ich früher darüber gewesen wäre. Jetzt ist es mir egal.« Sie stand in der Tür, schlank, zitternd, jung: Die silberweißen Fäden glänzten im kurzgeschnittenen Haar. »Wünsch mir Glück, Barbara!«
»Das tu' ich.«

4

Ulfried hatte begonnen, sich für Motorsport zu interessieren. Waren es früher eher Leichtathleten – Tennisspieler und Fußballcracks – gewesen, die ihn zur Begeisterung hingerissen hatten, so waren es jetzt die Geländefahrer, die Speedway-Champions und vor allem die Formel-I-Piloten. Schon Jochen Rindt hatte es fertiggebracht, ihn stundenlang vor dem Fernsehapparat festzuhalten, während draußen die Sonne schien und es ihn normalerweise in Feld und Au gezogen hätte. Zwei Kollegen aus dem Komponistenbund teilten seine Begeisterung. Ulfried begann mit ihnen, an Wochenenden Sportveranstaltungen zu besuchen, blieb manchmal über Nacht fort, versäumte kein Speedway, kein Motocross, kein Formel-I-Rennen. Da ich nur an Wochenenden in die alte Wohnung kam, er aber zu dieser Zeit öfter wegfuhr, waren die Möglichkeiten zu Auseinandersetzungen auf ein Minimum beschränkt. Wir empfanden das beide als positiv. Darüber hinaus war Stefan, der Urheber allen Übels, außer Landes, was Ulfried in einen Zustand euphorischer Jovialität versetzte. Er lud zu Ausflügen ein, arrangierte kleine Feste, in deren Verlauf er launige Reden hielt, demonstrierte unser Eheglück in zäher, ungebrochener Eindringlichkeit. Das Phänomen Ursache–Wirkung–Umkehrung zeigte sich auch an ihm: Er glaubte schließlich selbst an die Dinge, die er sagte, fand zu einer Art innerem Frieden, der es ihm erlaubte, eine gewisse Großzügigkeit in bezug auf Vergangenes an den Tag zu legen. Seine ehemals ätzenden Kommentare wurden zahmer. Er hatte Aufträge von einigen Rundfunkstationen angenommen, arbeitete mehr als je zuvor. Aus diesem Grund, oder weil er mich nunmehr sicher zu haben glaubte, vielleicht auch einfach aus Gründen zunehmender Reife, ließ er weitgehend von seinen Vergewaltigungen ab, so daß ich es wagen konnte, auch während der Wochentage bei ihm zu bleiben, was sich umgekehrt günstig auf sein seelisches Gleichgewicht auswirkte. Es sind dies Fakten, die heute für mich wichtig sind. Die ich mir manchmal ins Gedächtnis rufe, um die Vergangenheit, an der Ulfried nicht nur quantitativ einen großen Anteil hatte, zu objektivieren.

Neles Eintritt in die Oberschule stand bevor. Da ich Vernunftgründen zum Trotz die Hoffnung auf ein späteres Leben mit Stefan nie hatte aufgeben können, entschloß ich mich im Hinblick auf seine polyglotte Lebensweise für eine englischsprachige Schule, das American College. Rolf, der einige Jahre in Kalifornien verbracht hatte, bot sich an, Nele bei den Englischarbeiten zu helfen.

Ich arbeitete an einer Vorlesung über neuere deutsche Literatur, Martin Walser und Christa Wolf, und hatte mich dazu in die Türkenstraße zurückgezogen, von wo aus es nur fünf Minuten zur Universitätsbibliothek waren. Am Morgen war eine Karte von Katrin eingetroffen: »Alles bestens, wir haben ein paar Tage in Hamburg verbracht, sind dann losgezogen, gehen morgen auf die Fähre ›Gedser–Großenbrode‹ nach Dänemark. Dann hinüber nach Bergen. Grüße, Mi-

chael und Katrin.« Ich hatte den Wagen an der Votivkirche geparkt. Die Aprilsonne schien ein wenig kraftlos durch den Dunst, versuchte, den trübweißen Himmel aufzuhellen, gewann nur langsam an Terrain.
Als ich die Wagentür absperrte, sah ich auf dem Kiesweg des winzigen Parks eine Gestalt auf mich zukommen.
Rolf. Er hatte den Kopf gesenkt, setzte mechanisch Schritt vor Schritt. Etwas an seiner Haltung schien mir fremd.
Er erkannte mich erst, als er dicht vor mir stand. Seine Augen waren stumpf, blicklos.
»Meine Mutter stirbt.«
Ich faßte nach seiner Hand, die er schlaff, wie haltsuchend gehoben hatte. »Wohin gehst du?«
»Ins Krankenhaus. Sie haben in der Firma angerufen. Ich dachte, es sind nur ein paar Schritte zu Fuß. Jetzt habe ich Angst, zu spät zu kommen.« Er schien zu schwanken.
»Komm!« sagte ich und sperrte den Wagen wieder auf.
Er stieg ein, ich startete. Es war nur ein paar Straßen weit. Drückte dem Portier eine Münze in die Hand, er ließ die Schranke hochgehen.
Mother Queen lag winzig und gelb in den Kissen, atmete rasch und laut. Sie erkannte niemanden mehr. Ich mußte daran denken, daß dieses verschrumpelte Bündel Katrin jahrelang das Leben zur Hölle gemacht hatte. Rolf hielt die papierenen Hände fest. Es dauerte kaum zwanzig Minuten. Ärzte und Schwestern kamen und gingen. Geräte wurden gebracht, wieder fortgerollt. Rolf blieb ruhig. Ließ keinen Blick von Mother Queens Mumiengesicht.

Ihre Mundwinkel waren nach unten gezogen, als wolle sie weinen. Ich erinnerte mich, daß Katrin diesen Zug als böse bezeichnet hatte. Nun wirkte er traurig. Die Atemzüge wurden für kurze Zeit noch rascher. Ein Pfeifton klang darin auf. Dann setzten sie unvermittelt aus. Rolfs Schultern fielen vornüber. Die Schwestern verließen den Raum.
»Bleib!« sagte er, als ich ihnen folgen wollte. Ich blieb an der Tür stehen. Rolf beugte sich über seine Mutter, nahm sie kurz in die Arme, legte seine Wange an den dürren, zerfurchten Hals. Dann richtete er sich auf.
»Gehen wir!«
»Die Formalitäten...«, sagte die Schwester an der Tür.
»Ich komme später wieder.«
Wir standen draußen in der Sonne.
»Möchtest du etwas trinken?«
»Ich habe etwas getrunken. In der Kantine, nachdem ich den Anruf bekam. Ich war die ganze Nacht wach. Ich wußte, daß sie stirbt.« Er schien wieder zu schwanken.
Ich öffnete die Wagentür. »Ich mache dir Kaffee.«
Er wunderte sich nicht, als ich wieder an der Kirche parkte, ließ sich über die Straße führen, folgte mir durch den Hausflur, stand neben mir, als ich die Wohnungstür aufsperrte.
»Was ist das? Ein Geheimquartier?«
»Ich lebe nur zeitweise bei Ulfried. Nele und ich haben uns hierher zurückgezogen. Hat Katrin dir nichts gesagt?«
»Kein Wort.«
Er ließ sich in die Couchecke fallen, schloß seine blutleere Hand um die Kaffeetasse.

»Katrin hat es nie begriffen. Sie dachte, ich sei ein Muttersöhnchen. Wir waren Kumpel, Mother Queen und ich.«

Ich hatte diese beiden Worte noch nie von ihm gehört, er sprach sie mit zärtlichem Respekt aus. Ich verstand plötzlich, was er damit meinte.

»Sie war anders als die anderen Mütter ihrer Zeit. Jung und hübsch und lustig. Meine Schulfreunde waren verrückt nach ihr. Sie machte Wanderungen mit uns, spielte Korbball und Völkerball. Ging mit uns auf Skitouren. Wenn einer sich in den Finger schnitt oder Bauchweh hatte, hieß es: Wo ist Mother Queen? Alle akzeptierten sie. Alle außer Katrin. Vielleicht hat Mutter sie nicht auf die richtige Weise empfangen. Aber vielleicht hat sie sich auch nur zur Wehr gesetzt. Sie fand, daß Katrin mich hereingelegt hatte. Denkst du nicht, daß eine andere Mutter ebenso empfunden hätte?«

»Vielleicht«, sagte ich. »Möglicherweise.«

»Glaub nicht, daß du Katrin in den Rücken fällst«, sagte Rolf. »Du hast ihr geholfen, sich aus den Zwängen zu befreien. Das war ein Schritt, der getan werden mußte. Mein Problem war, daß Mutter die Notwendigkeiten, die sich für mich daraus ergaben, nicht verstanden hat. Sie dachte bis zuletzt, ich hätte sie im Stich gelassen.«

»Meine Schuld«, sagte ich.

»Vieles ist deine Schuld«, sagte Rolf. Er hatte seine von der Kaffeetasse erwärmten Finger um mein Handgelenk geschlossen, starr, mechanisch, als halte er sich fest. Auf seiner Stirn standen winzige Schweißtropfen.

»Du hast alles getan«, sagte ich. »Mach dir keine Vorwürfe!«

»Man macht sich immer Vorwürfe. Berechtigte und unberechtigte. Sag nicht, daß es dir anders geht!«

»Nein.«

Er ließ sich zurückfallen, schloß die Augen. »Man hat uns gelehrt, unsere Gefühle zu unterdrücken. Ein Mann weint nicht. Es ist unmenschlich, aber wir haben uns daran gewöhnt. Bei Cäsar und Marc Anton war das etwas anderes. Stell dir den Abteilungsleiter einer Immobilienfirma vor, der in Tränen ausbricht!«

»Vielleicht wäre es gut.«

»Vielleicht.« Er sprach monoton, sein Gesicht war zur Maske erstarrt. »Man sollte die Fähigkeit haben, über seinen Schatten zu springen. Nicht oft. Einmal oder zweimal im Leben. Das würde zur Menschwerdung genügen. Wir sind Maschinen, mit Regulatoren ausgestattet, die wir selbst bedienen.«

»Rolf«, sagte ich.

Er richtete sich auf. Der Druck um mein Handgelenk wurde lockerer, löste sich. »Tu es für mich«, sagte er.

»Was?«

Er sah an mir vorbei. Blicklos noch immer. Seine Bewegungen waren mechanisch, als er mich in die Arme nahm. Er küßte mich, hielt mich wie in einen Schraubstock gepreßt. Ließ mich dann auf die Couchfläche gleiten. Vergrub sein Gesicht an meiner Schulter. Hielt mich umarmt, als suche er Schutz, während er sich meines Körpers zu bemächtigen begann: langsam, fordernd, zäh, wie unbewußt in sich hineinhorchend.

Ich hatte den Kopf zur Seite gewandt, überließ mich der dumpfen, schutzsuchenden Forderung. Wem zuliebe hätte ich mich wehren sollen? Es war nicht die erste Vergewaltigung in meinem Leben.

Er murmelte ein Wort. Einen Namen. Unverständlich.
Ich schlang die Arme um ihn. War an die Stelle der Mutter getreten, deren Tod er zu überleben suchte, hielt dem Ansturm seiner Verzweiflung stand.
Dann löste er sich von mir. Schien nichts begriffen zu haben. Ein paar mechanische Worte, Aktionen. Wieder der Griff um mein Handgelenk. »Geh nicht!«
»Ich muß Nele abholen.«
»Laß mich hierbleiben!«
Er schlief augenblicklich ein. Ich holte Nele von der Schule ab, ging mit ihr ein paar Bücher besorgen. Als wir heimkamen, war die Wohnung leer.
Abends rief er an. »Ich war im Krankenhaus, die Formalitäten erledigen. Dann ein paar Amtswege machen. Das Begräbnis ist nächste Woche. Meinst du, ich soll Katrin verständigen?«
Er konnte nicht wissen, wo sie war. Hatte nur die Adresse ihrer Verwandten in Dortmund.
»Vielleicht. Ist sie nicht irgendwo mit dem Auto unterwegs?«
»Ich dachte, du wüßtest, wo sie ist.«
»Nein.« Eine kleine Pause entstand. Rolfs Atemzüge klangen mühsam, hart an meinem Ohr.
»Barbara,... heute nachmittag... ich war...«
»Nein. Sag nichts!«

Ich verliebte mich um zwei Uhr nachts in ihn, allein, auf meinem außerehelichen Bett in der Türkenstraße liegend. Während seiner Umarmung hatte ich nichts als Mitleid, Freundschaft, ein wenig Zuneigung empfunden. Nun war die Zündschnur abgeglüht. Die Zeitbombe explodierte in meine dumpf-schmerzliche

Beschaulichkeit, zerrte totgeglaubte Turbulenzen ans Licht.
»Was ist los, Mami?« Das war Nele beim Frühstück, ihre hektisch mit Teetassen hantierende Mutter bestaunend.
»Nichts.«
»Nichts ist nicht wahr. Bist du traurig oder froh?«
»Ich weiß noch nicht.«
Nicht denken! Kein Puzzle, keine Bocksprünge. Die Zukunft hat nicht begonnen. Keine überflüssigen Skrupel: Bisher ist einmal keinmal.
Nele hatte kaum das Haus verlassen, da läutete das Telefon: »Barbara?«
»Rolf.«
»Denk von mir, was du willst, aber, verdammt, sag für heute deine Vorlesung ab!«
Von nun an hatte ich keine Entschuldigung. Aber wofür hätte ich mich entschuldigen sollen? Katrin war mit Michael im hohen Norden, Stefan mit Dorothy irgendwo, wo die Luft rein war und der Himmel weit. Ulfried besaß meinen Namen auf seinem Trauschein und war damit zufrieden.
– Na denn –.
Es war nicht schwer. Ich wußte, was Rolf wünschte. Hatte von Katrin ungezählte Lektionen erhalten. Er selbst war ein Wunder an Brisanz und Einfühlungsvermögen. Die Zeit oder die Traurigkeit oder beides hatte seine Sensibilität geschärft, die Skala seiner Möglichkeiten erweitert. Er sprach jetzt auch anders als früher. Hatte etwas von der Schönbrunner Tonglätte, dem heimischen Kommerzappeal abgelegt. Wir wurden zu einem Team, das, Nele eingeschlossen, eine sonderbare Schicksalsgemeinschaft bildete. Waren Familie, Freunde, Liebespaar, Notgemeinschaft.

Rolf hatte Katrin nicht erreicht, von der Familie keine Auskunft erhalten. Ich stand am Begräbnistag auf seinen Wunsch an seiner Seite, als das Schäuflein Erde aus seiner Hand auf Mother Queens Sarg polterte. Hinter uns die Kinder in geborgter schwarzer Kleidung: Ronald mit Freundin, Daniela, die ihren Arm unter Saschas Oberarm gezwängt hatte, und Nele, die mit Rolfs Einverständnis die indische Trauerfarbe Weiß trug.
»Wie eine Familie«, sagte Ronald später, als wir im Garten unter dem Birnenspalier saßen. Sie akzeptierten mich als vollwertige Vertretung Katrins. Ließen mich Kaffee kochen, den Tisch decken und wieder abräumen, halfen, wenn sie nichts Besseres zu tun hatten, unterhielten sich und mich mit Mußmaßungen über die von M. Q. hinterlassene Erbschaft und deren Aufteilung. Niemand außer Rolf trauerte aufrichtig. Mother Queen hatte es geahnt und ihm alles hinterlassen, darunter eine kleine Kunstsammlung, die ein paar hübsche, wenn auch nicht sonderlich wertvolle Skulpturen aufwies. »Wenn die Sachen freigegeben sind«, sagte Rolf, »soll Nele sich ein Stück aussuchen.« Er war von ihrer Sammlung beeindruckt gewesen, vor allem von Lots Weib, Neles Lieblingsstück.

Als Sascha nach Katrin fragte, erhielt er von Daniela die Auskunft, daß die Eltern sich vorübergehend getrennt hätten. Es war sonderbar, zu sehen, wie alles sich auch ohne sie fügte und regelte, wie ihre Abwesenheit von jedermann akzeptiert wurde. Es bedrückte mich, ließ mich in etwas wie Vergänglichkeitsangst gleiten. Ich versuchte, mich gegen die heranschleichende Depression zur Wehr zu setzen; sie ließ sich nicht aufhalten, legte sich wie ein Filter über den Tag.

Ich hatte, ohne mit Rolf darüber gesprochen zu haben, die Absicht, Katrin sofort nach ihrer Rückkehr die Wahrheit zu sagen. Was immer er darüber dachte, meine Beziehung zu ihr erlaubte nicht den Schatten einer Unaufrichtigkeit. Sie würde aus allen Wolken fallen, in erster Linie wohl vor Erstaunen: Die Tatsache, daß wir, Rolf und ich, einander nicht ausstehen konnten, war von Anfang an zu sehr in ihrem Bewußtsein verankert gewesen. Gegenteilige Versicherungen unsererseits hatte sie all die Jahre hindurch nur für die Demonstration des beiderseitigen guten Willens gehalten.
Ich legte mir Worte, Argumente zurecht, exerzierte das Gespräch in Gedanken Hunderte Male durch. Manchmal gelang es mir, damit mein Unbehagen für Stunden zu betäuben. Doch es kam wieder, ließ sich durch sachliche Betrachtung der Situation nicht aus der Welt schaffen. Von Anfang an war es mir klar, daß ich Rolf zuvorkommen mußte. Ich erwog, in Dortmund anzurufen und Katrin bitten zu lassen, noch vor der Heimkunft mit mir Kontakt aufzunehmen. Verschob das Vorhaben dann von Tag zu Tag, wollte erst mit Rolf darüber sprechen, verschob auch das, wenn er bei mir war. Überließ mich schließlich dem Sog des halsbrecherischen Abenteuers, das die Flucht aus Stefans Sphäre für mich bedeutete. Tatsächlich hatte ich zeitweise das Empfinden, von Hunden gehetzt zu sein. Wagte mich nicht umzusehen, aus Angst, die Narben würden aufbrechen und die Gegenwart mit Blut überziehen. Nachts, wenn meine

Abwehrkräfte nicht zur Hand waren, kam der altbekannte Peiniger vom Fußende her über die Bettdecke gekrochen. Stieg höher, schleichend, schleimig, mit seiner mir zum Überdruß vertrauten Fratze. Ließ sich auf meiner Brust nieder, hockte da von Schlag zwei bis Schlag vier Uhr früh, schlafvertreibend, geschwätzig, besitzbewußt. Wenn das erste Frühlicht durch die Ritzen drang, zog er sich zurück, ruckweise mich mir wiedergebend, schälte und spaltete sich ab wie eine zweite Haut. Manchmal, tagsüber, sah ich zur Zimmerdecke hoch, wußte, daß er da oben klebte, auf seine Stunde wartete, um sich zur gegebenen Zeit auf mich fallen zu lassen wie ein Kakerlak, der auf sein Opfer lauert.

Rolf kam und nahm mich mit in die Gegenwart, war ein Meister der Verzauberung. Niemand hatte mich je umarmt wie er, ausgenommen Stefan, der jeden Vergleich ausschloß. Nele blühte auf, da ihre Mutter wieder fröhlich war.

Auch Sascha, am Wochenende mit uns auf Bergtour, merkte die Veränderung. »Mami, für den Fall, daß du einmal reinen Tisch machen möchtest, kannst du mit uns rechnen.«

»Wovon redest du?«

»Von Vater und dir. Ich habe mit Nele gesprochen. Wir wissen, daß es zwischen euch längst nicht mehr in Ordnung ist. Wenn du ein neues Leben anfangen möchtest, haben wir dafür Verständnis.«

»Danke, Sascha. Aber ich glaube, ich bin noch nicht so weit.«

»Das denkt man manchmal. Es ist besser, einen harten Schnitt zu tun, als die Dinge hinzuschleppen.«

»Woher weißt du das?«

Sascha grinste. »Ich habe meine Erfahrungen. Hast du nicht gemerkt, daß ich erwachsen bin?«
Er war es. Ich gab mir wie immer die Schuld, obwohl es, wertfrei betrachtet, nichts Negatives war, und beschloß, seinem Hinweis, wenn irgend möglich, zu folgen.

Es war nach einer Vorlesung, gegen Mittag. Die Aula leerte sich, und ich packte meine auf dem Pult zerstreuten Manuskripte zusammen, als ich den Pedell durch die Gruppen der aus dem Saal strebenden Studenten auf mich zurudern sah.
»Eine Dame versucht Sie zu erreichen, seit fast zwei Stunden. Sie ruft aus dem Ausland an.«
»Ich gehe auf mein Zimmer. Stellen Sie bitte durch!«
Es läutete, als ich die Tür öffnete.
»Barbara!«
»Katrin! Wo bist du?«
»Ich rufe schon den ganzen Vormittag an. Jede Viertelstunde. Um zwei geht mein Zug. Michael fährt bis Hamburg mit, ich fahre dann gleich weiter nach Wien. Ich muß dir etwas sagen. Wir sind gestern spät von Trondheim gekommen, im Hotel war das Telefon schon abgeschaltet.«
»Katrin, ich muß dir auch etwas sagen.«
»Ich bekomme ein Kind, Barbara. Ich bin schwanger. Ich habe gestern das Testergebnis erfahren. Ich bekomme ein Kind von Michael.« Ihre Stimme überschlug sich in der schwarzen, runden Kunststoffwölbung, die lauwarm in meiner Hand lag.
»Ist das wahr?«
»Kein Mensch darf es erfahren. Vor allem Rolf nicht. Ich muß jetzt alles sehr rasch erledigen. Er soll nicht

denken, daß es deshalb ist. Hör mal, Barbara...« Ihre Sprechweise hatte wieder stark die Färbung des Kohlenpotts angenommen, die ihr während der letzten Wiener Jahre ein wenig abhanden gekommen war. »Du hast mir von dieser Anwältin erzählt, kannst du sie anrufen? Ich brauche sofort einen Termin. Michael ist verrückt vor Freude. Er behandelt mich wie ein rohes Ei. Ich bin wie im Himmel. Barbara, sag doch ein Wort!«

»Ich freue mich.«

»Das hoffe ich. Und kein Wort zu Rolf! Ich küsse dich, Barbara! Im Grunde verdanke ich alles dir. Aber das weißt du ja. Die Münzen sind alle, ich muß aufhören. Morgen nacht bin ich in Wien. Wir telefonieren dann gleich. Und sag der Anwältin...«

Klick.

Das Gespräch war unterbrochen. Ich hielt den Hörer sekundenlang in der Hand, ehe ich auflegte.

Warten. Was sonst. Es war sinnlos, im Kreis zu denken. Wenn Katrin kam, würde ich mit ihr sprechen. Vermutlich würde sie gar nicht hinhören. Ein Kind. Ihre Stimme hatte noch nie so geklungen. »Ich bekomme ein Kind von Michael.« Der Schock war mir in die Glieder gefahren, ich merkte, daß ich unwillkürlich die Finger ineinander verschlungen hatte. Riß sie los, ärgerlich, mich selbst beschwichtigend: Warum sollte etwas schiefgehen? Sie war dreiundvierzig, aber es war ihr viertes Kind. Sie würde sich auf das Plastikbett legen, »Na, denn« sagen und einem achtpfündigen Jungen das Leben schenken, der dem bundesdeutschen linksintellektuellen Waldläufer glich. Vielleicht nachher ein wenig »groggy« sein, wie nach Danielas Geburt. Kein Grund, sich Sorgen zu machen.

Dennoch war es nicht einfach. Meine Situation konnte schlimmstenfalls wieder so werden, wie sie vorher gewesen war. Für sie aber stand viel auf dem Spiel. Sie hatte, bisher nie damit konfrontiert, keine Beziehung zum Risiko, war über meine Lage, Ulfried betreffend, wiederholt in blankes Entsetzen ausgebrochen. Hatte nicht nachvollziehen können, wie sie zu bewältigen gewesen war. Nun hatte sie sich unversehens und, wie es schien, ohne sich dessen bewußt zu sein, in die gleiche Lage manövriert.

Ich sprach kurz und ohne etwas zu verraten mit meinem Arzt. Erfuhr, was ich vermutet hatte: Eine Erstgeburt in Katrins Alter sei risikoreich, eine Viertgeburt habe alle Chancen zu normalem Ablauf. Die Anwältin, die ich anschließend anrief, nannte einen Termin innerhalb der laufenden Woche. Die Aufträge waren ausgeführt.

Und kein Wort zu Rolf.

Das war, für sich gesehen, keine Schwierigkeit. Nur, wie sollte ich Katrin in diesem Fall die Wahrheit sagen? Sie würde meine Loyalität ihr gegenüber nicht mehr für glaubhaft halten. Konnte sie, subjektiv gesehen, auch gar nicht mehr verlangen. Natürlich würde ich kein Wort verraten, aber war das akzeptierbar für sie? Sie hatte sich mir anvertraut, wie sie es seit Jahren getan hatte.

Ich erkundigte mich nach dem Zug aus Hamburg. Sagte Rolf, der den Abend mit mir verbringen wollte, mit einer Ausrede ab. Stand am Westbahnhof, dreiundzwanzig Uhr dreißig. Es war stockfinster, der Himmel war schwarz und hoch, Mitte April. Ich starrte jedem Ankommenden von weitem entgegen,

als hätte ich den Auftrag gehabt, ihn für Interpol zu identifizieren. Katrin war nicht dabei.
Ich fuhr heim, rief bei Rolf in Döbling an, um zu erfahren, ob sie vielleicht doch angekommen sei. Erzählte ein paar Details von einem Kollegenabend, der nicht stattgefunden hatte. Schlief dann unruhig ein. Gegen Morgen läutete das Telefon.
»Ja?«
»Barbara!« Katrins Stimme klang fern und flach. »Entschuldige, daß ich dich wecke...«
»Was ist los?«
»Es ist etwas passiert. Als ich die Tasche aus dem Gepäcknetz heben wollte. Ich bin in Salzburg ausgestiegen. Dann habe ich den Nachtzug genommen.«
»Wo bist du?«
»Auf dem Westbahnhof. Barbara, kann ich zu dir kommen? Ich nehme mir ein Taxi.«
»Natürlich.«
Ich zog die Gardinen hoch. Draußen war es neblig, der Tag begann trüb und gelb. Sechs Uhr zehn. Ich machte mich ein wenig frisch, stellte Teewasser auf.
»Das Haustor war offen«, sagte Katrin. Sie stand in der Tür, saß blaß und angestrengt aus, in Jeansanzug und Trenchcoat. Hatte ein Tuch über die Haare gebunden. Der Koffer stand neben dem Lift. »Der Taxifahrer hat mir geholfen.«
»Komm herein!«
Sie ging mit seltsam schweren Schritten an mir vorbei ins Wohnzimmer, ließ sich in die Couchecke fallen.
»Ich wollte dich nur sehen. Ein paar Worte mit dir reden. Ich weiß nicht, was ich tun soll.«
»Was ist geschehen?«
»Ich habe Blutungen bekommen. Kurz vor Salzburg.

Ich habe mich gestreckt, um etwas aus dem Gepäcknetz zu nehmen. Ich hatte das Gefühl, daß etwas in mir zerreißt. Ich bin sofort ausgestiegen und zum Krankenhaus gefahren.«

»Und?«

»Sie haben mir Spritzen gegeben und mich ein paar Stunden liegen lassen. Dann meinte der Arzt, ich könne weiterfahren. Aber es ist nicht in Ordnung, Barbara, ich fühle es.« Sie wandte sich ab. Ihre Lippen waren weiß. »Michaels Kind. Es darf nicht passieren.« Ihre Hände krampften sich in den Polsterstoff.

Ich stand, von plötzlicher Panik wie gelähmt, zwischen ihr und dem Telefon. Hatte die Hand ausgestreckt, zog sie wieder zurück, wußte sekundenlang nicht, wohin ich mich wenden sollte. »Ich rufe den Arzt an. Nein, warte! Leg dich erst hin! Die Beine hoch!« Ich half ihr, schob ein flaches Kissen unter ihren Kopf.

Sechs Uhr vierzig. Mein Arzt war vermutlich noch daheim. Ich griff nach dem Hörer, wählte die Nummer der Ärztezentrale. Nannte meinen Namen, bat um seinen sofortigen Rückruf.

Nach zwei Minuten läutete es. »Barbara?«

Ich sagte ein paar erklärende Worte. Gab seine Fragen der auf der Couch liegenden Katrin weiter, Katrins Antworten an ihn.

»Sie soll sich nicht bewegen. Ich komme sofort. Kannst du sie für ein paar Tage bei dir behalten?«

»Natürlich.«

»Dann werden wir die Hormontests ambulant durchführen. Anschließend können wir...« Er sprach weiter, seine Stimme schien im Hörer leiser zu werden. Ich fühlte, wie die Hitze in mir hochstieg: Was hatte er gesagt? Katrin hierbehalten? Rolf hatte einen Schlüssel, konnte jederzeit aufkreuzen. Normalerweise rief er gegen acht Uhr an, um mit mir den Tagesablauf zu besprechen, ehe er das Haus verließ. Es war sechs Uhr achtundvierzig.

»Nein. Warte! Einen Augenblick. Das wird nicht möglich sein.« Ich streifte, mich umwendend, Katrin mit einem Blick: Hatte sie verstanden, worum es ging? Sie hatte den Kopf zur Seite gewandt, die Augen geschlossen. »Ich meine, es wird nicht möglich sein, verstehst du?«

»Was? Daß sie bei dir bleibt?«

»Ja. Ich muß... ich werde...«

»Dann ins Goldene Kreuz. Ich rufe die Rettung. Bleib beim Telefon! Wenn sie kommen, sorg dafür, daß das Haustor offen ist. Wie ist die genaue Adresse?«

Ich nannte sie. Sagte, daß mein Name an der Tür stehe. Sein Erstaunen war kaum merkbar.

»Ist jemand zu verständigen? Hat sie jemanden, der sie begleitet?«

»Mich. Ich begleite sie.«

»Gut. Dann bis später!«

Ich setzte mich zu Katrin. Überredete sie, eine Tasse Tee zu trinken. Erklärte ihr, daß es für sie das beste sei, für ein paar Tage ins Krankenhaus zu gehen. Sie schien mich kaum zu hören.

»Ich besuche dich, jeden Tag nach der Vorlesung.«

»Wenn Rolf erfährt, daß ich in Wien bin...«

»Er wird es nicht erfahren.«

Sie lag mit abgewandtem Gesicht da, bis die Männer vom Rettungsdienst sie auf die Bahre hoben und die Wohnung verließen. Ich schrieb in fliegender Eile ein paar Zeilen für Nele, wählte dann Rolfs Nummer. Er meldete sich, verschlafen, undeutlich.

»Rolf, ich muß sofort weg. Ich rufe dich von unterwegs an.«
»Ist etwas mit Nele?«
»Nein. Beruflich. Ich muß jemanden erreichen, der ein Skript hat; bevor er abfliegt.« Ich log das Blaue vom Himmel, ohne mir dessen bewußt zu sein. »Ich rufe dich in der Firma an.«
»Gib acht auf dich!«
Ich holte die kleine Truppe ein, als sie das Haustor erreicht hatte, kletterte auf Weisung des Fahrers neben ihn auf den Fahrersitz. Heulende Sirenen, harte Kurven. Warten an Kreuzungen. Die kurze Fahrt dauerte fast zwanzig Minuten.
»Sie kommt sofort an den Tropf«, beruhigte mich der Fahrer. »Der wievielte Monat ist es? Der siebente?«
»Der zweite.«
»Meine Güte«, sagte er, mit ausdruckslosem Gesicht durch die Windschutzscheibe starrend.
Ein Kind verlieren: Niemand, der es nicht erlebt hat, kann es nachempfinden. Ein Kind in sich tragen. Es wünschen, hegen, ersehnen, festhalten mit jeder Faser, jedem Nerv. Und plötzlich fühlen müssen, wie es sich loszureißen beginnt, unaufhaltsam. Wie es fortstrebt, unverständlich, unerreichbar, grundlos, eigensinnig, unansprechbar. Als habe es die unnütze Schale satt, die es halten, bergen wollte, als weise es Demut und Opferwillen zurück wie eine ungebetene Fessel. Jede Bindung leugnend, jedes Band zerreißend: ein Stück Fleisch, das sich von umhüllendem Fleisch losreißt, weiter nichts. Was willst du, bittet man, was habe ich dir getan? Nicht genug Liebe, nicht genug Vorsicht? Nenne die Bedingungen, ich bin zu allem bereit.

Katrin hing an der Infusionsnadel, als man mich zu ihr ins Zimmer ließ.
»Soll ich Rolf verständigen?«
»Um Gottes willen! Er darf nicht erfahren, daß ich hier bin.«
»Und Michael?«
»Nein. Kein Wort. Ich rufe ihn an, wenn alles vorüber ist.«

Ich teilte meine Zeit zwischen Nele, der Universität, Katrin und Rolf: Es war die absurdeste Situation, die sich denken ließ. Täglich mußte es mir gelingen, mir für die Zeit zwischen drei und fünf Uhr ein Alibi zu beschaffen und dabei zu verhindern, daß Rolf mich auf meinen diversen erfundenen Wegen begleitete. Katrin lag mit hochgestütztem Kopf, den Blick auf die Tür gerichtet, im Bett, wenn ich Punkt Viertel nach drei bei ihr eintraf. Sie hielt meine Hand, solange ich bei ihr saß. Der Infusionsgalgen stand bald rechts, bald links von ihrem Bett. Ihre Armbeugen waren dunkelblau von Blutergüssen, man war dazu übergegangen, ihr die Nadeln in die Handrücken zu setzen. Schließlich erhielt sie eine Dauerkanüle in die Pulsader gepflanzt.
»Unverändert«, war die Auskunft. »Die Hormonwerte sind gesunken, aber nicht dramatisch. Wir bemühen uns.«
Sie klammerte sich an die Hoffnung, als ginge es um ihr Leben. Vermutlich empfand sie es so.
»Michael ist meine erste Chance und gleichzeitig meine letzte. In unserem Alter ist es ein Wunder, Barbara. Daß uns jemand gefällt, ist schon selten genug. Aber daß wir ihm dann auch gefallen...«

»Wäre es nicht besser, wenn er an meiner Stelle hier säße?«
»Er soll mich nicht in diesem Zustand sehen. Erst wenn ich wieder stark bin.«
»Vielleicht wäre er gern bei dir. Er hat ein Recht darauf.«
Sie schüttelte den Kopf. Ihr Gesicht war eingefallen, graue Schatten lagen um ihre Augen. Ärzte und Schwestern kamen und gingen.
Ich hatte Michael anrufen und ihm sagen müssen, daß sie wegen einer Buchübersetzung mit einem polnischen Autor nach Warschau geflogen und telefonisch nicht erreichbar sei.
»Wie lange noch?« fragte ich meinen Arzt.
»Vielleicht Tage, vielleicht Wochen«, sagte er.
Die Zeiteinteilung wurde für mich zu einem Balanceakt, dessen Schwierigkeitsgrad mir noch in der Erinnerung kalte Schauer über den Rücken jagt. Meine täglichen Ausreden Rolf gegenüber. Ich war in den Nachmittagsstunden, die wir bisher miteinander zu verbringen pflegten – Nele kam gegen halb sechs aus der Schule –, plötzlich nicht mehr für ihn frei. Erfand Konferenzen, Prüfungen, ein Abteilungskollegium. Als er mich von einem solchen abholen wollte, geriet ich ins Schleudern, korrigierte auf Gesamtkollegium mit offenem Ende. Er reagierte ruhig, zurückhaltend, hatte offensichtlich bemerkt, daß ich ihm auswich. Am vierten oder fünften Tag änderte ich meine Taktik und bat ihn, mich abzuholen. Betrat die Universität nach meinem Besuch bei Katrin von der Rathausstraße her durch die kleine, holzverkleidete Tür. Rannte auf unbeleuchteten Gängen quer durchs Haus und trat Rolf am Hauptportal entgegen. Tags darauf

parkte ich den Wagen am Rathaus, umschlich das Universitätsgebäude von der linken Seite her, sah ihn am Fuß der Treppe stehen. Wartete, bis er sich abwandte, ein paar Schritte in Richtung Straßenbahnhaltestelle machte. Schlüpfte entlang der Mauer in die Seitentür. Durchquerte das Auditorium maximum, kam von innen in die Vorhalle. Traf dort auf einen Kollegen und sprach ihn hektisch, unvermittelt an. Verwickelte ihn in eine Spontandiskussion, um mit ihm gemeinsam das Haus zu verlassen, und verabschiedete mich, nachdem Rolf auf mich zukam, als beende ich ein stundenlanges intensives Gespräch.
Der Kollege entfernte sich, den Hut lüftend, ratlos, ein wenig betäubt. Ich erfuhr von Rolf, daß Nele bei ihm angerufen habe, da ich nicht erreichbar gewesen sei: Eine Freundin veranstalte ein Picknick auf der Donauinsel, sie würden gemeinsam nach der Schule vom Vater der Freundin abgeholt. Nele habe, mein Einverständnis voraussetzend, zugesagt. Sie werde etwa gegen neun Uhr heimgebracht. Einer gemeinsamen ungestörten Stunde in der Türkenstraße stehe demnach nichts im Wege.
Rolf sagte es leichthin, mit seinem mir vertrauten, ein wenig unterkühlten Charme. Er wirkte stets distanziert, bis zu dem Augenblick, da er mich in den Armen hielt: immer bereit zu werben, sich selbst zurückzustellen, dem Partner die Wahl zu lassen. Es war eine reizvolle Variante, gleichzeitig die sicherste, um ein Nein auszuschalten. An diesem Tag schwang ein neuer Ton mit: Bei aller Konzilianz blieb die Forderung unüberhörbar, wenn es auch nur die Forderung nach Klärung war.
Ich verstand. Hatte den panischen Wunsch auszuwei-

chen. Wußte, daß dies der Einstieg in jenes Grundsatzgespräch werden würde, das es um jeden Preis zu vermeiden galt. Während der Liftfahrt und auf dem Weg durch den Korridor in mein Zimmer versuchte ich, den Hüter der Ordnung, der seit meiner Kinderzeit den Hintertrakt meiner Seele bewohnt und sich bei diversen Gelegenheiten zu Wort meldet, davon zu überzeugen, daß mir keine Wahl blieb. Konnte die psychischen Schwierigkeiten dennoch nur dadurch überwinden, daß ich ihn brutal zum Schweigen brachte: Der mir angeborene Moralpauker und Spießer würde lernen müssen, sich rechtzeitig, nämlich dann einzuschalten, wenn die Ursachen zur Debatte standen, nicht immer erst, wenn die Wirkungen zutage traten. War ich nicht ohne die Spur einer Chance in die Situation geglitten? Wann hätte ich wem und auf welche Weise die Wahrheit sagen sollen? Ich haßte Lügen, Ausreden und Ausflüchte, wie nur jemand sie haßt, der Jahre damit zubringen mußte. Dennoch: Sollte ich Katrin, die ihre Schwangerschaft geheimhalten wollte, an Rolf verraten, um mein Verhalten ihm gegenüber zu erklären? Ihr in ihrem augenblicklichen Zustand eröffnen, daß ich die Geliebte ihres Noch-Ehemannes war? Allnächtlich lag ich zwischen zwei und fünf Uhr früh wach und quälte meinem ausgelaugten Gehirn neue Variationen der alten Gedankengänge ab. Keine war brauchbar, keine brachte auch nur den Schatten einer Möglichkeit. Gegen Morgen kam der altvertraute Peiniger, malte mir Stefans Bild auf fahle Wände, es wurde dreidimensional, trat aus der Fläche und auf mich zu und sagte: »Bald« und »Vertrau mir!« und »Hab Geduld!«.

Rolf nahm mir an diesem Tag die Entscheidung ab,

ließ mir, einmal in der Zielgeraden angelangt, keine Wahl. Seine Zärtlichkeit brachte mich in nahezu unlösbare psychische Schwierigkeiten: Der Gedanke an Katrin verließ mich keinen Augenblick. In Bettkomödien nicht geübt – Ulfrieds Vergewaltigungen hatte ich immer als solche deklariert –, fügte ich schließlich, um nichts zu gefährden, den verbalen Lügen die physische hinzu. Schwor mir, daß es ein Ende haben müsse. Beschloß, so bald wie möglich mit Katrin zu sprechen, wie ich mir jedesmal vornahm, mit Rolf zu sprechen, wenn ich bei Katrin war. Erkannte zwischen zwei und fünf Uhr früh einmal mehr, daß es nicht möglich war, daß nichts möglich war, daß ich durchhalten mußte.

Das Wochenende bot die Chance einer Erleichterung.
»Katrin, ich werde dich zwei Tage lang nicht besuchen können. Du weißt, Sascha und Ulfried. Ich muß mich auch um die beiden kümmern. Wir fahren vielleicht in die Berge.« Ich hatte nicht die Absicht, die Zeit mit Rolf zu verbringen. Wollte mir nur ein paar freie Stunden verschaffen, ein paar liegengebliebene Skripten aufarbeiten, ohne die ich die Vorlesungen nicht halten konnte.
Am Freitag nachmittag, als ich das Krankenzimmer betrat, lag Katrin mit abgewandtem Gesicht in den Kissen. Ihre Augen war rotgerändert.
»Belügst du mich, Barbara?«
Der Boden unter meinen Füßen schien fortzugleiten. Ich griff nach dem Fußende des Stahlrohrbettes. »Wieso?«
»Ich habe dich in der Türkenstraße nicht erreicht und

in der anderen Wohnung angerufen. Ulfried war am Telefon. Er sagte, daß er an diesem Wochenende gar nicht da ist. Er fährt zum Grand Prix nach Zeltweg, mit Freunden. Er ist gar nicht in Wien. Gebrauchst du Ausreden, um mich nicht besuchen zu müssen? Bin ich dir lästig, Barbara?«

Ich ließ das Gitter los. Setzte mich zu Katrin auf die Bettkante. »Ich wußte nichts davon.« Hatte es wirklich nicht gewußt. »Ich erfahre solche Dinge immer erst beim Abendessen von ihm. Ich weiß nicht, wann die Rennen stattfinden.«

Ihre Wangen bekamen ein wenig Farbe. »Das heißt, daß du kommen kannst?«

»Natürlich.«

Nele und ich verbrachten den Abend in der alten Wohnung. Ulfried hatte den Tisch gedeckt, Nele bekam an diesem Tag Saschas alte Stereoanlage geschenkt, es wurde etwas wie ein kleines Familienfest. Noch heute bin ich dafür dankbar. Wir sprachen über Saschas Studienpläne, über seine Sommerreise, über Neles Lieblingsbücher und Schallplatten. Ulfried schloß mich beim Gutenachtsagen in die Arme wie ein Freund. Gegen drei Uhr morgens wachte ich auf, konnte nicht mehr einschlafen. Schließlich stand ich auf, trat ans offene Fenster, versuchte, meine rotierenden Gedanken zu ordnen.

Ulfried hatte ein Geräusch gehört, war gleichfalls aufgestanden, klopfte an meine Tür. Er stand in meinem Zimmer, als ich mich umwandte. »Was hast du? Fehlt dir etwas?«

»Ich kann nicht schlafen.«

Er stand vorgebeugt da. In der vor meinen Augen langsam zurückweichenden Dämmerung sah ich, daß

sein Blick auf mich gerichtet war, unverwandt, hoffnungslos, voll Liebe. »Du tust mir leid, Barbara.«
Es waren die letzten Worte, die ich von ihm hörte.

Der kleine Junge in ihm, der Sportsfreund mit dem Gambler-Herzen, hatte ihn zu Fall gebracht. Lauda hatte gewonnen, an diesem Tag, der Patriotismus schlug hohe Wellen, das Fest wurde an Ort und Stelle gefeiert. Auf der Heimfahrt, nachdem er aus dem brodelnden Hitzekessel Zeltwegs, dem stundenlangen Warten im Stau ausgebrochen war, trat er aufs Gaspedal, wie er es kurz zuvor von seinem Vorbild auf der Rennstrecke gesehen hatte. In der Kurve von St. Michael prallte er mit 160 Stundenkilometern gegen einen Alleebaum. Seine beiden Beifahrer überlebten, einer mit ausgerenktem Halswirbel. Sie erzählten, in welcher Hochstimmung er auf der Heimfahrt gewesen sei.
Ich mußte ihn identifizieren. Rolf brachte mich zum Leichenschauhaus. Abends hatte ich trotz der späten Stunde in Anbetracht der Vorfälle Besuchserlaubnis bei Katrin.
Sie saß aufrecht im Bett, ihre Wangen waren hektisch rot. »Meine Werte sind gestiegen. Schwach, aber doch. Es geht aufwärts, Barbara.«
Ich sagte ihr, was geschehen war. Sie schien seltsam unberührt. Bemühte sich um Trauer, Mitgefühl; es gelang ihr nicht. Die steigenden Hormonwerte hatten ihr Fassungsvermögen blockiert. Ein Satz entglitt ihr gegen Ende, sie erschrak, wollte ihn zurücknehmen, fand, da er der Wahrheit entsprach, keine Möglichkeit dazu: »Jetzt habe ich dich für mich allein…«
Rolf half mir, die Formalitäten zu erledigen. Nele, die,

ihrem Instinkt folgend, das Trauerhaus meiden wollte, bat mich, für ein paar Tage zu einer Freundin ziehen zu dürfen. Dadurch hatte ich die Abende für die Besuche bei Katrin frei.
Michael hatte bei mir angerufen, gefragt, ob Katrin bald aus Polen zurückkomme. Ich fragte sie, was ich ihm sagen solle.
»Bald«, sagte Katrin. »Der Arzt sagt, es dauert nicht mehr lange.«
Es dauerte nicht mehr lange. Die Werte begannen zu fallen. Erst langsam, dann rasch. Sie schlossen Katrin wieder an die Infusion an.
Sie bemühten sich tagelang. Dann ergab der Test, daß der Fötus abgestorben war. Die Gefahr einer Blutvergiftung bestand. Katrin mußte curettiert werden, um nicht selbst Schaden zu nehmen.
Am Morgen von Ulfrieds Beerdigung saß ich bei ihr, hielt ihre Hand, bis sie sie abholten und auf die Plastikliege rollten.
Die Sonne schien, als wir hinter Ulfrieds Sarg hergingen. Nele diesmal in Schwarz wie die anderen. Rolf erwartete mich am Friedhofstor. Meine Situation ihm gegenüber wurde leichter. Er verstand, respektierte meinen Wunsch, mich zurückzuziehen. Bedrängte mich nicht.
Nachts löste sich Stefans Schatten aus dem Gewirr der Gummibaumzweige an meiner Zimmerwand.
»Ich überlebe sie alle«, hatte Ulfried gesagt.
Stefan konnte nicht wissen, daß ich jetzt frei war, würde es nie erfahren. Der Peiniger, der sich pünktlich einfand, hatte das alte, hassenswerte Gesicht. Ich wandte ihm den Rücken zu, wies ihn von meiner Bettdecke, wo er sich zentnerschwer, träge niedergelassen hatte.

Katrin, erloschen, nahezu zum Skelett abgemagert, bemühte sich, ihre Situation in den Griff zu bekommen. »Ich rufe Michael an. Oder soll ich zu ihm fahren und es ihm sagen? Der Arzt meint, wenn es einmal geklappt hat, klappt es auch ein zweites Mal.« Sie grub sich einen Pfad, verbissen, mit bloßen Händen, pflasterte ihn mit irrationalen Hoffnungen.
Ich versuchte, sie auf das Nächstliegende hinzuweisen. »Wann wirst du Rolf sagen, daß du in Wien bist? Willst du in ein Taxi steigen und so tun, als kämst du vom Westbahnhof?«
»Vielleicht. Das ist keine schlechte Idee. Irgendwann muß ich ja mit ihm sprechen.«
Sie glaubte, daß die Verbindung zu Michael den Verlust des Kindes überdauern würde. War entschlossen, die Scheidung einzureichen. »Ich erhole mich. Dann klappt es wieder. Nach einer Fehlgeburt sind die Chancen besonders groß. Das sagen alle. In der Familie meiner Mutter…«
Ihre Entlassung wurde für den übernächsten Morgen angesetzt.
»Das reicht«, sagte mein Arzt. »Sie kann sich daheim erholen. Ein bißchen liegen, ein bißchen frische Luft. Du sagst, sie wohnt in Döbling. Da hat sie es besser als hier.«
Ich kam, um sie abzuholen. Ihr packen zu helfen, den Koffer zu tragen. Sie hatte sich noch nicht entschlossen, wohin sie gehen würde.
»Kann ich nicht für ein paar Tage zu dir kommen?«
»Katrin«, sagte ich, »bei mir hast du keine frische Luft und keine Pflege. Ich bin den ganzen Tag außer Haus.«
»Die Stadtwohnung. Sie ist im Augenblick nicht vermietet.«

»Wenn du es möchtest, bringe ich dich hin.«
Sie überlegte noch. War halb angezogen, als die Schwester erschien. »War der Herr Oberarzt schon da?«
»Nein. Warum?«
»Er kommt noch zu Ihnen. Legen Sie sich inzwischen am besten noch einmal auf das Bett!« Sie half Katrin, keinen Widerspruch duldend, schlug die Decke zurück und klopfte das Kissen locker.
Katrin gehorchte, wandte sich nach mir um. »Hast du noch so viel Zeit?«
»Die Vorlesung beginnt erst um zwei.«
Der Oberarzt trat ein, ohne anzuklopfen. Hatte einen Laborschein in der Hand, studierte, die zusammengeklappte Brille vor die Augen haltend, die Ziffern, während er ans Bett trat. »Frau Wegenstein?«
»Ja.«
»Ich habe hier Ihre Resultate. Sie wissen, bei Unterbrechungen dieser Art wird automatisch ein Zellentest durchgeführt.«
»Das wußte ich nicht.«
»Ja, nun...« Der Oberarzt zuckte mit den Achseln, als sei das nicht seine Schuld, ließ Blatt und Brille sinken. Erst jetzt bemerkte er, daß ich auf der anderen Seite des Bettes stand. »Entschuldigung. Würden Sie mich für einen Augenblick mit Frau Wegenstein alleinlassen?«
Ich wußte es sofort.
»Geh nicht zu weit weg, Barbara«, sagte Katrin, »ich bin dann gleich fertig.«
Ich verließ das Zimmer. Blieb vor der Tür in der Mitte des Korridors stehen. Katrins fiebrige Augen. Der Gewichtsverlust.

Das Gespräch dauerte fünfzehn Minuten. Als der Arzt das Zimmer verließ, stand ich noch immer auf demselben Fleck. Er blieb stehen, hob wieder die Schultern. »Es war nicht die Fahrt«, sagte er. »Nicht die Anstrengung. Auch nicht der Griff nach der Tasche, wie sie glaubt.«
»Was geschieht?«
»Operation. Sie hat alle Chancen.«
»Alle Chancen?«
»Zu überleben«, sagte der Arzt.
Man ließ sie nicht mehr zum Nachdenken kommen. Vermutlich war das das beste. Die Vorbereitungen begannen sofort. Ich stand neben ihr, als die Anamnese aufgenommen wurde.
»Wen wollen Sie verständigen?«
»Meinen Mann«, sagte Katrin. Und zu mir gewandt: »Barbara, tust du das für mich?«
Ich nickte. Im Grunde war ich erleichtert. Das Versteckspiel hörte auf. Und die Entscheidung lag nicht mehr bei mir. »Was soll ich ihm sagen?«
»Daß ich während der Reise Schmerzen bekommen habe. Daß ich...« Sie hatte sich in die Kissen zurücksinken lassen, umklammerte mein Handgelenk. »Daß ich hierher gefahren bin, weil ich ihn nicht beunruhigen wollte.« Ihr Zugriff wurde fester. »Barbara, es gibt doch so etwas wie ärztliche Schweigepflicht...«
»Ja.«
Sie zögerte, fragte erst nach ein paar Sekunden: »Würdest du... könntest du das für mich...«
Ich nickte. Sagte der Schwester, die begonnen hatte, Katrins Koffer wieder auszupacken, daß ich ein paar Worte mit dem Oberarzt sprechen wolle.
Er sah mir, an seinem Schreibtisch sitzend, durch die

goldgeränderte Brille etwas irritiert entgegen. »Noch etwas?«
»Frau Wegenstein möchte nicht, daß ihr Mann von der Schwangerschaft erfährt. Sie hatte ihm nichts davon erzählt.«
»Keine Sorge.«
Ich rief Rolf von der Telefonzelle aus in der Firma an und sagte, daß Katrin am Vortag aus Hamburg gekommen und sofort in die Klinik gefahren sei. Die Operation stehe bevor.
Er erschrak zutiefst. Antwortete mit tonloser Stimme: »Ich komme sofort.«
Wir trafen einander in der hellen, großfenstrigen Halle am Ende des Korridors.
»Zimmer elf«, sagte ich.
»Kommst du nicht mit?«
»Diesmal nicht.«
Er holte mich zwei Minuten später. Katrin hatte ihn darum gebeten. Sie hielt uns beide an den Händen fest. »Danke, daß ihr da seid!«
Kein Wort von Michael. Auch später nicht, als ich für Sekunden mit ihr allein war.
»Kümmere dich um die Kinder! Und um Rolf, Barbara. Er scheint sich Sorgen zu machen. Ich bin ihm noch nicht gleichgültig.«
»Natürlich nicht. Was ist das für ein Gedanke?«
Ich fragte nicht, was ich Michael sagen sollte, wenn er wieder anrief. Die Reihung der Werte hatte sich für sie verschoben. Die Prioritäten waren neu gesetzt.
Katrin hatte um einen eigenen Telefonanschluß gebeten. Die Schwester brachte den Apparat, schloß ihn neben ihrem Bett an.
»Damit Rolf mich anrufen kann. Rufst du mich auch an, Barbara?«

Im Gegensatz zu den vergangenen Tagen, an denen sie um das Kind gekämpft hatte, war sie nun gefaßt, beinahe ausgeglichen. »Ich werde es schaffen, Barbara. Ich weiß, daß es nicht zu spät ist. Ronald und Daniela brauchen mich. Auch erwachsene Kinder brauchen eine Mutter.«

Wir saßen an ihrem Bett. Rolf auf dem Fußende, ich in dem Sessel an ihrer Seite. Schwestern kamen, nahmen Daten auf und Blut ab, brachten ungesüßten Tee. Als Katrin um eine zweite Tasse bat, erhielt sie eine Infusion gegen Durst. Schließlich eine Beruhigungsspritze. Sie ließ sich zurückgleiten, streckte sich entspannt unter der Decke aus.

Ich mußte zur Vorlesung. Verabschiedete mich mit einem Scherzwort, einem Kuß, den genauen Angaben, wann und auf welche Weise ich mich wieder melden würde, mit ein paar wahllosen, aber wohlverpackten, samt und sonders heiteren Prognosen.

»Bis dann, Katrin!«

»Bis dann!«

Rolf setzte sich in den freigewordenen Sessel an Katrins Seite, um mit ihr auf die Operation zu warten.

Mitternacht ist vorüber. Die Uhr von der Döblinger Kirche hat geschlagen. Viermal, dann zwölfmal. Sie hat einen hellen, ein wenig blechernen Klang. Ich muß daran denken, daß er von nun an zu meinem Leben gehören wird. Ich werde die Schläge allnächtlich hören, am besten hier, von meinem Gartenzimmer aus, das der Kirche zugewandt ist. Wie viele und welche Stunden werden sie mir bringen? Wie viele davon werde ich schlafen dürfen? Wird es Wochen dauern, Monate, Jahre, bis ich die Mitternacht, die zweite, die

dritte Stunde des Tages nicht mehr bei hellem Bewußtsein erwarte? Bis die Schatten schwächer geworden sind, kraftloser, sich nicht mehr aus dem Dunkeln wagen? Vielleicht bringt das neue Leben eine Änderung. Vielleicht werden sie gar nicht erst anfangen, sich in diesen Räumen niederzulassen. Stefans und Ulfrieds Schatten haben hier keinen Rückhalt, keinen Angelpunkt. Mit Katrin ist es anders. Sie wollte hier mit mir leben. Aber ihren Schatten fürchte ich nicht. Ich glaube nicht, daß er mich quälen wird, jetzt, da sie im Besitz des allgültigen Wissens ist.
Irgendwann muß ich beginnen, das Zimmer in Besitz zu nehmen. Ab morgen ist es mein Zimmer. Ich werde die Schränke mit meinen Kleidern füllen, den Schreibtisch mit meinen Skripten, den Biedermeiersekretär mit meinen Fotoalben und Briefen, den Toilettentisch mit meinen Haarbürsten und Parfumflacons. Das Bett ist heute noch Katrins Bett. Morgen wird es meines sein. Der Möbeltransport kommt am Nachmittag, wenn wir bei der Hochzeitsparty sind. Unauffällig, in aller Stille, Nikola hat das für uns arrangiert. Nur ein paar Stücke: das Bett, die alte Truhe, Ulfrieds Herrenzimmerteppich, um den ich ihn immer beneidet habe, und die Stehlampe mit den eingelegten Reiherfedern, die noch von meiner Großmutter stammt. Es macht mir nichts aus, heute in Katrins Bett zu schlafen, aber ich möchte meine Ehe nicht darin beginnen. Das hat nichts mit Pietät zu tun. Eher mit Eifersucht, obwohl das absurd scheint.
Ich öffne die Kleiderschränke, einen nach dem anderen. Sie sind leer, riechen leicht nach Lavendel, Katrins Lieblingsduft. Sie liebte Kräuter aller Art, hatte immer kleine Leinensäckchen mit getrockneten Blü-

ten zwischen den Wäschestücken liegen. Die Kleiderbügel sind alle gleich groß, von gleicher Form. »Typisch deutsch«, hat Rolf einmal gesagt, »alles in Reihe, sogar die Küchenmesser sind numeriert.«
Aus dem hinteren Teil der untersten Schreibtischlade rollt mir ein Kugelschreiber entgegen. Er ist dort vergessen worden, hat sich durch die Bewegung in Erinnerung gebracht. Es ist ein »Parker«, schmal, mit weinrotem Leder überzogen, trägt Katrins Initialen. »Manchmal macht Rolf mir tolle Geschenke. Vor allem, wenn er ein schlechtes Gewissen hat.« Es war die Zeit der AUA-Hostesse gewesen, ich erinnere mich. Damals hatte Katrin noch Angst vor Mother Queen gehabt. Trug flache Jesussandalen zu engen, kurzen Röcken, rasierte ihre Achselhöhlen nicht und ließ Rolfs Parfumgeschenke ungeöffnet in der Küche zwischen den Gewürzbehältern stehen.
In der nächsten Lade liegt ein zusammengefaltetes Papierset. Ein Farbdruck ist darauf zu sehen, ein Ausschnitt aus einem Gemälde von Breughel: Bauern lümmeln an Holztischen, zwei, drei kollern betrunken auf dem Boden, eine Frau lehnt am Tischbein, die Flasche in der Hand, Kinder spielen in einer Ecke mit Eiern und Brotlaiben. Eine Girlande aus Spalierobst säumt das Bild, der Rand des Sets ist unregelmäßig gezackt. Zwischen Zacken und Spalier steht in Katrins weitausladender, schräger Handschrift: »18. August, ›Pferdetränke‹.«
Mein Geburtstag. Ich erinnere mich, daß wir ihn gemeinsam verbrachten. Katrin, Rolf und die Belegschaft von Rolfs Firma. Ein Jubiläumsessen war festgelegt, als Katrin dahinterkam, daß es der Abend meines vierzigsten Geburtstags war. Ich war allein,

konnte mit den Kindern mittags feiern. Ulfried war tot. Von Stefan hatte ich nichts mehr gehört. Katrin bestand darauf, daß ich mit ihnen kam. Ich erinnere mich, wie fröhlich der Abend begann und wie schrecklich er endete.

Ich knülle das Set zu einem Papierball, ziele damit nach dem Korb, der neben dem Schreibtisch an der Wand steht. Treffe nicht, schiebe den Vorhang beiseite, um den Knäuel wieder aufzuheben. Dabei stoße ich auf ein flaches, viereckiges Paket, das aufrecht hinter dem Vorhang zwischen Schreibtisch und Fensterwand steht. Ein vergessenes Inventarstück, beim Auszug Katrins übersehen? Dagegen spricht die Verpackung: Geschenkpapier, weiß, mit Silberschleife, professionell verschnürt. Buch, Album, flachgefaltetes Wäschestück? Ein Mitbringsel von Rolf, das Katrin nach jenem Abend nicht mehr akzeptieren wollte und versteckte, um es nicht vor Augen zu haben?

Ich werfe das zerknüllte Breughel-Motiv, das ich noch in der Hand halte, in den Papierkorb. Beschließe, das Paket morgen von der dann vermutlich aufgetauchten Bedienerin entfernen zu lassen, wende mich wieder dem Schreibtisch zu.

In der obersten Lade befinden sich ein paar abgestempelte Zahlkarten, ein paar Banknoten, ein abgelaufener Paß. Anscheinend hat sich niemand die Mühe gemacht, den Schreibtisch noch einmal zu untersuchen, nachdem Katrin ihn ausgeräumt hatte, als sie in die Stadtwohnung übersiedelte. Das war kurz nachdem sie Daja kennengelernt hatte. Damals wußte sie schon, wie ernst ihre Krankheit war. Es muß wenige Wochen nach dem Abend in der »Pferdetränke« gewesen sein.

Als ich die Laden zuschiebe, fällt mir auf, daß die mittlere, in der sich das Tischset befunden hatte, im vorderen Teil eine flache Stufe aufweist. Eine Art zweiter Boden ist eingelassen oder lose daraufgelegt. Ich versuche, ihn wegzuschieben, er läßt sich bewegen. Gleitet auf der glatten Unterlage hin und her. Ich suche in meiner Handtasche nach einem Instrument, finde eine Nagelfeile. Schiebe die Spitze unter die dünne Holzfläche und hebe sie hoch.
Ein Heft liegt darunter. Auseinandergefaltet, vermutlich, um es flacher zu machen. Den Rücken nach oben, die Blätter nach unten gekehrt. Ein Schulheft, orangefarben, mit aufgedrucktem Schild. Eine Jahreszahl steht in dem grauweißen Rechteck, darunter: Juli, August, September. Ich wende das Heft um. Die aufgeschlagenen Seiten sind bis an den Rand mit großen, schrägen Buchstaben bedeckt: kohlschwarz und deutlich, wie mit Kinderfilzstift geschrieben.
Eines von Katrins Tagebüchern. Das letzte? Oder jenes andere, das Rolf seinerzeit in die Hände fiel und die erste Wende in ihrer Beziehung herbeiführte? Ich klappe es zu, hastig, ohne einen Blick auf die offene Seite geworfen zu haben. Das Schild sagt, daß es etwa zwei Jahre alt ist. Das war ein Jahr nach der Operation. Rolf war mit ihr in Spanien auf Urlaub gewesen. Sie hatte sich die Reise lange gewünscht. Sicher hatte sie auch später ihre Gewohnheit, Tagebuch zu führen, nicht aufgegeben. In der Stadtwohnung hat Daja nach ihrem Tod drei oder vier Hefte verbrannt.
Warum liegt gerade dieses Heft hier, versteckt und dennoch auffindbar, sobald man das Breughel-Set hochgehoben hat? Vergessen? Versteckt? Vor wem? Als Katrin das Haus verließ, war es nicht mehr nötig,

etwas vor Rolf zu verbergen. Sie hatte drei Tage lang gepackt, langsam, um sich nicht zu überanstrengen. Alles, was ihr wichtig war, hatte sie mit sich genommen. Die winzige Stadtwohnung war beinahe aus den Nähten geplatzt.
Ich lege das Tagebuch zurück in die Lade. Auf die dünne Holzplatte, nicht darunter. Vielleicht verbrenne ich es, morgen, wenn wir aus der Kirche kommen. Ich könnte es auch jetzt tun. Damit verginge die Zeit. Ein kleines Autodafé: Blatt für Blatt in die Flamme meines Feuerzeuges haltend, über dem Kristallaschenbecher, den der kleine Doktor ihr zu Weihnachten geschenkt hatte, um nichts kaufen zu müssen. Er hatte ihn aus der ehelichen Wohnung mitgebracht und seiner Frau erzählt, daß er vom Tisch gefallen und zerbrochen sei. Katrin hat ihn bei ihrer Übersiedlung zurückgelassen.
Die Vorhänge sind blütenweiß. Rolf hat sich eine Haushälterin zugelegt, die nur an ihren Spuren verifiziert werden kann. Ich habe nie herausbekommen, zu welchen Zeiten sie kommt oder geht, dennoch ist ihre Existenz an jedem Winkel der Villa ablesbar. Nun, ab morgen wird auch dieses Geheimnis gelüftet sein. »Ich will nicht, daß du im Haushalt arbeitest«, hat Rolf gesagt. »Du hast es viel zu lange getan.«
Ich habe es ebenso lange getan wie Katrin, nur nicht für ihn. Von Katrin hatte er es verlangt. Wie Ulfried es von mir verlangt hatte. Vielleicht wäre auch Ulfried in einer zweiten Ehe verständnisvoller, aufgeschlossener gewesen. Wenn er bereit gewesen wäre, sich mit dem Gedanken einer Wiederverheiratung zu befreunden. Er hätte alle Chancen gehabt.
Ich habe das Fenster geöffnet, die Ellenbogen auf das

lackweiße Fensterbrett gestützt, dem Zimmer den Rücken zugekehrt. Kein Autodafé heute nacht! Katrins Zeilen sollen noch ein wenig leben. Sie hat etwas Ungewöhnliches getan, als sie wußte, daß sie sterben würde: einen Brief an ihre Freunde geschrieben, in dem sie sich von ihnen verabschiedete. Eine Seite, voll bedeckt mit ihren großen, schrägen Buchstaben. Daja hat sie nach ihrem Tod fotokopiert und verschickt. Jeder, der das Kuvert öffnete, glaubte im ersten Augenblick, einen Brief von Katrin in der Hand zu haben. Dann, mit der ersten Zeile, kam der Schock. Ich erinnere mich noch an den Wortlaut.

»Liebe Freunde! Wenn Ihr diesen Brief in Händen haltet, sehe ich die Radieschen bereits von unten. Oder Euch von oben, was weiß man schon...«

»Typisch«, hatte Rolf gesagt. Er war blaß und verstört gewesen. Es hatte ihn schwer getroffen, daß nicht er es war, sondern Daja, die die Formalitäten erledigte. Katrin mußte schon vorher eine Liste angefertigt haben. »Typisch deutsch«, hätte er zu anderen Gelegenheiten gesagt. Ihr Ordnungssinn hatte nach seinem Dafürhalten ihrer beider Leben zerstört.

»Und ich?« fragte ich. »Was hältst du in diesem Punkt von mir?«

»Du bist normal ordentlich«, sagte er, seine neugewonnene Toleranz genießend wie ein Junge die Versetzung in die Oberstufe. »Katrins Ordnungssinn war verbissen, borniert. Das hält kein Mann aus.«

Über dem Birnenspalier steht ein durchsichtiger Mond. Wolkenfetzen sammeln sich vor der matten Scheibe, lösen sich wieder auf. Das Gras unterhalb der Steinstufen ist schwarz, reicht als bodenloses Loch bis zu den Büschen am Drahtzaun. Einen Augenblick

lang genieße ich es hemmungslos, skrupellos, daß ich lebe, hier in diesem Zimmer stehe, in diesen Garten hinaussehe. Will die Regung sofort und aufrichtig bereuen, es gelingt mir nicht, sie ist zu stark.
Rolf, ein Stockwerk über mir, knipst in diesem Augenblick das Licht aus: Der helle Fleck, der die Blätter des Kirschbaumes aus dem Dunkel gehoben hatte, erlischt. Er ist mir vorher nicht aufgefallen. Erst jetzt, da er verschwunden ist, verrät das nun vollkommene Dunkel seine frühere Gegenwart.
Der Nachtwind hat sich erhoben, streicht ächzend durch das Gehölz. Die Uhr an der Döblinger Kirche tut fünf blecherne Schläge: vier rasche, helle, einen dunklen, langen: Ein Uhr. Ich schließe das Fenster. Schlüpfe aus dem Morgenmantel, werfe ihn auf den Sessel neben das grünschimmernde Hochzeitskleid und krieche ins Katrins Bett, dessen Decke sorgfältig zurückgeschlagen ist.
Vor dem Fenster bewegen sich die Schatten der Kirschbaumzweige im Rhythmus des Windes. Ich schließe die Augen und merke, daß die Erinnerung an Stefan, unkenntlich erst, dann allmählich die Maske abstreifend, über die Bettdecke auf mich zukriecht, um ihre zähen, klebrigen Fangarme nach mir auszustrecken.

5

»Ich hab' es geschafft, Barbara«, sagte Katrin. »Ich wußte es, als man mich durch die Schleuse schob. Vor dem Operationssaal liegt eine Art Luftschleuse. Man wird durchgereicht wie ein Stück Brot, das in den Ofen geschoben wird. Die Spritze macht alles lustig. Ich fand es lustig. Aber gleichzeitig war es grauenhaft.«

Sie rührte mit dem Strohhalm in ihrem Tonicwasser, daß die Kohlensäure aufschäumte, schob ihn dann mechanisch mit ein wenig starrem Blick zwischen die Lippen.

»Ich wußte, daß ich da nie wieder durchgeschoben werden wollte. Ich wußte, daß ich es bei dieser Operation schaffen mußte. Die Nachuntersuchung hat ergeben, daß ich in Ordnung bin.«

Wir hatten einen kleinen Ausflug gemacht. Rolf hatte Katrin zur Genesung einen Mini geschenkt, nicht neu, aber blitzblank und fleißig. Er tuckerte die Kurven der Höhenstraße hinauf, als wäre er auf dem Rundkurs von Monte Carlo unterwegs. Sie hatte darauf bestanden, ihn mir vorzuführen. Saß nun, nach jahrelanger Fahrabstinenz, nicht ganz so entspannt, wie sie mich glauben machen wollte, am Steuer.

»Rolf wollte nie, daß ich seinen Wagen fahre. Nach ein paar Versuchen hatte ich auch keine Lust mehr. Vor allem nicht, wenn er danebensaß. Er ist der schlechte-

ste Beifahrer, den du dir denken kannst. Er macht alles mit, jedes Schaltmanöver, Gasgeben, Bremsen. Überholen, wenn er danebensitzt, ist lebensgefährlich. Ich bin froh, daß ich jetzt unabhängig bin. Es ist ein wunderbares Gefühl.«
Die Tatsache, daß sie der Krankheit entronnen war, hatte ihre Einstellung zu den Dingen verändert. Sie lebte bewußter, war dankbar für jeden Sonnentag, jede harmonische Stunde. Ronald kam manchmal mit Freunden zum Kaffee, Daniela bemühte sich, im Haushalt zu helfen. Katrins Genesung schien rasch voranzugehen. Sie nahm an Gewicht zu, ihre Gesichtsfarbe wurde rosig, dann sonnengebräunt. Sie verbrachte jede freie Minute im Garten, verrichtete dort leichte Arbeiten. Hatte wieder begonnen, ein Buch zu übersetzen.
»Ich muß mit dir sprechen, Barbara«, hatte sie gesagt. »Laß uns hinausfahren, irgendwohin. Zum Fischerhaus oder auf den Leopoldsberg. Ich bin immer ganz überwältigt, wenn ich die Stadt von oben sehe. Für jemanden, der im Ruhrpott aufgewachsen ist, ist das eine Sensation.«
Sie hatte es gelernt, dem Tag zu leben. Manchmal beneidete ich sie darum. Ein paar Telefongespräche mit Michael hatten stattgefunden. Sie hatte ihm gesagt, daß sie das Kind verloren hatte und daß sie beide versuchen müßten, Distanz zu gewinnen. Bei einem der Gespräche war ich dabeigewesen, sie hatte es von meiner Wohnung aus geführt. Ich war über die Klarheit und Bestimmtheit erstaunt gewesen, mit der sie zu ihm zu sprechen imstande war.
Als sie aufgelegt hatte, sah sie mich an: »Du erkennst mich nicht wieder? Ich weiß jetzt, wo meine Grenzen sind.«

Sie wußte es nicht. Aber das stellte sich erst später heraus. Im Augenblick bemühte sie sich, ihre Ehe in Ordnung zu bringen. Bat mich um Hilfe, befolgte meine zögernden Ratschläge mit peinlicher Genauigkeit.
»Es ist wichtig, Barbara. Ich brauche einen Halt. Rolf war immer der fixe Pol in meinem Leben. Michael werde ich wiedersehen, wenn ich mich gefangen habe. Er denkt, daß ich noch Kinder bekommen kann. Er spricht mir Mut zu und sagt, daß er warten wird.«
Wir saßen an der Brüstung einer Waldschenke auf halber Höhe des Kahlenberges. Gegenüber wuchs die Neustifter Höhe aus dem schattigen Grün, der Friedhof mit seinen geometrisch angelegten Wegen.
»Ich weiß nicht, ob du mir diesmal helfen kannst, Barbara.« Sie spielte mit dem Strohhalm. Tippte damit der Reihe nach gegen ihre Fingerspitzen.
»Was ist es?«
»Du hast alles mit mir durchgemacht, von Anfang an. Ich sollte keine Bedenken haben, mit dir zu sprechen. Ich weiß auch, daß sie überflüssig sind.«
Sie sah gut aus. Erholt und frisch. Der Wind wehte ihr das nun kinnlange, glatte Haar ins Gesicht. Sie hatte den Kopf ein wenig gesenkt, sah auf den Strohhalm in ihrer Hand.
»Rolf wird nie mehr mit mir schlafen.«
Das Blut schoß mir in die Wangen. Hastig griff ich ebenfalls nach einem Strohhalm, zog ihn aus dem Halter, begann unterhalb der Tischplatte damit zu spielen, um sie nicht ansehen zu müssen. »Wie kommst du darauf?«
»Ich weiß es. Natürlich haben wir nicht darüber gesprochen. Aber ich kenne ihn. Es hängt mit der Operation zusammen. Er ist reizend zu mir, rücksichts-

voll, wie er es nie gewesen ist. Aber als Frau zähle ich nicht mehr für ihn.«
Was für ein Schwachsinn! Nicht zum erstenmal ärgerte ich mich über diese stumpfsinnige Einstellung. Ich kenne ausnahmslos Frauen, die sich nach der Operation wohler, freier und gelöster fühlten als vorher. Die aktiver und attraktiver geworden waren, wie nach einer Entschlackung, einer Verjüngungskur. Ich sagte es ihr. Sprach von meinem Arzt, der der gleichen Meinung war.
»Ich glaube es. Ich merke es an mir selbst. Aber Rolf wird das nie so sehen. Ich... habe ein paarmal versucht, ihn zu verführen. Vermutlich bin ich nicht besonders geschickt. Aber ich hatte das Gefühl, als sei er irgendwie blockiert. Er wollte mich gar nicht verstehen.«
Ich knickte den Strohhalm in der Mitte, bog ihn wieder gerade. Wartete, bis die Hitze in meinen Wangen verebbt war. »Sprich mit ihm! Das ist immer noch das beste. Du sagst, daß man mit ihm sprechen kann.«
»Barbara...« Katrin strich sich mit einer fahrigen Bewegung das Haar aus der Stirn. Sie hob den Kopf, zögerte sekundenlang vor dem nächsten Satz: »Könntest du das nicht tun?«
»Ich...?«
»Wenn ich es sage, hat es kein Gewicht. Du bist für ihn so etwas wie eine Instanz. Er spricht ganz anders von dir als früher. Du hast studiert. Du bist für ihn eine Frau, die im Leben steht. Dir traut er Urteilskraft zu. Du findest bestimmt die richtigen Worte.«
»Um Gottes willen, wieso ich?« Es war ein spontaner Protest.
Katrin zuckte zusammen. »Entschuldige. Es ist eine

Zumutung. Wenn etwas sehr wichtig für mich ist, verliere ich die Übersicht.« Sie war blaß geworden. Ihre Lippen zuckten. »Ich weiß nicht mehr, was ich von dir verlangen kann. Ich bin es zu sehr gewohnt, mich an dich zu wenden.« Sie hatte die Schultern hochgezogen, stieß mit dem Strohhalm in ihren Handteller, mechanisch, ohne es zu merken. »Vergiß es, bitte! Ich bin ein Versager.«

»Sag so etwas nicht! Das ist lächerlich.« Ich hatte mich abgewandt. Meine Stimme gehorchte mir einigermaßen. »Nur, du mußt mich verstehen: Das ist eine Sache zwischen dir und Rolf.«

»Natürlich. Entschuldige bitte!«

Wir waren beide betreten, irritiert. Es war nicht mehr wie vorher. Die Bemühungen, das Gespräch fortzusetzen, scheiterten. Wir verabschiedeten uns besonders herzlich.

»Ruf morgen an!«

»Vielleicht noch heute abend.«

Als ich heimkam, fand ich einen eingeschriebenen Brief des Notars vor, der den Nachlaß Ulfrieds verwaltete. Ulfried hatte einen Banksafe gemietet gehabt und einen Schlüssel bei seinem Anwalt deponiert. Der Termin der Safeöffnung war festgesetzt worden. Sascha und ich wurden als die Erbberechtigten aufgefordert, dabei anwesend zu sein.

Spät abends läutete das Telefon.

»Barbara, ich wollte dich noch einmal sprechen. Du mußt mich verstehen. Ich habe nur euch beide.«

»Wo ist Rolf? Kann er dich hören?«

»Er hat sich im Atelier verkrochen. Er hat wieder zu malen begonnen. Wußtest du das?«

»Nein.«
»Er hat den Dachboden umgebaut. Manchmal denke ich, es könnte sein wie früher. Vielleicht bin ich unbescheiden. Ich habe selbst vieles zerstört.«
Wir sprachen, bis der alte Ton wieder hergestellt war.
»Wenn je etwas zwischen uns käme, Barbara…«
Ich träumte in dieser Nacht von Rolf. Er trug abwechselnd Stefans und Ulfrieds Züge. Verabredete sich mit mir an einem Ort, von dem ich wußte, daß ich ihn nicht finden würde. Ich versuchte, mich darauf zu konzentrieren, bat um die genaue Beschreibung. Er lachte, sagte, daß ich ihn schon finden würde.
Am Morgen läutete das Telefon. Ich hob ab, halb betäubt von meinem Traum.
»Barbara?«
»Rolf!«
»Ich halte das nicht aus. Wie soll es weitergehen?«
»Wir können nichts tun, Rolf.« Ich wußte selbst nicht, wie es weitergehen sollte. Hielt es ebensowenig aus wie er.
»Ich muß dich sehen. Sag mir, wann Nele in der Schule ist! Wann du zu Hause bist. Ich komme zu dir.«
»Das ist unmöglich, Rolf.«
»Wogegen wehrst du dich? Wir können jetzt nichts ändern, aber wir können beisammensein. Ich kann nicht immer nur mit dir und Katrin Kaffee trinken und im Garten sitzen. Das ist absurd. Es ist unerträglich.«
»Ich weiß.«
»Wovor hast du Angst? Sie wird nichts merken. Ich weiß, was es für sie bedeuten würde. Wenn wir vorsichtig sind…«
»Das ist es nicht. Ihre Situation hat sich geändert. Sie

klammert sich an dich. Sie will mit dir ein neues Leben anfangen.«
»Das hat sie getan. Ich werde sie nicht verlassen. Genügt das nicht?«
»Nicht für sie.«
Er schwieg. Plötzlich, als wäre die Verbindung abgebrochen. Ich biß mir auf die Lippen. Im Schock über das soeben Gesagte hätte ich beinahe aufgelacht: Nun hatte ich Katrins Auftrag doch ausgeführt. Rolf hatte begriffen. Das Schweigen füllte den Hörer.
Schließlich drang seine Stimme an mein Ohr, leise, stoßweise, aggressiv: »Barbara«, sagte er, »sag so etwas nie wieder!« Er legte auf.
Ich sank zurück in den Traum, der sich in endlosen Variationen wiederholte.

Am nächsten Tag tranken wir im Garten der Döblinger Villa Kaffee. Ebenso am Wochenende. Am Sonntagabend fand ein gemeinsames Abendessen in der Krainerhütte statt, die Woche darauf ein Ausflug mit den Kindern an den Neusiedlersee.
Einmal begegnete ich Rolf auf dem Heimweg von der Universität. Am Ausgang der Tiefgarage im Votivpark, am hellen Mittag. Ich wußte nicht, ob er auf mich gewartet hatte, fragte nicht. Er nahm mich am Handgelenk. Wir rannten durch den Park, über die Straße, die Treppen hoch. Fielen übereinander her. Absturz, wütendes Aneinanderklammern: Es war wie nie vorher. Wir verabschiedeten uns stumm, hatten kaum ein Wort gesprochen. Was war zu sagen? Ich sah aus dem Fenster, wie Rolf mit gesenktem Kopf die Währinger Kreuzung überquerte, ein Auto hielt mit kreischenden Bremsen.

Die Tage wurden kürzer. Matte Herbstsonne erst, dann Nebel, feuchter Asphalt. Dichtbesuchte Vorlesungen, angeregte Diskussionen im Hörsaal und auf den Gängen. Herbstwetter fördert die Konzentrationsfähigkeit, den Lerneifer, den Arbeitswillen. Keine Ausflüge mehr, dafür Theater, Fernsehabende, am Wochenende Kaffee auf der Döblinger Glasveranda, die an manchen Tagen schon geheizt werden mußte. Ende November fand die Safeöffnung statt. Ich hatte die Aufforderung beinahe vergessen gehabt. Wir hatten uns darauf geeinigt, daß Sascha in Ulfrieds Wohnung verblieb, während Nele und ich die Türkenstraße zum Hauptquartier ausbauten. Saschas Freundin war zu ihm gezogen, es war ein kleiner eigener Haushalt, den sie führten. Beiden schien es ernst zu sein, auf diese Weise bekamen sie ihre Chance.
Es war ein regnerischer Vormittag, der Bankdirektor, zwei Herren im Gefolge, empfing uns mit ernstem Gesicht und klirrendem Schlüsselbund. Unsere Anwältin, die Minuten vor dem festgesetzten Termin noch parkplatzsuchend um den Häuserblock gekurvt war, tauchte mit triefendem Schirm und schiefsitzendem Hut im letzten Augenblick auf.
Formalitäten, Unterschriften, Saschas und meine, die der Anwältin, die des Direktors. Dann der feierliche Akt des Schlüsselhineinschiebens, Herumdrehens.
Die Tür sprang auf. Dem engen, rechteckigen Fach entquollen Papierstöße, Pakete, mit Bindfaden und Gummi verschnürt, ein Blechbehälter, aus dem wie im Märchen vom Goldesel ein Regen von Münzen prasselnd auf den Steinboden niederging. Sascha wich zurück wie vor einem Blendwerk, sah mich an und vergaß, den beiden Herren, die auf dem Boden

krochen und die Goldstücke einsammelten, behilflich zu sein.
Wir folgten der Mannschaft in eine mit Falttür versehene Kabine, der Safeinhalt wurde auf dem Tisch deponiert. Ein handgeschriebener Zettel besagte, daß Nele nicht erbberechtigt, das Vorhandene eine Schenkung an Sascha und mich sei. Die Anwältin, mit der Durchsicht beschäftigt, schob mir ein verschnürtes Paket zu, auf dem mein Name stand. Ich ließ es in die Handtasche gleiten: Dann wurde ich aufgefordert, mitzuzählen, zu kontrollieren, die Transaktion zu verfolgen.
Es dauerte etwa eine Stunde, bis alles gesichtet war. Ulfried, der nie Geld besessen, der sich jeden Urlaub, jedes Vergnügen, jeden kleinsten Luxus versagt hatte, hatte vier Millionen Schilling in Papieren und Gold angelegt. Ich wohnte, den Blick auf die Tischplatte gerichtet, scheinbar aufmerksam den Vorgängen bei, während Streiflichter in meiner Erinnerung aufblitzten, vorüberglitten, Erstaunen und Fassungslosigkeit hinterließen: Die Schullandwoche für Sascha, die er nicht bezahlen konnte: Ich mußte das Geld von Nikola leihen, in endlosen Raten zurückzahlen. Das Cello für Sascha, das ich von meinem Vorschuß bezahlte, die Noten, die er ihm nicht hatte kaufen können, der Kaffee, den er nur trank, wenn ich ihn besorgte, weil er ihn sich, wie er sagte, nicht leisten konnte.
Sorge? Verantwortungsgefühl? Späte Rache? Der Wunsch, über das Grab hinaus anerkannt, geliebt zu sein, Verblüffung, Bewunderung hervorzurufen? Wir gingen heim, betäubt. Sascha war blaß und still, verstand ebensowenig wie ich.

»Wir sind reich, Nele«, sagte ich daheim zu meiner inzwischen zwölfjährigen Tochter, um die Last des Betroffenseins nicht allein tragen zu müssen. »Wir können für den nächsten Sommer ein Bauernhaus mieten oder eine Reise machen. Wohin möchtest du?«
»Nach Malaysia«, sagte sie nach kurzem Nachdenken. »Marokko, Galapagos, Bali, Ceylon.«
Es waren die Länder, von denen Stefan ihr erzählt hatte. Wir einigten uns auf Marokko. »Das ist beim ersten Mal nicht so weit. Irgendwann fahren wir dann ein Stück weiter. Ich möchte die fliegenden Hunde sehen.«

Der nächste Tag war ein Sonnabend, kühl und neblig und seltsam still, als seien keine Autos unterwegs. Nele war mit Freunden zu einer Ausstellung gegangen. Ich hatte am Vormittag endlos mit Handwerkern telefoniert. Sascha hatte den verständlichen Wunsch geäußert, die Wohnung, die er nun als sein Eigentum betrachten durfe, umzugestalten. Die Tapeten waren fleckig, grau, die Teppiche abgetreten.
Ulfried hatte jahrelang nichts erneuert, aus Geldmangel, wie er immer sagte, während er im Banksafe Gold und Papiere aufhäufte. Vielleicht hatte er Mitleid erregen wollen, vielleicht auch hatte er sich in der verfallenden Umgebung wohl gefühlt. Natürlich war es ihm damit, wie nun auch mit der gut vorbereiteten Safeaktion gelungen, mir ein schlechtes Gewissen zu bereiten: Wie hatte ich leben können, wie ich gelebt habe, wenn er bereit gewesen war, sich alles zu versagen? Ich hatte Reisen gemacht, Musikinstrumente gekauft, Kaffee getrunken. Wenn es das Jenseits gab, von dem er immer gesprochen hatte, als habe er zu seinem

Establishment die innigsten Beziehungen, konnte er jetzt von dort aus mit dem Resultat seiner Überlegungen zufrieden sein.

Es war am frühen Nachmittag, als jemand aus dem Institut anrief, um irgendeine Telefonnummer zu erfragen. Ich holte mein Notizbuch aus der Handtasche, stieß dabei auf das flache Papierpaket, das mir die Anwältin am Vortag zugeschoben hatte, legte es auf den Tisch, beendete das Telefongespräch und begann dann, den von Ulfried mit Akribie sauber um die Packpapierhülle gewickelten Bindfaden aufzuknüpfen.

Ein paar Briefe lagen darin, zehn, zwölf. Das erste, was mir in die Augen fiel, waren die bunten, vielfältigen Marken. Die Adressen waren mit Schreibmaschine geschrieben. Kein Absender. Ich griff nach der Nagelfeile und schnitt das erste Kuvert auf, dumpf verwundert, nichtsahnend.

Als ich den Inhalt auseinanderfaltete, stockte mein Herzschlag: Stefans Schrift. Ein paar vollbedeckte Blätter. Ich griff zum nächsten Brief. Zum dritten. Las zwischendurch eine Zeile: »... ich weiß nur, daß meine Not ohne Grenzen ist...« Den vierten: »... meine Einzige, meine Ewiggeliebte...« Ich öffnete die Kuverts, las, die Blätter häuften sich. Am Ende jedes Briefes eine Adresse: Riad, San Sebastian, Ladakh.

Ich begann zu lesen, las wieder und wieder. Die Dämmerung fiel vor den Fenstern, ich knipste das Licht an, las weiter. Begann schließlich der Reihenfolge nach von neuem. Worte der Liebe, der Sehnsucht, der Zärtlichkeit, der Verzweiflung, wie nur er sie finden konnte, immer gefunden hatte.

Der letzte lautete: »Meine Briefe blieben seit acht Monaten ohne Antwort; warum? Dein Schweigen läßt mich unwissend, und Unwissen hat nichts zu sagen. Freilich, manches ist denkbar. Über nur Gedachtes reden kann zum Kampf mit Windmühlen werden. So beschränke ich mich auf die einzige, mir zu Gebote stehende Gewißheit: daß ich ohne Antwort bin und so auch nicht antworten kann. Damit wird mein Schweigen zur Antwort, zur letzten: Lebt wohl, Du und Nele, lebt wohl in der Welt, in der auch ich bin, irgendwo, solange mir Zeit bleibt.«
Ich saß wie gelähmt, immer noch. Nele rief an, um zu sagen, daß sie von den Eltern einer Freundin zum Abendessen in die Pizzeria eingeladen sei.
»Hast du etwas, Mami?«
Sie wollte bald kommen, nicht zu bald. Ich begann wieder zu lesen, hörte dann auf, weil ich mich im Kreis zu drehen meinte. Mein Herz war ein dumpf schmerzender Bleiklumpen, mein Kopf eine Steinwüste.
Wie war das möglich gewesen? Die Briefe waren an die Universität geschickt worden. Ulfried hatte sie abgefangen. Auf welche Weise? Für Minuten überwog der Zorn den Schmerz, drückte mich zusammengekrümmt in den Sessel. Vor meinen Lidern glommen rote, rissige Blitze auf, drangen mir ins Gehirn.
Das Datum es letzten Briefes lag ein Jahr zurück. Ulfried hatte seinen Triumph noch voll genießen können. Er hatte sie nicht geöffnet, hätte es wohl nicht fertiggebracht, sie zu lesen. Aber er hatte registriert, daß nach diesem letzten keiner mehr gekommen war. Damals war er aufgetaut, aufgeblüht. In der Rückschau ließ sich alles mühelos rekonstruieren. Damals hatte

er auch begonnen, sein Eigenleben aufzubauen, zu dem die Fahrten zu Motorrad- und Autorennen gehörten. »Ich überlebe sie alle.« Jetzt verstand ich ihn. Er hatte auch Stefan überlebt, auf diese von ihm ins Spiel gebrachte unwiderrufliche Weise.

Am Morgen nach einem unruhigen Sonntag und einer schlaflosen Nacht wartete ich vor dem noch versperrten Hauptportal der Universität auf den Portier. Er war seit Jahren im Dienst, verläßlich, freundlich, korrekt. Als er die Eingangstreppe heraufkam, mich dort stehen sah, verhielt er kurz seine Schritte, kam dann langsam, ruhig näher.

Blieb vor mir stehen, als habe er mich erwartet: »Ich habe gewußt, daß Sie eines Tages kommen werden.«

»Wie konnte das geschehen? Wie war es möglich?«

Er sperrte das Tor auf, bat mich in die Portiersloge. Packte eine Thermosflasche aus. Bot mir Zigaretten, Kaffee an. Schien besorgt. Welchen Eindruck machte ich? Es war sinnlos, überflüssig, nach Gründen oder Schuld zu suchen, es änderte nichts. Dennoch wollte ich es wissen.

»Ihr Herr Gemahl war damals bei mir. Sie waren lange krank. Es war nach dem... nach Ihrem...«

Er sprach das Wort nicht aus. Ich habe gedacht, daß es niemand erfahren hatte. In meinem Befund stand: »Vegetative Störungen.« Gut, also. Und weiter?

»Er war bei mir und bat mich um ein Gespräch. Er zeigte mir ein Attest von dem Psychiater, der Sie behandelt hat.«

Ein Psychiater? Ich wurde von keinem Psychiater behandelt. Der Vorstand der Klinik war Neurochirurg. Er hat mir nie ein Attest ausgestellt.

»Was für ein Attest?«

»Ich habe es fotokopieren lassen. Für den Fall, daß Sie mich einmal zur Rede stellen würden. Der Herr Gemahl war einverstanden. Er sagte, es bestehe die Gefahr einer Wiederholung.«
»Einer Wiederholung?«
»Daß Sie es –... noch einmal versuchen könnten. Entschuldigung. Wir waren alle sehr froh, als Sie wieder da waren. Der Herr Gemahl meinte, ich könne persönlich mit dem Arzt sprechen, wenn es mein Gewissen beruhige. Ich sagte, es sei nicht nötig. Das Attest genüge mir.«
Er kramte in ein paar Schubladen, fand ein gefaltetes Papier. »Hier, Frau Professor. Ich hoffe, daß Sie mich verstehen. Ich hatte keine Wahl.«
Das Attest bezeugte, daß ich den schriftlichen und telefonischen Verfolgungen einer Person ausgesetzt sei, die zum Suizidversuch geführt hätten. Jede Möglichkeit, daß diese Person noch einmal mit mir in Verbindung trete, müsse ausgeschaltet werden. Anrufe abschirmen, Briefe abfangen. Andernfalls bestehe Rückfallsgefahr. Das Papier trug die Unterschrift eines zweitrangigen, aber fernsehbekannten Psychiaters, der mit Ulfried zur Schule gegangen war.
Ich griff nach der Zigarette, die der Portier mir reichte. Schluckte den Kaffee. Stand auf, tat ein paar Schritte. Die ersten Studenten zogen montagsmüde und blaß, andere zu zweit und hektisch diskutierend an der Loge vorbei.
»Wie haben Sie das durchgeführt? Wie kam mein Mann zu den Briefen?«
»Die ersten paar Male war er hier, als Sie noch in der Klinik waren. Er sah die Post durch und nahm bestimmte Briefe an sich. Später wußte ich schon, wie sie

aussahen. Die Marken und die Maschinenschrift. Ich legte sie beiseite. Ich habe es auch dem Kollegen vom Nachmittagsdienst gesagt. Dann kam der Herr Gemahl jede Woche und holte sie ab. Die andere Post habe ich in Ihr Fach gelegt.«

So einfach war das. Die Zigarette brannte ungeraucht in meiner Hand ab. Ich konnte nicht umhin, Ulfried zu bewundern: In praktischen Dingen war er immer perfekt gewesen. Der Psychiater, um den es sich handelte, hatte vor zwei Jahren nach einer aufgeflogenen Steuergeschichte zur Flasche gegriffen. War aus dem Blickfeld der Öffentlichkeit gerückt. Hatte seine Praxis gewechselt, ordinierte in einem Außenbezirk. Hatte jede Menge Schulden. Vermutlich hatte Ulfried einige davon bezahlt.

»Der Herr Gemahl hat mir ein Trinkgeld angeboten, aber ich habe es nicht genommen.«

Er hatte korrekt gehandelt. Sicherheitshalber dem Rektor Mitteilung gemacht. Der hatte die Aktion in meinem Interesse gebilligt. Der immer noch bekannte Name unter dem Papier hatte seine Wirkung getan.

»Danke für die Auskunft.« Was war noch zu sagen? Es war sinnlos, den Psychiater aufzusuchen, ihn zur Rede zu stellen. Den letzten Zeitungsmeldungen zufolge war er zum Stargast der Trinkeranstalt von Kalksburg geworden.

Leerlauf. Tagelang. Kein Tritt unter den Füßen. Kein Gefühl in den Händen, als greife man ins Leere. Die Verzweiflung kam nicht gleich, erst nur stundenweise, wurde später anhänglicher. Blähte sich auf wie ein Ballon, schwoll ebenso plötzlich wieder ab. Der erwartete nächtliche Peiniger war zahmer als gedacht. Seltsamerweise schien mein wichtigtuerisches Ego

davon angetan, daß auch Stefan gelitten hatte, die Trennung für ihn nicht so leicht hinzunehmen gewesen war, wie es bisher den Anschein gehabt hatte. Ich überlegte in endlos schleichenden Dämmerstunden, ob die Möglichkeit bestehe, das gerissene Seil wieder zu knüpfen. Ob ich den Wunsch, den Willen, die Kraft hätte, das alte Leben wieder aufzunehmen. Das Leben, das da lautete: Stefan, Nele, Dorothy und ich. Jedesmal, wenn ich an diesem Punkt angelangt war, erkannte ich Ulfrieds Handlungsweise als Fügung des Himmels. Fühlte, wie mich bei der Erinnerung an Stefans Worte: »Bald, laß mir Zeit, es wird, vertrau mir!« lähmendes Entsetzen ergriff. Verwarf jeden Gedanken an Kontaktaufnahme auf ewige Zeiten, auf Jahre, auf Stunden, bis zur nächsten Nacht. Rolfs sporadische Anrufe halfen, solange sie dauerten. Wenn der Hörer aufgelegt war, kehrte das Vakuum zurück. Die Kaffeestunden absolvierte ich in einer Art Indifferenz, funktionierte wie ein heiterer Automat. Rolf merkte nichts, auch Katrin nicht. Das Zusammenleben der beiden schien friedlich, beinahe harmonisch, wenn auch nicht in Katrins Sinn.
»Ich muß mich damit abfinden«, sagte sie, als wir während eines gemeinsamen Ausfluges eine Extrarunde durch den Wald zogen. »Es ist vorbei. Ich muß glücklich sein, daß er zu mir hält, mich nicht verläßt. Alles andere ist für immer vorüber. Es ist auch meine Schuld. Aber was kann ich tun? Ich kann die Zeit nicht zurückdrehen.«
Ich streute ein paar halbherzige Ratschläge ein, wechselte das Thema.
Drei-, viermal hatte Rolf mich am Garagenausgang erwartet, jedesmal unangemeldet. Unser Zusammen-

spiel funktionierte spontan, wortlos, setzte dennoch oder eben deswegen elementare Gewalten frei. Es ließ die langen Leerläufe erträglich erscheinen, machte die Kaffeestunden zu Ritualen der Selbstgerechtigkeit und half mir, Ulfrieds Briefintrige zu überstehen, die Versuchung, die Welt nach dem Biologen Stefan R. abzusuchen, zu überwinden.
Nele war die einzige, die es mir anmerkte. »War etwas mit Papi? Hast du von ihm gehört?«
»Wir werden nie wieder von ihm hören«, sagte ich, fühlte, wie ich mit der von ihm beschriebenen »Not ohne Grenzen« eins wurde, sie beiseitestellen konnte.

Spanien für Katrin und Rolf: Sie setzte ein wenig Hoffnung auf die Reise, nicht viel. War dann kaum enttäuscht, als sie sich nicht erfüllte. Es war sonnig gewesen, warm, harmonisch. Nun, da die Situation gefestigt schien, begann sie wieder, an Michael zu denken. Er schrieb, telefonierte immer noch.
Ende des Jahres war es soweit, daß sie beschloß, ihn wiederzusehen. »Ich schulde ihm die Wahrheit. Was meinst du, Barbara?«
»Du willst mit ihm ins Bett gehen«, sagte ich sachlich, wenn auch etwas rüde.
Sie starrte mich an. Mußte dann lachen. »Du hast recht. Ist das verwunderlich?«
»Keineswegs!« Rolf hatte eine Geschäftsreise gebucht, nach Polen, würde zehn Tage unterwegs sein.
»Willst du zu ihm nach Dortmund fahren?«
»Ich dachte, er könnte hierherkommen. Die Stadtwohnung ist frei.«
»Fahr mit mir nach Warschau!« sagte Rolf. »Sag Katrin, daß du ein Symposium hast, irgendwo, in England oder Frankreich!«

»Zur selben Zeit wie du? Ausgeschlossen!«
Es war die reinste Schwanksituation. Meine Rolle bildete die Achse, um die die Handlung rotierte. Manchmal fühlte ich mich wie auf Stelzen, fürchtete, nach vorn oder nach hinten zu kippen. Hatte mir angewöhnt, peinlich auf jedes Wort zu achten, das ich in Katrins oder Rolfs oder beider Gegenwart sprach. Da die Vorzeichen dauernd wechselten, war ich keinen Augenblick ohne Kontrolle. Ich mußte Katrins Lügen vor Rolf erhärten, unsere gemeinsamen vor ihr, meine eigenen vor beiden. Agierte in Kürzeln, Synonymen oder Schlüsselwörtern, die jeweils nur von einem der beiden verstanden wurden. Mußte meinen derangierten Erfindergeist aufs neue ankurbeln, als später Michael wieder auf den Plan trat.
»Er kommt. Ich hole ihn vom Bahnhof ab. Zwei Stunden, nachdem Rolf abgefahren ist. Er nimmt den ersten möglichen Zug. Hältst du mich für wahnsinnig?«
»Natürlich nicht!«
»Ich sollte dankbar sein, daß ich lebe. Aber solange es einen Mann gibt, der mich will...«
Sie ging zur Kosmetikerin. Gab das gesamte Übersetzungshonorar für Kleidung, Massagen, Friseur aus.
»Er hat irgendwann gesagt, man könnte auch Kinder adoptieren. Er wäre der Richtige dafür. Er redet nicht nur, er tut, was er sagt.«
Sie hatte fiebrige Augen. Nicht zum erstenmal. Schien von unnatürlicher Hektik.
»Geht es dir gut, Katrin?«
»Fabelhaft. Ich nehme dauernd zu. Findest du, daß ich zu dick bin? Wie sehe ich aus?«
Ich mußte sie beruhigen. Das Gesagte mehrmals wiederholen.

Schließlich fragte ich Rolf, wann sie das letzte Mal beim Arzt gewesen sei.
Er zögerte kurz. »Ich erinnere mich nicht. Wie kommst du darauf?«
Er fuhr nach Warschau. Katrin brachte ihn mit ihrem Wagen zum Ostbahnhof und hatte dann zwei Stunden Zeit bis zu Michaels Ankunft am Westbahnhof. Sie kurvte, um ihre Nervosität zu kompensieren, ziellos durch die Stadt, trank einen Espresso in einem Marktfahrerlokal an der Wienzeile, fuhr dann weiter nach Schönbrunn. Stieg kurz aus, lief eine Runde durch den Park, wollte dann in weitem Bogen zurück zum Westbahnhof.
Es war etwa dreiviertel Stunden vor Ankunft des Zuges, als es passierte. Sie steckte bei Rotlicht unterhalb des Stadtbahnbogens im Stau fest. Rückte einhändig, mit einem Zigarettenpaket kämpfend, Zentimeter um Zentimeter vor. Hielt den glimmenden Anzünder in der Hand, als der Stadtbahnzug donnernd über ihren Kopf hinwegdröhnte. Der Anzünder entfiel ihr, sie bückte sich danach, fuhr im gleichen Augenblick automatisch an, da die Ampel auf Grün geschaltet war und ein Hupkonzert hinter ihr ertönte. Merkte nicht, daß der Pulk wieder zum Stehen gekommen war, krachte mit voller Wucht in das Heck des vor ihr stehenden rostbraunen Lada mit der polnischen Nummer.
Ich erhielt den Anruf gegen acht. Es läutete, schnappte ab, als ich abhob. Läutete dann wieder.
Eine fremde Frauenstimme meldete sich, dunkel, etwas rauchig. »Frau Barbara Bennent?«
»Ja, bitte?«
»Mein Name ist Daja Dubrović. Ihre Freundin hat

mich gebeten, Sie anzurufen. Frau Wegenstein. Wir hatten einen Unfall.«
»Einen Unfall?«
»Der Wagen Ihrer Freundin ist beschädigt. Ich habe sie ins Krankenhaus gebracht.«
»Was ist Katrin geschehen?«
»Sie hat zwei Platzwunden am Hinterkopf. Es ist nicht gefährlich.« Die Frau sprach mit harten Konsonanten, melodischem Tonfall. »Im Augenblick ist sie im Operationssaal. Die Wunden müssen genäht werden.«
»In welchem Krankenhaus?«
»Erste Unfallstation.«
»Ich komme sofort.«
»Einen Augenblick«, sagte die Frau, es klang zögernd. »Ihre Freundin wollte jemanden vom Bahnhof abholen. Sie scheint sich deswegen Sorgen zu machen.«
»Ich fahre zum Bahnhof. Anschließend komme ich zu ihr.«
»Ich werde es ihr sagen.«
»Können Sie bleiben, bis sie aus dem Operationssaal kommt?«
»Kein Problem«, sagte die Frau.
Es war der Beginn einer Freundschaft.
Ich fuhr zum Bahnhof. Stieg aus, durchquerte zweimal die Halle, schaute ins Espresso, in alle Telefonzellen. Michael war nicht da. Allerdings war seit der Ankunft des Zuges fast eine Stunde vergangen. Ich stieg wieder in den Wagen und fuhr zum Krankenhaus, wo Daja mich erwartete. Als Katrin aus der Narkose aufwachte, in Panik geriet, als sie hörte, daß ich Michael nicht erreicht hatte und sie wegen Kollapsgefahr nicht entlassen werden konnte, erbot sich Daja, in die Stadtwohnung zu fahren und dort Michaels Anruf zu

erwarten. Katrin händigte ihr den Schlüssel aus. Tatsächlich rief Michael an und erschien noch am gleichen Abend im Krankenhaus.
Anderntags wurde Katrin entlassen, verpflastert, aber voll Hoffnung. In der Stadtwohnung begann alles von neuem. Ich bekam Katrin erst eine Woche nach Michaels Ankunft, kurz vor Rolfs Rückkehr, zu Gesicht. Sie hatte mich im Institut angerufen, mich gebeten, sie in einem Lokal zu treffen.
»Ist etwas passiert, Katrin?«
»Ich weiß noch nicht.«
»Was heißt das?«
»Es ist nichts. Ich wollte dich nur sehen.«
»Das glaube ich dir nicht.«
»Doch. Es ist die Wahrheit.«
»Wie geht es mit Michael?«
»Wunderbar. Er ist wunderbar. Es gibt kein anderes Wort.«
»Wie hat er es aufgenommen?«
»Was?«
»Du wolltest ihm doch die Wahrheit sagen. Über deine Operation.«
»Ach, das. Das hat Zeit. Es würde nichts ändern. Ich werde irgendwann mit ihm darüber sprechen. Wir wollen ein Kind aus der Sahel-Zone adoptieren oder eines aus Vietnam. Vielleicht...«
»Er weiß noch nichts?«
»Was macht das aus?«
Ihre Stimme klang gereizt. Sie spielte mit der Serviette, rollte sie zusammen, schloß die Finger darum.
»Er liebt mich. Wir sind wahnsinnig glücklich. Ich überlege, ganz in die Stadtwohnung zu übersiedeln. Ich vermiete sie nicht mehr. Dann könnte er hierblei-

ben. Sich eine Stellung suchen. Er hat zur Zeit keinen Job, habe ich dir das erzählt?«

»Katrin, willst du jetzt noch deine Ehe aufs Spiel setzen? Ihr versteht euch doch gut!«

»Wir verstehen uns fabelhaft«, sagte Katrin. Auf ihrem Hals erschienen kreisrunde rote Flecken. »Wie ein Pensionistenehepaar, das den Lebensabend gemeinsam genießt. Spanien, Krainerhütte, Kaffee im Garten, Flimmerkiste. Soll das alles gewesen sein? Wenn Michael mich anfaßt, fühle ich, daß ich lebe. Für Rolf bin ich ein Inventarstück. Ich habe es versucht, du kannst es mir glauben. Ich bin nicht besonders geschickt, aber jeder Idiot hätte es gemerkt. Ich bin nicht alt genug, um zu verzichten. Und nicht jung genug, um zu warten. Wer weiß, wieviel Zeit ich noch habe.«

»Was redest du da?«

Sie sank plötzlich in sich zusammen. Ihre Gesichtsfarbe wurde grau. Winzige, karoförmige Sprünge zogen sich über ihre Wangen.

»Katrin, was ist los?«

»Komischerweise war es Michael, der es bemerkt hat.«

»Was, bemerkt?«

»Den Knoten. In meiner rechten Brust. Er sagte plötzlich: Was ist das? Tut dir das nicht weh?«

»Ein Knoten?«

»Er ist nicht groß. Möglicherweise bedeutet er auch nichts. Aber wenn man die Operation hinter sich hat, die ich hinter mir habe ...«

»Katrin, wann warst du zum letztenmal beim Arzt?«

»Ich weiß es nicht mehr. Ich habe es vergessen.«

»Was heißt das?«

»Es heißt, daß ich zu keinem Arzt mehr gehe. Sie schnippeln an mir herum und machen die Sache nur schlechter. Denkst du, daß ich mir die Brust wegschneiden lasse? Was ich hinter mir habe, genügt. Wenn ich sterben soll, will ich es als Ganzes, nicht in Teilen.«

»Wer sagt, daß man dich operiert? Es gibt eine Menge Möglichkeiten...«

»Und keine hilft. Oder?«

»Sie helfen sehr wohl.« Panik und Zorn ließen meine Stimme schärfer klingen als beabsichtigt. »Du hast kein Recht, den Kopf in den Sand zu stecken. Es gibt ein paar Leute, die dich brauchen.«

»Die alte Leier: deine Kinder, dein Mann, deine Freunde. Wenn du es genau nimmst, werden alle ohne mich besser leben als bisher. Meinst du, ich habe mir keine Gedanken darüber gemacht? Für den Fall, daß ich Metastasen bekomme, habe ich mir vorgenommen, nichts zu tun, absolut nichts.«

»Du bist verrückt.«

Sie saß still, unnatürlich ruhig.

Ich suchte nach Worten. Argumenten. »Und Michael? Was wird mit ihm?«

»Er ist der Hauptgrund. Ob du es verstehst oder nicht.«

Ich verstand sehr gut. Den vorhergegangenen Eingriff hatte sie ihm verschweigen können. Eine weitere Operation würde die Beziehung belasten, vielleicht beenden. »Ich kenne Frauen, die gedacht haben wie du. Sie haben es nicht überlebt.«

»Ich kenne Frauen, die sich verstümmeln ließen und es auch nicht überlebt haben.«

»Es ist nicht das geringste erwiesen. Du mußt zum

Arzt, er ist der einzige, der es dir mit Sicherheit sagen kann.«

»Ich gehe nicht. Sag, was du willst! Ich lasse mich nicht noch einmal durch die Schleuse schieben. Lieber sterbe ich.«

»Es gibt andere Methoden.«

»Nicht bei den Ärzten, die mich bisher behandelt haben. Sie tragen das Skalpell griffbereit in der Westentasche.«

Bevor sie ging, stand sie zehn Minuten vor dem Spiegel an der Garderobe. Zupfte, schminkte, frisierte, zog ihre Kleider zurecht.

»Wie sehe ich aus?«

»Wunderbar.«

Sie sah elend aus. Ich hatte das Empfinden, Steine geschluckt zu haben. Küßte sie auf die graue, rosig geschminkte Wange. »Wenn ich etwas tun kann...«

»Vielleicht kannst du das.«

Ich wußte damals noch nicht, daß sie Daja den Schlüssel der Döblinger Villa übergeben hatte, damit für die Blumen und die kleine Perserkatze gesorgt war. Vielleicht fürchtete sie, mich auf die neue Freundschaft eifersüchtig zu machen.

Wir telefonierten während der folgenden Tage ein paarmal.

Eines Morgens rief sie im Institut an. »Barbara? Gut, daß du da bist! Ich habe dich daheim nicht angetroffen.«

»Wie geht es dir, Katrin?«

»Fabelhaft.«

Ich wagte nicht weiterzufragen. Sie schien atemlos, als wäre sie eine Treppe zu schnell hinaufgelaufen.

»Barbara, Rolf kommt morgen. Du hast gesagt, wenn ich dich brauche...«
»Ja.«
»Falls er dich fragt, ob du weißt, wer in der Stadtwohnung wohnt: Könntest du sagen, daß es ein Bekannter von dir ist? Daß ich sie dir zur Verfügung gestellt habe? Nur für ein paar Tage, Barbara, bis ich mit ihm gesprochen habe.«
»Gehst du zu ihm zurück?«
»Ich muß. Zunächst. Michael versteht es. Ich muß in Ruhe mit ihm sprechen. Er hat aus Warschau angerufen, er kommt morgen gegen Mittag. Es wird nicht einfach sein, aber ich werde es schaffen. Was meinst du?«
»Ich weiß nicht. Was soll ich dazu sagen, Katrin?«
»Du bist skeptisch. Du wirst deine Meinung ändern, wenn du hörst, was ich getan habe.«
»Was hast du getan?«
»Ich war beim Arzt.«
»Wann?«
»Gestern. Ich will vernünftig sein. Ich will leben, für Michael. Nicht bei dem Arzt, der mich operiert hat. Der sieht mich nie wieder. Ich habe jemand gefunden, zu dem ich Vertrauen habe.«
»Wer ist es?«
»Doktor Bronowski. Eine polnische Ärztin. Eine phantastische Frau. Daja hat sie mir empfohlen. Eine Freundin von ihr hatte man aufgegeben, Lymphdrüsenkrebs. Sie hat sie geheilt, nur mit Diät und Aktivierung der eigenen Abwehrkräfte.«
»Was hat sie gesagt?«
»Zu neunzig Prozent ist es eine harmlose Zyste. Bei Frauen meines Alters ist das ganz normal. Sie sagte:

›Nicht hineinschneiden. Das ist das Gefährlichste.‹ Sie hat mir eine Behandlung verschrieben: Karottensaft, gepreßtes Gemüse, Vitamintabletten. Verstehst du? Ich mache die Kur, in jedem Fall. Wenn sie nicht nötig ist, um so besser.«

»Läßt sie den Knoten nicht irgendwie testen?«

»Dazu müßte man hineinschneiden. Das lehnt sie ab.«

»Ich verstehe.«

»Ich glaube daran. Ich fühle mich viel besser. Solange man sich nicht aufgibt, sagt sie, überlebt man. Die Krankheit darf keine Chance haben. Du solltest sie hören. Sie ist großartig.«

Ich war froh, daß Daja sie so weit gebracht hatte, etwas zu unternehmen. Froh über ihren Optimismus. Er war vermutlich das Wichtigste. Zweifellos gab es Methoden jenseits der Schulmedizin. Ich legte mit gemischten Gefühlen den Hörer auf.

Rolf kam nicht am nächsten Morgen, sondern am gleichen Abend. Er parkte in der Tiefgarage, stand, wenige Minuten nachdem Nele eingeschlafen war, in meinem Zimmer. Vertraute Verzauberung, selbstverständlicher Höhenflug.

»Dachtest du, ich würde die Gelegenheit vorbeigehen lassen, dich eine Nacht lang für mich zu haben?«

Am Morgen rief Katrin an. Rolf schlief, von mir abgewandt. Ich griff, halbbetäubt, nach dem Hörer. Sprang hastig aus dem Bett, als ich ihre Stimme erkannte. Tastete mich, das Kabel hinter mir herschleifend, ins Badezimmer.

»Hast du es nicht vergessen, Barbara?«

»Was?«

»Rolf zu sagen, daß es ein Bekannter von dir ist, der in

der Stadtwohnung wohnt. Nur für den Fall, daß du Rolf sehen solltest, ohne daß ich dabei bin.«

»Warum sollte ich ihn sehen, ohne daß du dabei bist?«

Das Blut war mir in die Schläfen geschossen. Ich zog die Badezimmertür hinter mir zu.

»Es könnte doch sein. Zufällig.«

Ich kniete auf der Plüschmatte vor der Badewanne, horchte starr vor Anstrengung auf den Ton ihrer Stimme: Er war wie sonst.

»Bist du allein, Barbara?«

»Wieso?«

»Du klingst so komisch.«

»Nele schläft noch. Sie hat heute eine Stunde später Schule.«

»Ich fahre jetzt nach Döbling, damit ich vor Rolf zu Hause bin.«

»Was hast du vor, Katrin? Willst du wirklich mit ihm sprechen?«

»Nicht gleich.« Sie zögerte. »Ich warte eine Gelegenheit ab. Barbara, könntest du heute zum Abendessen kommen? Es wäre mir lieber, wenn ich am ersten Tag nicht mit ihm allein wäre.«

»Wenn du es möchtest.«

»Danke, Barbara. Bis dann!«

Ich war schweißgebadet, als ich mich ins Schlafzimmer zurücktastete und das Telefon auf dem Nachttisch abstellte.

Rolf bewegte sich, wandte sich mir zu. Öffnete die Augen. »Was gibt es?«

»Ein Student.« Ich war so weit, daß ich log, ohne es zu merken. Hätte mich konzentrieren müssen, um die Wahrheit zu sagen. »Er holt vor der Vorlesung etwas ab. Ich muß mich fertigmachen, Rolf.«

»Warte!« Er hatte den Arm nach mir ausgestreckt.
»Wann kommt er, dein Student?«
»Um acht.«
»Dann haben wir eine Stunde Zeit.«
Ich versuchte nicht mehr, den Überblick zu behalten, Emotionen einzuordnen oder abzugrenzen. Sie standen nebeneinander, nicht gegeneinander. Rolf verließ meine Wohnung, als ich sicher sein konnte, daß Katrin in Döbling angekommen war. Am Abend saß ich mit beiden am gedeckten Eßzimmertisch. Anschließend mit Katrin im dämmerig kühlen Garten unter dem Birnenspalier.
»Diese Kur, weißt du: Ich habe vor drei Tagen angefangen und fühle mich schon besser.«
»Und Michael?«
»Er bleibt noch zwei Wochen. Dann muß er wegen eines Vorstellungstermins nach Hamburg. Im Frühjahr kommt er wieder. Bis dahin bin ich in Ordnung.«
»Hast du Rolf von der Geschichte erzählt?«
»Von dem Knötchen? Nein. Uninteressant. Es wird kleiner. Es ist jetzt schon kleiner, nach drei Tagen. Du müßtest meine Ärztin kennenlernen, Dr. Bronowski! Sie ist fabelhaft.«
Wir sprachen über die Ärztin und über Daja, die sich um die Reparatur von Katrins Auto gekümmert hatte, im Haushalt half und sich in allen Lagen als Vertraute bewährte.
»Sie ist geschieden. War Gesellschaftsdame bei einer Hofratswitwe, die Tag und Nacht Betreuung brauchte. Daja ist gelernte Krankenschwester. Die Hofratswitwe ist gestorben, und Daja wollte nach Polen zurück. Sie war auf dem Weg zum Konsulat, als unser Zusammenstoß passierte.«

»Und jetzt? Wann fährt sie heim?«
»Sie hat es verschoben. Sie hat noch ein bißchen Geld. Außerdem bekommt sie Unterhalt. Ihr geschiedener Mann ist Pole, hat aber die österreichische Staatsbürgerschaft.«
»Bleibt sie deinetwegen?«
Katrin zögerte. »Vielleicht. Es ist möglich.«

Ich lernte Daja kennen. Sie war etwa fünfzig, groß und vollschlank, hatte ein flächiges, attraktives Gesicht. Trotz ihrer einfachen Kleidung strahlte sie etwas wie Würde aus. Ihre Sprache war, wie ich schon am Telefon gehört hatte, in den Konsonanten hart, klang dennoch voll und melodisch. Katrin hatte früh ihre Mutter verloren. Ich verstand, was sie an Daja band.
»Das Wichtigste ist die Behandlung. Sie hilft, weil Katrin daran glaubt. Doktor Bronowski baut auf die seelische Komponente. Sie behält damit fast immer recht. Ich habe einen Fall erlebt...«
»Katrin hat es mir erzählt.«
»Es ist nicht der einzige. Sie hat hoffnungslose Fälle geheilt. Katrin weiß davon.«
»Glauben Sie, daß sie es durchhält?«
»Wir können nur hoffen«, sagte Daja.
Sie sprach vorsichtig, langsam. Ihre Stimme strahlte Ruhe aus. Später lernte ich auch Doktor Bronowski kennen. Sie war eine zierliche blonde Frau mit braungebranntem Gesicht und suggestiven Augen. Alles an ihr vibrierte, glühte. Sie glaubte die Dinge, die sie sagte, opferte sich für ihre Patienten auf, war Tag und Nacht zu sprechen. Ich ließ mir ihre Methode erklären, sie klang einleuchtend. Auf dem Schreibtisch sta-

pelten sich Berge von Briefen. Sie stand mit den Kranken in ständiger Verbindung, telefonisch oder schriftlich. Gab ihnen Anweisungen, änderte die Diät nach Bedarf und Zustand, betreute auch Patienten im Ausland.

Katrin hing an ihren Lippen, als sie sprach. Der Knoten in der Brust war kleiner geworden, die Fieberanfälle kamen seltener. Ein Glas mit Pillen, das Doktor Bronowski ihr reichte, nahm sie in kaum verhaltener Hast an sich, als greife ein Süchtiger nach der Droge.

»Ein Mischpräparat«, sagte die Ärztin, meinem Blick folgend. »Es kommt aus Japan. Eine bestimmte Anordnung von Vitaminelementen mit dem Saft aus den Blättern des Ginkgobaumes versetzt. Die heilsame Kraft des Ginkgobaumes ist in Europa viel zuwenig bekannt. Er wirkt Wunder, nicht nur auf dem Gebiet der Karzinombehandlung.«

Katrin schluckte die Pillen, drei am Tag, begann, ihre Zeiteinteilung danach einzurichten: die Frühtablette, die Mittagstablette, die Abendtablette.

Nach etwa sechs Wochen war der Knoten nicht mehr tastbar. Sie sagte es mir am Telefon. Daja, längst eingeweiht, hatte ihr geraten, die positive Wendung für das längst fällige Gespräch mit Rolf zu nützen. Katrin zögerte. Ein Firmenjubiläum stehe bevor, Rolf brauche sie. Sie hielt diese Version lange aufrecht, auch vor sich selbst. Ließ die Wahrheit erst an sich heran, als sie nicht mehr beiseitezuschieben war: Michael hatte seit seiner Abreise nichts von sich hören lassen. Sie rief bei ihm an, einmal, zweimal. Bekam lediglich die Antwort, daß er das Quartier gewechselt habe, sein Aufenthaltsort nicht bekannt sei.

Katrin schloß sich in ihrem Gartenzimmer ein. Ich traf

sie an, als sie barfuß auf dem Zottelteppich Kreise zog: von der Schrankwand zum Bett, zum Sekretär, von dort zur Tür, zum Schreibtisch, zur Wand. Sie war verhältnismäßig ruhig. Hatte den Aufstieg, wie es schien, bewältigt. Stand auf dem Gipfel und faßte die Notwendigkeit, die Tatsache zu akzeptieren, ins Auge.

»Für den Fall, daß er sich nicht mehr meldet, Barbara, für den Fall, daß es zu Ende ist...« Sie begann wieder, ihre Kreise zu ziehen. »Ich kann es mir nicht vorstellen. Noch nicht. Aber es wäre seine Art, einfach wegzubleiben. Er würde voraussetzen, daß ich es verstehe. Er hat immer viel von mir gehalten.« Sie blieb stehen. Ihr Gesicht war blaß von der Anstrengung, die Gedanken zu ordnen. »Es könnte sein, daß er es begriffen hat. Das mit der Operation. Rückblickend, verstehst du? Was kann ein Knoten in der Brust einer Frau bedeuten? Daß er mir die Peinlichkeit eines Geständnisses ersparen will. Er weiß, daß ich ihn belogen habe.«

»Du hast ihn nicht belogen.«

»Ich habe ihm die Wahrheit verschwiegen. Das ist dasselbe. Einem Mann, dessen Lebensziel es ist, Kinder zu haben. Er hat es durchschaut und zieht sich zurück, ohne mich zu beschuldigen. Gibt mir dadurch die Möglichkeit, ihm böse zu sein. Das würde es mir leichter machen, und er weiß das.«

»Du kennst ihn gut.«

»Besser als mich selbst.«

Sie hatte nur teilweise recht. Ich erfuhr es später, als der Brief kam, der sie nicht mehr erreichte. Katrins physische Veränderung durch die Operation hatte Michael bei der Art ihrer Beziehung nicht verborgen bleiben können. Er hatte schon vor der Reise nach Wien eine Kunststudentin aus der DDR kennengelernt, mit der ihn bald mehr als Freundschaft verband. War dennoch Katrins verzweifelt klingendem Ruf gefolgt und hatte, da er ihrer Krankheit auf die Spur kam, erwogen, trotz allem bei ihr zu bleiben, ihren Zukunftsplänen zuzustimmen. Nach Deutschland zurückgekehrt, waren ihm Zweifel gekommen. Als immer noch Arbeitsuchender, der nur gelegentlichen Aushilfstätigkeiten nachging, hätte er ihr weder Arzt noch Krankenhausaufenthalte bieten können. Er vermutete mit Recht, daß Katrin sich, sobald er aus ihrem Leben verschwunden sei, wieder ihrem Mann zuwenden werde, der für alles Nötige aufzukommen in der Lage war. Daß seine Erwägungen durch die Existenz der Kunststudentin beeinflußt waren, ist möglich, auch verständlich. Katrin hat davon glücklicherweise nie erfahren. Jedenfalls hat er es sich nicht leichtgemacht. Er hatte jahrelang gewartet. Daß die Mechanismen im letzten Augenblick anders liefen, war niemandes Schuld.

»Was wirst du tun?« fragte ich, fragte es nicht zum erstenmal.

»Warten«, sagte Katrin.

»Worauf?«

»Auf die Zeit. Auf mich selbst. Sicher nicht mehr auf Rolf. Er ist mir entglitten. Ich muß eine andere Einstellung zu den Dingen finden. Mich ändern, wie sich alles um mich ändert. Glaubst du an Gott, Barbara?«

»Manchmal.«

»Ich nicht. Vielleicht finde ich ihn jetzt. Man muß tief hinuntersteigen, um ihn zu finden. Warst du einmal tief unten?«

»Ja.«
»Neles Vater, nicht wahr? Bist du darüber weg?«
»Nein«, sagte ich.
»Denk an unsere Abmachung! Eines Tages packst du deinen Koffer und ziehst hier ein. Vielleicht schon bald. Schau hinaus!« Sie wandte sich zur Panoramascheibe. »Zwischen den Ritzen der Stufen wächst Moos. Du hast gesagt, daß du Moos liebst. Daja wollte es entfernen, aber ich habe es ihr nicht erlaubt.«
»Vielleicht sollte es weg. Du könntest im Regen ausgleiten.«
»Es gibt viele Möglichkeiten«, sagte Katrin. »Diese wäre nicht die schlechteste.«
»Nimmst du deine Tabletten?«
»Früh, mittags und abends«, sagte Katrin. Sie hatte wieder begonnen, Kreise zu ziehen. »Doktor Bronowski bleibt mir. Und Daja. Und du. Die Kinder. Und das, was Rolf noch für mich übrig hat. Im Grunde bin ich reich. Außerdem hat alles sein Gutes: In sechs Wochen ist Rolfs Firmenjubiläum. Ich dachte immer, er würde es allein begehen müssen. Jetzt werde ich bei ihm sein. Warte...« Sie hielt plötzlich inne. »Der achtzehnte August, ist das nicht dein Geburtstag?«
»Ja«, sagte ich.
»Natürlich. Ich hätte es wissen müssen. Wir feiern ihn gemeinsam. Ist es dir recht? Du kommst mit uns zum Firmenjubiläum, und wir machen daraus ein Fest für uns alle.«
»Das geht nicht, Katrin. Ich habe den Kindern versprochen, mit ihnen zu feiern.«
»Du kannst mittags mit ihnen feiern und abends mit uns. Keine Widerrede! Jetzt habe ich etwas, worauf ich mich freuen kann. Doktor Bronowski sagt, man

muß Tage wie diesen zum Anlaß nehmen. Sich von einem zum anderen weitertasten, sich immer auf etwas freuen. Dann hat die Krankheit keine Chance. Ich werde mir einen Weg bahnen, mit kleinen Marksteinen, Stück für Stück.« Sie hatte sich mir zugewandt. Ihre Wangen waren gerötet. »Ich kenne einen Gasthof im Helenental, die alte ›Pferdetränke‹. Bei schönem Wetter kann man im Garten sitzen. Ich werde Rolf bitten, das Fest dort zu arrangieren. Es ist dein vierzigster Geburtstag, nicht wahr?«
»Ja.«
»Ich freue mich darauf, Barbara.«

Sie brauchte noch ein wenig Zeit. Versuchte, Michael anzurufen, einmal, zweimal, gab es dann auf. Kam zu einer Art Waffenstillstand mit sich selbst. Vermutlich war es das beste für sie. Sie hätte die Anforderungen, die das Leben mit Michael an sie gestellt hätte, nicht durchgehalten, nicht in ihrem Zustand. Eines Tages hätte sie ihm die Wahrheit sagen müssen.
Ende Juli schien sie entspannt, fast erleichtert. »Es wäre nicht gutgegangen, Barbara. Ich habe mir da etwas eingeredet.«
Wir saßen auf der Stadtparkterrasse. Auf dem Dachfirst des Kurhotels hockte ein Pfau und ließ die Schwanzfedern zittern.
Katrin rührte in ihrem Eistee. »Michael hat in seiner Zuneigung zu mir seinen Mutterkomplex kompensiert. Und bei mir war es vermutlich das letzte Aufflackern. Etwas wie Torschlußpanik.«
Ich erschrak über ihre Hellsichtigkeit. Der Pfau stieß einen schrillen Laut aus, ließ sich von der schrägen Fläche gleiten. Er flog im Bogen über die Terrasse und landete im Begonienbeet.

»Rolf ist mein Angelpunkt«, sagte Katrin. »Immer noch.« Ihr Gesicht war braungebrannt, sie hatte ein paar Pfund zugenommen. »Der einzige. Der letzte. Ich werde es akzeptieren, wie es ist.« Sie lachte ein wenig. »Das ewige Hin und Her in meinem Leben. Ich muß dir schon auf die Nerven fallen. Doktor Bronowski sagt: die innere Ruhe, ohne die schaffe ich es nicht. Ich weiß jetzt, was ich noch zu erwarten habe und was nicht. Vielleicht ist das ein erster Schritt.«
Sie hatte begonnen, Pläne für meinen Geburtstag zu machen. In der »Pferdetränke« war alles vorbereitet. Zwei Busse würden die Belegschaft bringen. Meine Kinder und ich würden mittags im »Marchfelder Hof« feiern, abends würde ich Katrins und Rolfs Gast sein.
Ich war nicht froh darüber. Etwas in mir wehrte sich. Ein paarmal war ich nahe daran, unter einem Vorwand abzusagen. Berufliche Verpflichtungen, Krankheit, unaufschiebbare Vortragstermine.
Ich besprach es mit Rolf, der seine Bedenken gleichzeitig mit den meinen vom Tisch fegte: »Wenn Katrin es gerne möchte, warum nicht. Wir machen das Beste daraus. Du kannst nicht absagen. Es würde sie enttäuschen, vielleicht beunruhigen.«
Er berührte mich nicht an diesem Tag. Fühlte wie ich die Barriere, die sich durch solche Familienzusammenkünfte immer wieder zwischen uns schoben. Es war ein ewiges Wechselspiel: Freundschaft, Leidenschaft, Annäherung, Distanz. Wir beherrschten es nahezu fehlerlos, wenn auch nicht ohne Mühe. Und Katrin war am glücklichsten, wenn sie uns beide zur Seite hatte.
Die Vorbereitungen liefen zwei Wochen vor dem Fest auf Hochtouren: Einladungskarten wurden ver-

schickt, das Buffet bestellt, Beilagen ausgesucht, Änderungen vorgenommen, bis es perfekt schien. Ich erinnere mich an Einzelheiten. Teilnehmer, die vegetarisch lebten, wurden berücksichtigt, auch mit eventuell unaufgefordert mitgebrachten Familienmitgliedern mußte gerechnet werden. Da schriftliche Zusagen wie immer nur sporadisch kamen, blieb die Teilnehmerzahl bis zuletzt unbekannt. Rolf, ein Organisator von Graden, verhandelte, prüfte und ordnete an.

»Wir haben ein Geschenk für dich«, sagte Katrin, »wir überreichen es dir, wenn die Gäste weg sind. Um zwölf ist Sperrstunde. Wir haben mit dem Wirt vereinbart, daß wir dann noch eine Stunde für uns haben, nur wir drei.«

Noch einmal erwog ich abzusagen. Fürchtete Katrins Unverständnis, ihre Enttäuschung. Zog, wie schon so oft, die Flucht ins Ja vor. Irgendwann, unerklärbar und wirklichkeitsfern, begann ich mich dann auf den Abend zu freuen.

»Immerhin werde ich den Eintritt in das neue Lebensjahrzehnt in deiner Gegenwart vollziehen.« Sagte ich zu Rolf.

»Um Mitternacht werde ich dich küssen, Barbara. Auch wenn wir zu dritt sind. Du wirst wissen, wie es gemeint ist.«

Warteten wir damals auf etwas? Ich zögere, den Gedanken Gestalt annehmen zu lassen. Fixiere das flache Paket zwischen Vorhang und Fensterwand. Glaube zu wissen, was es enthält.

Damals kam es nicht mehr dazu, daß Katrin und Rolf mir mein Geburtstagsgeschenk überreichten. Kein Ausklingen des Abends nach der Sperrstunde. Kein mitternächtlicher Kuß. Um Mitternacht war ich allein in meinem Bett in der Türkenstraße, frierend trotz der Augusthitze, von Zweifel und Reue gepeinigt. Versuchte, mich im Labyrinth des Geschehenen zurechtzutasten, suchte nach einem Ausgang, einem Fluchtweg. Irrte im Kreis der Möglichkeiten, stieß an Mauern, Barrieren, wohin ich mich auch wandte. Spät, gegen Morgen, gab ich auf. Beschloß, alles laufen zu lassen: Was immer geschah, ich war nicht allein. Rolf war ebenso involviert wie Katrin. Eine Spielart der »Geschlossenen Gesellschaft«, eine Dreiecksformel, bei der nur die Vorzeichen austauschbar waren.

Die Nacht steht im Raum wie ein Block aus grauem Staub. Schwer, undurchdringlich. Ich merke, daß mein Blick an dem flachen Paket klebt, löse ihn gewaltsam los. Habe ich das Recht, Katrins posthumes Geschenk an mich zu nehmen? Hat sie es absichtlich hier hinterlassen, wissend, daß ich das Gartenzimmer beziehen würde, hinterrücks, ohne ihre Einladung, ihre Anwesenheit? Als wir das letzte Mal miteinander sprachen, war ihr Blick offen, voll Vertrauen. »Du hast viel für mich getan, Barbara. Ohne dich wäre ich nie...« Der Kopfschmerz unterbrach ihre Worte. Er kam wellenweise, der Tumor drückte auf das Sprechzentrum. Sie formte noch ein paar Worte, tonlos, unverständlich, ihr Blick blieb klar.

Ich drückte ihre Hand, beruhigt in dem Gedanken, daß alles planiert, ihr Verdacht entkräftet war.

Ich habe die Staubwand durchquert, stehe vor dem Vorhang. Strecke die Hand aus. Das Paket ist schwer, wie ich dachte. Ich ziehe es vorsichtig hoch, lege es auf die Schreibunterlage. Die silberne Schleife ist flach gedrückt, vergilbt. Auf der Karte stehen in Katrins

schrägen Buchstaben die Worte: »Für Barbara«, daneben das Datum des Festes. Auf dem Seidenpapier haben sich gelbe Wasserflecken gebildet; vielleicht war das Fenster einmal während eines Gewitters offengeblieben. Ich öffne vorsichtig die Schleife. Sie ist so geschlungen, daß der Knoten sich bei leichtem Anziehen auflöst. Das Papier klebt an den fleckigen Stellen am Karton fest. Durch die Verpackung fühle ich das Vibrieren des arbeitenden Uhrwerkes. Wie lange läuft eine Batterie? Etwa ein Jahr, normalerweise. Wie lange liegt das Fest in der »Pferdetränke« zurück? Stammt die Batterie noch von damals, oder hat Katrin sie erneuert, bevor sie das Gartenzimmer verließ, wissend, daß das laufende Werk sie überleben, daß ich in diesem Zimmer stehen würde, das summende, vibrierende Ding in meinen fühllosen Händen?
Ich löse die Verpackung. Öffne den weißen Pappkarton. Hebe das dünne Schaumstoffkissen hoch. Halte, obwohl ich darauf vorbereitet war, für Sekunden den Atem an: die Weltzeituhr. Das Wunderwerk aus Kupferblech, Zeigern, Rädchen, Ziffern, astronomischen Zeichnungen, Minigemälden in Öl und Tempera.
Ich hebe sie aus der Umhüllung. Sie ist schwer, das Metall fühlt sich kühl an. Die Farben der etwas bizarren Bilder heben sich gestochen von dem mattrötlichen Hintergrund ab.
Die beiden Sekundenzeiger kreisen, wie damals, als ich mit Stefan vor dem Schaufenster des Antiquitätenladens in der Spiegelgasse stand. Stefan, der meinen Blick bemerkt hatte, sagte: »Sie wird gut in unser Haus passen.« Er sprach von dem Haus unter hohem Himmel, das er für uns bauen wollte, für sich, Nele und mich. Dann kam es anders, und irgendwann, bei ei-

nem Stadtspaziergang, habe ich Katrin die Uhr gezeigt.

Ich kann es nicht verhindern, daß mir Tränen der Trauer und des Zornes in die Augen steigen: Was für ein Wust von Irrwegen – in sich verschlungen, unüberschaubar. Ohne Ausweg, Ziel oder Hoffnung. Gewiß hat Rolf die Uhr besorgt, auf Katrins Wunsch. Dreifache Volte des sinnlosen Unterfangens, dem Leben Dinge abtrotzen zu wollen, die es nicht zu geben bereit ist.

Das Quarzwerk läuft mit leisem Summen. Stefan hatte sich damals nach der Uhr erkundigt, sie auf meinen dringenden Wunsch hin nicht sofort gekauft: Sie schien mir zu teuer, auch wollte ich auf eine besondere Gelegenheit warten. Unbewußt spielte wohl die Angst mit, den Ereignissen vorzugreifen, ein Inventarstück für ein Haus zu erwerben, dessen Existenz noch im ungewissen lag.

Er habe die Uhr aus Friesland mitgebracht, sagte der Antiquitätenhändler. Es handle sich um ein Gesellenstück aus der Mitte des 19. Jahrhunderts. Das alte Werk habe man entfernt, und ein Wiener Uhrmacher habe sie auf seine Anweisung hin umgebaut. Sie laufe jetzt mit Batterie wie jede elektronische Uhr. Die Figuren, die das Zifferblatt in Gruppen bevölkerten, seien handgemalt, ebenso die Planetenbahnen, die den Rand der doppelt bezifferten Kupferscheibe säumten.

Wir gingen noch manchmal an dem Schaufenster vorüber, Stefan und ich. Blieben davor stehen, bewunderten die bizarren Völkergruppen, die sich um die Himmelszeichen scharten, die vierundzwanzig gestochenen römischen Ziffern, die beiden ungleich gro-

ßen Sekundenblätter und den Schleppzeiger, der die Mondgezeiten wies.
Stefan sprach nicht mehr davon, sie zu kaufen. Hatte verstanden, daß ich zögerte, die Götter herauszufordern. Irgendwann begannen wir die Spiegelgasse zu meiden, nahmen den Weg über den Neuen Markt, wenn wir uns in der Stadt getroffen hatten. Sprachen nicht mehr über die Uhr, später auch nicht mehr über das Haus.
Ich lege sie behutsam in den Karton zurück. Schlage das fleckige Seidenpapier darüber. Habe die soeben in mein Blickfeld geglittene Zeit vor Augen: Der große Zeiger wies auf siebzehn, der kurze, schnörkelige auf zwei: knapp ein Viertel vor zwei. Draußen liegt ein bleicher Mond über dem Geäst des Kirschbaumes. Der Baum ist jung, die Zweige streben himmelwärts, als reckten sie sich der hellen Scheibe entgegen.
Ich werde die Uhr über mein Bett hängen, Katrin. So, daß ich sie morgens beim Aufwachen im gegenüberliegenden Spiegel sehe. Die Idee ist nicht von mir, sie stammt von einer österreichischen Kaiserin. Nur: Ihre Uhr war so gebaut, daß sie im Spiegel die richtige Zeit zeigte. Meine soll mir sagen, daß alles für mich verkehrt gelaufen ist. Ich will mich jeden Tag meines Lebens daran erinnern.
Ich muß nachsehen, ob ich irgendwo im Haus eine Schlaftablette finde, sonst trete ich morgen als Gespenst vor den Traualtar. Rolf würde denken, daß ich schlecht geschlafen habe, die erste Nacht in seinem Haus. Er sieht mir alles an. »Mir kannst du nichts verheimlichen. Ich kenne dich zu gut. Ich weiß, wie du aussiehst, wenn du lügst.«
Er weiß, wie ich aussehe, wenn ich andere belüge.

Wie ich aussehe, wenn ich ihn belüge, weiß er nicht. Er zieht die Möglichkeit nicht in Betracht, sie existiert für ihn nur theoretisch.

Im Badezimmer riecht es schwach nach Lavendel. Es ist rosa gekachelt. Katrin hatte eine Vorliebe für Pastellfarben. Da sie diese Töne bei ihrer Größe und Erscheinung nicht in der Kleidung tragen konnte, richtete sie ihre Umgebung dementsprechend ein. Die Vorhänge in ihrem Zimmer sind zartgelb, die Möbel und Teppiche cremefarben, das Bett ein Wunderwerk aus geschwungenen weißen Metallstäben. Überall stehen Gewürzsträuße in Rosa und Hellblau. Lavendelkissen und Schlingpflanzen in Biedermeiertöpfen zieren sogar das Bad. Es ist Katrins Bad, Rolfs Nebenräume liegen nach der Straßenseite hin. Dieses, das Damenbad, hat Katrin zuzeiten mit Mother Queen geteilt. Es gab jahrelange Kämpfe um die Einrichtung, die Mother Queen zu aufwendig, zu verspielt erschien. Für sie hatte ein Badezimmer lediglich aus Waschbekken, Wanne und Handtuchleiste zu bestehen. Erst nachdem ich ihr den Rücken gestärkt hatte, setzte Katrin die Einrichtung durch. Im Grunde habe ich es also mir selbst zuzuschreiben, wenn ich ab jetzt mein Leben in Creme und Bonbonrosa zubringen werde.

Die Schlingpflanze über der Badewanne ist ausgetrocknet. Ich gieße aus dem Zahnbecher etwas Wasser in die mit Blümchenleisten bemalte Schale, öffne den weißlackierten Medikamentenschrank. Die Päckchen und Gläser stehen wohlgeordnet in Reih und Glied. Links die Schachteln, aufrecht, von der größten zur kleinsten, rechts die Fläschchen und Röhrchen. In der rechten unteren Schublade befinden sich die Tuben: Sonnenlotion, Feuchtigkeitscreme, zwei halbvolle Tu-

ben Massageöl, Make-up für Tag und Abend. Die linke Lade ist verschlossen. Ich sehe mich unwillkürlich um: An dem Haken an der Tür hängt Katrins großkarierter Bademantel. Sie hat ihn Daniela geschenkt, als sie das Haus verließ, aber Daniela ist bald danach selbst ausgezogen. Ich greife in die rechte Tasche, halte den winzigen Schlüssel mit daranhängendem Erbsenkettchen in der Hand. Schließe das Ladenfach auf.
Sechs gleich große Glasbehälter mit Metallverschluß, sonderbar plump geformt, viereckig, schwer. Alle sind bis zum Rand mit weißen Tabletten gefüllt. Auf den blaugeränderten, aufgeklebten Etiketten stehen handgeschriebene Daten. Wo habe ich derartige Gläser schon gesehen? Nicht in Apotheken: in Reformläden, in den Fächern für Kräuter, Naturheilmittel, Homöopathie. Ein Fläschchen wie dieses hat Katrin in meiner Gegenwart von Doktor Bronowski erhalten. Ich erinnere mich an ihren hoffnungsvollen, beinahe gläubigen Blick.
Eines ist halb leer: August. Die anderen sind voll: September, Oktober, November, Dezember, Januar. Im hinteren Teil der Schublade noch vier bis an den Rand gefüllte Gläser. Ich schiebe die Lade hastig zu, drehe den Schlüssel im Schloß, lasse ihn in die Tasche des karierten Bademantels gleiten. Sinke auf den Rand der zartrosa eingefaßten Badewanne. Halte mich zu beiden Seiten an dem kühlen Emailrand fest.
Nein!
Ich warte sekundenlang, bis der hochgejagte Blutstrom an meinen Fingerspitzen verebbt. Versuche, meine Gedanken anzuhalten. Starre auf die gegenüberliegende Fliesenwand. Sie scheint auf mich zuzu-

kommen. Ich halte die Augen offen, bis meine Lider schmerzen.
Nein!
Warum hätte sie das tun sollen? Es gab keinen Grund. Ich erinnere mich an ihre Worte: »Ich habe Doktor Bronowski. Und Daja. Und dich. Die Kinder. Im Grunde bin ich reich.« Sie hatte das, was man Zivilcourage nennt. »Bangemachen gilt nicht« war ihr von Dortmund importierter Wahlspruch. Fluchtgedanken lagen ihr fern. Als wir das Firmenjubiläum feierten, ging es ihr gut. Erst später setzten die Kopfschmerzen ein. Hat sie damals resigniert? Aufgehört, die Medikamente zu nehmen? Oder schon vorher? Was war die Ursache? Alles schien in Ordnung zu sein, nach unserem Gespräch. Sie hatte die Villa verlassen, weil sie das Nebeneinanderherleben mit Rolf nicht ertrug. Daja hat sie vermutlich bestärkt. Dajas Rolle ist unklar, in jedem Fall aber hat sie Katrin aufopfernd gepflegt. Katrin entschied damals ruhig, beinahe emotionslos. Sagte, es sei der sicherste Weg, die Krankheit zu beenden. An ein unwiderrufliches Ende hat sie zu dieser Zeit nicht gedacht.
Und wenn doch?
Langsam! Keine übereilten Schlüsse! Wer weiß, was es bedeutet: Nichts, im besten Fall. Daß sie auf ein anderes Medikament übergegangen ist? Daja müßte es wissen. Ich kann sie fragen, morgen früh. Muß sie heimlich anrufen, bevor wir zur Kirche fahren. Rolf sieht meine Verbindung zu Daja nicht gern. Kirche? Wir heiraten morgen. Rolf und ich. Was ist daran bemerkenswert? Ich muß vorher mit Daja sprechen, unbedingt. Nicht nachher. Nachher könnte es zu spät sein. Zu spät, wofür? August. Mitte August. Wann hat sie die Villa verlassen? Daja muß es wissen.

Ich stehe hastig auf, taste mich durch den dunklen Korridor in das Gartenzimmer zurück. Durchwühle die Kuverttasche nach meinem Notizbuch. Erinnere mich, daß ich es am Vorabend in die Schreibtischlade in der Türkenstraße gelegt habe, zusammen mit Kalender, Schlüsselbund und Brieftasche, um bei der Trauung nur das Nötigste bei mir zu haben. Dajas Nummer steht in keinem amtlichen Telefonbuch. Sie wohnt offiziell noch immer bei ihrer Freundin. In der Stadtwohnung wurde das Telefon nach Katrins Tod abgemeldet.
Ich schließe, am Fußende des Bettes sitzend, die Finger um die weißen Stahlrohrstäbe. Lege das Kinn darauf. Starre hinaus in die langsam aufhellende Nacht. Keine Schlaftablette jetzt. Ich muß es durchdenken. Muß zurück zu jenem Abend in der »Pferdetränke«. Daja ist nicht erreichbar, nicht vor morgen früh. Vielleicht auch dann nicht. Auch würde sie wohl kaum bereit sein, die Fragen zu beantworten, die ich ihr stellen müßte. Sie war zweifellos lesbisch veranlagt. Ihre Bereitschaft, alle eigenen Pläne aufzugeben, um bei Katrin zu bleiben; der von ihr geförderte Plan Katrins, Rolf zu verlassen und mit ihr in die Stadtwohnung zu ziehen: All dies entsprang sehr wahrscheinlich dem Wunsch nach näherer als rein freundschaftlicher Beziehung. Rolf hat es so interpretiert. Toleriert. Er schien über die Lösung froh zu sein. Hat sich damit freigesprochen. Sich und mich. Dennoch glaube ich nicht, daß je etwas zwischen ihnen gewesen ist. Daja war eine Frau von Format. Als sie merkte, daß sie es in Katrin mit einer, wie diese selbst es bezeichnete, stinknormalen Person zu tun hatte, hat sie ihre Gefühle zurückgestellt, sich in die Rolle der Freundin und Pflegerin gefunden.

Das spräche dafür, daß Katrin andere als die von Rolf interpretierten Gründe hatte, ihn zu verlassen.
Wo liegt die Wahrheit? Es gäbe eine Möglichkeit: Katrins Tagebuch. Die Monate auf den Aufklebern sind die gleichen wie die auf den Glasfläschchen. Zufall? Sicher nicht. War es die hellsichtige Konsequenz einer Frau, die sich darüber im klaren war, daß die Hand, die sie voll Vertrauen ergriffen hatte, die Hand ihrer Verräterin war?
Rolf hat Katrin immer für dumm gehalten. Die ihrer Gründlichkeit wegen immer etwas retardiert wirkende Denkfähigkeit seiner Frau nicht erkannt. Katrin war nicht wendig, nicht schlagfertig, nicht brisant. Dennoch war sie ihm in vielem überlegen. Sie argumentierte, wo er mit Floskeln um sich warf, vertrat Standpunkte, wo er Pauschalurteile fällte, berief sich auf Tatsachen, wo er mit Scheinargumenten hantierte. Ihr größter Fehler war, daß sie sich von seiner Brillanz hatte hindern lassen, ihren eigenen Wert zu erkennen.
Katrin wußte, was sie tat. Jederzeit, auch wenn sie Fehler beging. Sie war sich der leisesten Ungeschicklichkeit, Unbesonnenheit voll bewußt. Konnte es nur nicht ändern, da sie war, wie sie war. Andernfalls wäre ihre Ehe nicht schiefgelaufen.
Ich erinnere mich an ein Gespräch mit Rolf. Es ist noch nicht lange her. Er machte mir den Vorschlag, ihn zu heiraten. Hatte eine Handvoll guter und einleuchtender Gründe zur Hand. Wir kamen darauf zu sprechen, daß wir jahrelang verfeindet gewesen waren. Er hatte mich ebenso gehaßt wie ich ihn. Nun lachten wir darüber. Stöberten ein wenig in der Vergangenheit. Ich hatte seinen Vorschlag nicht abgewiesen, viel-

leicht ein wenig darauf gewartet. Mich darüber gefreut. Es lag nahe. Alles, was dagegen hätte sprechen können, war im Grunde nicht stichhaltig. Die Kinder waren erwachsen, bis auf die dreizehnjährige Nele, die sich in der Döblinger Villa längst heimisch fühlte. Sommerferien und Skiurlaube hatten wir mehrfach gemeinsam verbracht. Sascha hatte im letzten Jahr begonnen, Danielas sanft insistierendes Interesse zu erwidern. Von Stefan hatte ich dank Ulfrieds Eingreifen nichts mehr gehört. Katrin hatten wir begraben, vor Jahresfrist, auf dem Döblinger Friedhof, an einem regennassen Junitag.

»Ich heirate den Mann, den ich für den schlechtesten Ehemann aller Zeiten gehalten habe«, sagte ich zu Rolf. »Ist das nicht absurd? Ich denke manchmal nach, bis mir der Kopf weh tut: Wer warst du damals? Wer bist du jetzt? Ich finde keinen Zusammenhang.«

»Es existiert keiner«, sagte er. »Ebensowenig wie bei dir. Denk an deine Ehe! Man braucht Jahrzehnte, um zu sich selbst zu finden. Jeder Partner fördert andere Seiten zutage. Ich habe mich Katrin gegenüber manchmal schauderhaft benommen. Heute schäme ich mich deswegen.«

»Und damals?«

»Damals glaubte ich, im Recht zu sein. Es war nicht ihre Schuld, aber sie hat alle Aggressionen in mir geweckt. Die Selbstgerechtigkeit, mit der sie sich in mein Leben gedrängt hat. Die permanente und unzensierte Schuldzuweisung. ›Nihil nisi bene‹, ich weiß. Aber, ob du es glaubst oder nicht, ich bin manchmal mit jungen Mädchen ins Bett gegangen, nur um mir ihre Vorwürfe zu verdienen.«

»Wenn du dein Kind zum Stehlen bringen willst, nenne es einen Dieb.«

»Du mit deinen Sprüchen!« sagte Rolf. »Damit hast du Katrin in all den Jahren ganz schön den Rücken gegen mich gestärkt. Ich bekam sie zu jeder Gelegenheit an den Kopf geworfen. Bündelweise und beziehungsreich. Barbara sagt, Barbara denkt, Barbara meint. Manchmal waren mir deine Gedankengänge geläufiger als meine eigenen.«

»Du kannst dich ab sofort revanchieren«, sagte ich.

»Das werde ich, verlaß dich drauf! Euer intellektuelles Gefasel! Es hat mir den Nerv gezogen. Ich kam mir vor wie ein Idiot.«

»Warum hast du dich nicht gewehrt?«

»Weil ihr immer zwei gegen einen wart. Ihr habt einander die Bälle zugespielt wie beim Badminton. Einmal müßtest du die Person allein erwischen, habe ich manchmal gedacht, dann könntest du es ihr zeigen.«

»Wann hast du das gedacht?«

»Sehr bald. Während ich dich beschimpft und verleumdet habe. Im Kopf eines Durchschnittsmannes haben selten mehr als zwei Gedanken Platz.«

Ich war entzückt über seinen Humor. Hatte Katrin nie bemerkt, daß er imstande war, über sich selbst zu lachen?

»Du hast es mir gezeigt«, sagte ich.

»Noch nicht. Warte auf die Hochzeitsnacht! Du wirst mich nicht wiedererkennen.«

»Das hoffe ich nicht.«

»Ich werde vor Glück impotent sein und dir dadurch beweisen, daß ich ein Mann von höchster Sensibilität bin.«

»Ich fasse das als Liebeserklärung auf.«

»Es ist so gemeint.«

»Wir werden uns eine Nacht lang unterhalten, so

lange, bis deine Sensibilität auf ein ersprießliches Maß reduziert ist.«
»Worüber willst du dich mit mir unterhalten?«
»Über dich, mich, Gott, die Welt und alles übrige.«
»Ein Monsterprogramm. Hoffentlich enttäusche ich dich nicht!«
»Wie solltest du?«
Rolf hob ein wenig die Schultern, verzog das Gesicht. »Ich bin ein schlechter Gesprächspartner«, sagte er.
Es klang so betrübt, daß ich lachen mußte. Er saß vorgebeugt da, die Ellenbogen auf die Knie gestützt, sah mir zweifelnd in die Augen.
»Wie kommst du darauf?«
»Katrin hat es immer behauptet. Erinnerst du dich nicht?«
Doch. Und ich hatte ihr geglaubt. Hatte mich mit ihr identifiziert. Tue es manchmal noch heute.
»Äußere dich freiwillig!« sagte Rolf. »Ich höre deine Gehirnwindungen knacken.«
»Man müßte immer beide Teile hören. Ich hätte das wissen müssen.«
»Nicht neu, aber gut.«
»Verzeihst du mir? Du bist ein wunderbarer Gesprächspartner.«
»Vielleicht geworden.«
»Mach mir keine Komplimente mehr! Ich bekomme sonst ein schlechtes Gewissen.«
»Wozu?« fragte Rolf.

Ich habe den Gedanken, Daja noch in der Nacht zu erreichen, aufgegeben. Es ist zu schwierig. Ich müßte das Haus verlassen, über den Zaun klettern, da das Gartentor verschlossen ist. Rolf würde den startenden

Wagen hören. In dem Straßenstück, das zur Villa führt, stehen keine fremden Autos. Und mit welcher Begründung sollte ich Daja um vier Uhr früh aus dem Bett holen, um ihr intime Fragen zu stellen?
Ich muß es allein zu Ende bringe. Es mag schwerer sein, als ich befürchte. Oder leichter, als ich hoffe. In jedem Fall wird es mich der Wahrheit näherbringen. Der Wahrheit, von der ich nicht glauben will, daß sie existiert.
Die Nacht will nicht vergehen. Draußen ist es dunkler als zuvor. Vielleicht, weil der Mond den Rasenstreifen verlassen hat und hinter die kreisrunde Silhouette der Buche geglitten ist. Die Blätter schimmern rötlich. Mother Queen hat den Baum vor mehr als dreißig Jahren gepflanzt. Was hat mich dazu gebracht, mich bedingungslos an Katrins Seite zu stellen, von Anfang an? Was bringt mich jetzt dazu, mich davon zu distanzieren? Der Wunsch, Rolf eine Art späte Gerechtigkeit widerfahren zu lassen? Für ihn psychisch frei zu sein? Oder Milderungsgründe zu suchen für den Urteilsspruch, den ich erwarte?

Es war ein sonniger Sommerabend, als wir durch das sattgrüne Helenental fuhren. Ich erinnere mich an Einzelheiten wie die Tankstelle an der Ausfahrt von Baden, bei der ein eifriger Tankwart Mückenschutz für die Scheibenwaschanlage empfahl und uns mit der Erklärung der Vorzüge eine Viertelstunde lang aufhielt. An die sonnengleißende Straße, die beiden Rehe, die an der Abzweigung zur »Pferdetränke« unseren Weg kreuzten, in der Mitte der Fahrbahn stehenblieben und sich nach uns umwandten, ehe sie gelassen ihren Weg fortsetzten.

»Das bringt Glück«, sagte Katrin, die mich in ihrem Wagen abgeholt hatte. Als wir vor dem alten großzügig angelegten Gebäude hielten, empfingen uns fünf Kinder in niederösterreichischer Tracht mit einem Flötenkonzert. Der Jüngste zupfte mit vor Eifer gerunzelter Stirn die Maultrommel. Rechts und links vom Eingang brannten wie an den Saalwänden Pechfackeln, die Tische waren mit Bauernleinen gedeckt. Brotkörbe mit Holzofengebäck, Strohblumengeflechte, schwere, gefüllte Zinnkrüge, Öllichter als Tischbeleuchtung.
Ich blieb unter der Tür stehen. Abwehr stieg in mir hoch; alles schien mir zu aufgebauscht, zu üppig. Am liebsten wäre ich noch auf der Schwelle umgekehrt.

Zweimal hatte ich meinen Geburtstag mit Stefan gefeiert, wir waren an aufeinanderfolgenden Tagen geboren, mit zehn Jahren Abstand. Beim erstenmal hatte er sich gleich nach Mitternacht – dem Augenblick unseres gemeinsamen Geburtstages – verabschiedet, weil er zu Dorothy mußte. Beim zweitenmal, es war mein dreißigster, sein vierzigster Geburtstag, hatte er sich vorgenommen, die Nacht über bei mir zu bleiben. Um elf begann er mit London zu telefonieren. Dorothy war vorausgeflogen und erwartete ihn im Kreis ihrer Familie. Die Verbindung klappte nicht, er wurde nervös, versuchte es wieder und wieder. Die kleine Nele begann, im Schlaf zu weinen, ließ sich nicht beruhigen. Ich lief zwischen Kinderzimmer und Wohnzimmer hin und her. Endlich kam das Gespräch zustande, und als es Mitternacht schlug, hielt ich das schreiende, schweißgebadete Kind im Arm, während er am Telefon bemüht war, Dorothy zu erklären, daß er unglücklicherweise das Flugzeug versäumt habe und erst morgen eintreffen könne.

Vergiß es. Dachte ich. Dachte es damals und denke es noch heute, wenn die Erinnerung mich anfällt. Später, dachte ich. »Später«, sagte auch Stefan, sagte es zärtlich und unermüdlich, sooft er mich in die Arme nahm, mich aus seinen Armen entließ. An meinem vierzigsten Geburtstag, dachte ich damals, würde alles überstanden sein, fixierte ihn als Fernziel, als Mitte des Lebens, als Zielgerade. Jeder bekommt, was er mit seinem ganzen Herzen wünscht. Mobilisierung des Unbewußten. Der Wille kann Berge versetzen: Es soll, es muß, es wird.

»Für dich«, sagte Katrin. Sie stand am Eingang des Saales, der Fackelschein lag auf ihrem braungebrannten Gesicht. Sie sah gesund und fröhlich aus.
Rolf stand hinter ihr, lächelte mir zu. Für dich, hieß das.
Ich lächelte zurück, dachte: Hör auf, dich zu bemitleiden. Es ist anders gekommen, es kommt immer anders. Einen Augenblick lang war ich versucht, das Fernziel auf den Fünfzigsten zu verlegen. Eines Tages würde Stefan des Reisens müde sein, vielleicht auch des Zusammenlebens mit Dorothy. Vielleicht auch würde er Sehnsucht nach seinem Kind bekommen. Noch sicherer wäre es, den Sechzigsten anzuvisieren. Dann wäre er siebzig. Oder den Siebzigsten, dann wäre er achtzig. Der kleine Mann, der in meiner Magengrube wohnt, Gesprächspartner und Widersacher meiner schlaflosen Nächte, begann, über den Scherz Kapriolen zu schlagen und sich vor Lachen auszuschütten.
»Komm«, sagte Katrin, »steh nicht wie angewurzelt da! Ich freue mich, daß es dir gefällt, aber das ist kein Grund, den Eingang zu blockieren.«

Sie war aufgeräumt und schnodderig wie in alten Tagen, bestimmte die Sitzordnung, brachte Kellner und Serviermädchen auf Trab. Daja war daheimgeblieben, auf eigenen Wunsch. Sie wußte, daß Rolf in ihr die Haushälterin, nicht aber Katrins Freundin sehen wollte, nahm in ihrer taktvollen und unproblematischen Art darauf Rücksicht.
Die Mahlzeit fand allgemeinen Anklang, ebenso der Inhalt der Zinnkrüge. Gegen zehn wurden einzelne Toasts ausgebracht. Rolf hielt eine kleine Rede auf mich. Die Kinderkapelle spielte noch einmal, wurde mit Applaus bedacht und ins Bett abkommandiert. Rolf hatte das flache Paket, das er vom Wagen mitgebracht hatte, hinter seinem Sessel an die Wand gelehnt.
Gegen elf war die Stimmung auf dem Höhepunkt angelangt. Die deutschen Firmengäste hatten begonnen, die Plätze zu wechseln. Ich saß zwischen Katrin und Rolf, ein Verkaufsdirektor aus Nordrhein-Westfalen nahm uns gegenüber Platz. Katrin kannte ihn von früheren Firmenfesten her. Sie schien nicht begeistert, schnitt, von ihm abgewandt, eine Grimasse, beteiligte sich dann aber doch am Gespräch.
Der Mann hatte eine ererbte Jugendstilvilla am Stadtrand von Duisburg zum Privatmuseum ausgebaut, Rolf kannte es von früheren Besuchen her. Er fragte nach der Skulpturensammlung, die bei seinem letzten Besuch im Entstehen gewesen war. Das Gespräch wurde kurz unterbrochen. Die Frau des Sammlers kam und bat um die Wagenschlüssel, sie wolle die Kamera holen, um ein paar Erinnerungsbilder zu blitzen. Der Mann händigte ihr den Schlüssel aus und antwortete, sich uns wieder zuwendend, der Skulp-

tur gelte derzeit sein Hauptinteresse. Er bevorzuge italienische Plastik, wie Rolf wisse, sie sei im Ausdruck unübertroffen, der Stein lebe. Er sei eben wieder dabei, einen Kauf zu tätigen.
»Ich habe kürzlich an Sie gedacht«, sagte Rolf, »die Tochter unserer Freundin« – er wies auf mich – »besitzt eine Darstellung von Loths Weib, die ich ebenfalls für italienische Arbeit halte.«
Der Verkaufsdirektor sagte, er kenne zwei Darstellungen, finde aber bei beiden die Bewegung des Verwandeltwerdens nicht sonderlich gelungen. Sie kamen auf die Bewegung in der Skulptur allgemein zu sprechen. Rolf sagte, er halte sie für ein nahezu unlösbares Problem, er wies auf die Laokoon-Gruppe hin, der Sammler konterte mit dem Beispiel der Nike von Samothrake. Es wurde ein reines Fachgespräch, bis die Ehefrau, mit der Kamera bewaffnet, zurückkehrte und uns bat zusammenzurücken.
Bis heute ist mir unfaßbar, daß weder Rolf noch ich, normalerweise beide bis in den Traum hinein kontrolliert, etwas bemerkten. Wir spielten das Familienspiel, ich übertrieb vermutlich, hatte viel und rasch getrunken, da ich mich auf diesem protzigen Firmenfest völlig deplaciert fühlte. Bei etwas mehr Präsenz wäre alles zu retten gewesen. Man hätte korrigieren, zurechtrücken können.
So verstand ich erst nach einem Blick in Katrins Gesicht, während wir uns für das Foto arrangierten. Rolf hatte seinen Arm um uns beide gelegt, wir sahen in das dreimal, viermal aufblitzende Licht. Katrins Augen schienen geweitet, gleichzeitig blicklos. Entsetzen stand darin. Sie schien kaum zu atmen. Rolf begriff noch immer nicht. Erst als die Sammlerfrau aus-

geblitzt hatte, der Ehemann zwecks weiterer Erinnerungsbilder an einen anderen Tisch kommandiert worden war, merkte er unser beiderseitiges Verstummen. Wandte sich, das Glas in der Hand, mit einem Scherzwort an Katrin und verstummte nach einem Blick in ihr Gesicht ebenfalls.
Katrin hatte sich im Sessel zurückgelehnt, zusammengekauert, die Arme vor der Brust verschränkt, als suche sie Schutz. Die Stimme gehorchte ihr nicht gleich, als sie sagte:
»Woher kennst du Barbaras Wohnung?«
Rolf fing den Schock ab. Reagierte wie in Zeitlupe. Stellte das Glas mit abgezirkelter Bewegung auf den Tisch. »Barbaras Wohnung?«
»Die Wohnung in der Türkenstraße. Die Skulptur, von der du gesprochen hast. Wann hast du sie gesehen?«
»Ich...«, sagte Rolf.
»Warte«, sagte ich, »für den Fall, daß du voreilige Schlüsse ziehst...«
»Ich warte«, sagte Katrin. Es klang tonlos, ausdruckslos. Sie wünschte eine Klarstellung. Wußte gleichzeitig, daß sie sie nicht erhalten würde.
Meine Gedanken überstürzten sich. Jede für Sekundenbruchteile in Erwägung gezogene Erklärung erwies sich im nächsten Augenblick als unhaltbar. Die Sammlung war erst nach unserem Einzug in die Türkenstraße angelegt worden. Nach Katrins Meinung war ich mit Rolf nicht verfeindet, aber auch keinesfalls befreundet. Offiziell hatte er von der Wohnung nie erfahren. Sie war Katrins und mein Geheimnis, nur Michael hatte davon gewußt. Es war, als beginne ein Gebäude in den Grundfesten zu bröckeln: Wo war die Stelle, an der man zugreifen, abstützen sollte?

»Es war während deines Klinikaufenthaltes«, sagte ich. »Ich traf Rolf am Eingang der Garage.« Das stimmte. Ich hoffte, daß sich die Wahrheit der Aussage im Ton meiner Stimme niederschlage. »Er war verzweifelt, und ich habe ihn zu einer Tasse Kaffee eingeladen.«

Katrin sah Rolf an.

Rolf nickte. Lächelte sein jungenhaftes Lächeln. Es wirkte aufgesetzt, verzerrt. »Ich habe mir furchtbare Sorgen um dich gemacht. Barbara hat mir geholfen. Ich bin damals stundenlang durch die Stadt gerannt und war total erledigt.«

»Wie lange geht das schon mit euch beiden?« fragte Katrin.

»Katrin, du mißverstehst die Sache. Laß dir erklären...«

»Deine Gedankengänge sind absurd«, sagte Rolf hastig, scharf. »Wie immer. Du legst dir etwas zurecht und teilst Schuldzuweisungen aus. Die Sache war völlig harmlos.«

»Wenn das so gewesen wäre, hättet ihr es mir gesagt.«

Was sonst?

»Vielleicht. Vielleicht auch nicht. Man sagt nicht alles. Es ist so viel geschehen. Wir waren froh, daß du wieder gesund warst. Vermutlich haben wir beide darauf vergessen.«

»Vergessen«, sagte Katrin. »Und immer wieder vergessen? Wie oft? Ihr habt ein Jahr lang Zeit gehabt.« Sie stand auf. Unsicher. Ihr Gesicht war unter der Sonnenbräune fahl geworden, wirkte leblos, maskenhaft. Sie griff nach ihrer Handtasche.

»Was hast du vor, Katrin? Wohin willst du?«

»Nach Hause«, sagte Katrin. »Irgendwie habe ich kein Glück mit deinen Firmenfesten.«
»Bleib!« sagte ich. »Wenn einer geht, bin ich es. Denk in Ruhe darüber nach. Du wirst dahinterkommen, daß du Rolf unrecht tust.«
»Mißversteh mich nicht!« sagte Katrin. »Es ist nicht Rolfs wegen. Er hat mich so oft betrogen, daß es nicht darauf ankommt. Es geht um dich. Du warst alles, was ich hatte.« Sie schob den Sessel zurück. Ging mit unsicheren Schritten zur Tür. Die Jacke um die Schulter gezogen, die Handtasche an sich gepreßt.
Rolf folgte ihr. Ich war ebenfalls aufgestanden. Einige der Gäste wandten sich um.
»Meiner Frau geht es nicht gut«, sagte Rolf zu der Verkaufsdirektorsgattin, die mit gezückter Kamera etwas verloren im Raum stand. »Sagen Sie es bitte den anderen!«
Ich stand neben ihm, als Katrin sich in der Tür umwandte. »Ihr bleibt!« sagte sie. Es klang hoch, flach, ihre Augen waren hart. »Beide. Laßt mich allein!«
Rolf versuchte, sie zurückzuhalten. Sie lief über den Hof zu ihrem Wagen, stieg hastig ein und startete den Motor. Rolf stand schließlich allein auf dem fackelerhellten Kiesplatz.
Ich war noch immer wie betäubt. Fühlte den Boden unter meinen Füßen nicht, als ich auf ihn zutrat.
»Es kommt in Ordnung«, sagte Rolf. Er sprach mit abgewandtem Gesicht, mechanisch, halblaut, horchte dem davonfahrenden Wagen nach. »Mach dir keine Sorgen!«
»Ich fahre«, sagte ich. »Ich rufe Katrin an. Sie wird mir glauben.«

»Ich fahre mit dir.«
»Du mußt bleiben. Das Fest. Deine Firma.«
Rolf hob die Arme. Hielt sie seitlich abgewinkelt, hilflos, wie ein Roboter. Die Silhouette hob sich bizarr vor dem flackernden Hintergrund ab.
»Manchmal denkt man, man habe etwas schon einmal erlebt.«
Die Verkaufsdirektorsgattin, die nichts begriffen hatte, stand an der Tür zwischen den Fackeln und hob die Kamera, um ein Bild zu schießen.

Katrin hatte nicht abgehoben. Ich hatte das Telefon zwanzigmal läuten lassen, begann dann von neuem. Schließlich ertönte das Besetztzeichen: Sie hatte den Hörer abgelegt. Ich kroch ins Bett, frierend, halb betäubt. Von der Votivkirche schlug es Mitternacht.
Am nächsten Tag versuchte ich es wieder. Sie sei ausgegangen, sagte Daja.
Rolf rief mich im Institut an. »Sie macht Besorgungen. Ich habe sie beim Frühstück kurz gesehen, hatte aber keine Gelegenheit zu einem Gespräch. Sie schien ruhig zu sein. Es kommt in Ordnung, Barbara.«
»Vielleicht sollten wir ihr ein paar Tage Zeit lassen.«
»Daran habe ich auch schon gedacht. Kann ich dich sehen?«
»Nein«, sagte ich. »Das wäre falsch. Wenn sie es erfährt.«
»Sie erfährt es nicht. Ich fühle mich wie durch den Wolf gedreht. Nur für ein paar Minuten, Barbara.«
Ich wußte, wovon er sprach. Mir ging es nicht besser. Die Spannung nahm mir fast den Atem.
»Es ist gegen alle Vernunft, Rolf.«
»Ich hole dich um ein Uhr ab.«

Wir fuhren hinaus aus der Stadt: Klosterneuburg, Höhenstraße. In einer Kurve bog Rolf in den Wald ab. Hielt auf dem holperigen, ausgeschwemmten Sandweg. Wandte sich mir zu. Nahm mich in die Arme. Wir hielten einander fest, schweigend, minutenlang. Langsam wurde es besser. Die Dimensionen rückten sich zurecht. Die Spannung löste sich allmählich, schubweise.
»Wir können es nicht ändern, Barbara. Es ist sinnlos, wenn wir einander ausweichen.«
Ich widersprach nicht. Das Gefühl der Schuld blieb das gleiche. Irgendwie würde es uns gelingen. Wir würden Katrin überzeugen. Es gab keinerlei Beweise gegen uns.
Acht Tage lang wich sie uns aus. War nicht zu sprechen, wenn ich anrief: eben weggegangen oder noch nicht wieder daheim. Schon außer Haus, wenn Rolf aufstand, zu Bett gegangen, wenn er heimkam.
Daja schirmte sie von allem ab, hatte offensichtlich den Auftrag dazu. Rolf wagte nicht zu insistieren. Wenn er Katrin zu Gesicht bekam, schien sie freundlich und ruhig. Sie hinderte jede Gesprächsmöglichkeit, hatte Daja, wie es schien, gebeten, sie nicht mit ihm allein zu lassen.
»Was sollen wir tun, Rolf?«
»Warten. Laß ihr Zeit!«
Eines Abends, Rolf war von einem Geschäftsessen heimgekommen, klopfte er an Katrins Tür. Daja öffnete einen Spaltbreit.
Rolf wich zurück. »Was tun Sie hier? Es ist fast Mitternacht.«
»Katrin hat mich gebeten, bei ihr zu bleiben. Sie hatte starke Kopfschmerzen.«

Die Lampe war abgedunkelt. Eine Handarbeit lag auf dem Tisch.
»Ich möchte mit meiner Frau sprechen.«
»Sie schläft. Bitte, wecken Sie sie nicht! Sie hat ein Beruhigungsmittel genommen.«
Rolf, dessen Augen sich an die Dunkelheit gewöhnt hatten, sah durch den Türspalt, daß die an der gegenüberliegenden Wand stehende Couch aufgebettet war.
»Haben Sie schon öfters hier geschlafen?«
»Manchmal. Wenn es Ihrer Frau nicht gutging.«
Er erzählte es mir am nächsten Tag. Ich wußte nichts dazu zu sagen. Natürlich hatte ich mir schon Gedanken gemacht.
»Welche Art von Interesse hat diese Frau an Katrin?«
»Es gibt keine Beweise. Und wenn auch. Was ändert es?«
»Ich weiß nicht.« Er schien ärgerlich und amüsiert zugleich. »Es würde manches vereinfachen.«
»Für sie?«
»Für uns alle.«
Etwa eine Woche später rief Katrin bei mir an. Sie hatte die Adresse einer Speditionsfirma verlegt und fragte mich danach, ruhig und indifferent, als sei nichts geschehen. Ich suchte in meinem Notizbuch und stellte ein paar belanglose Fragen, während das Blut in meinen Schläfen dröhnte.
Dann nahm ich mich zusammen: »Meinst du nicht, daß wir miteinander sprechen sollten, Katrin?«
»Warum nicht?« sagte sie, notierte die Adresse, bedankte sich.
»Wofür brauchst du den Spediteur? Für Ronald?«
»Ich sage es dir, wenn wir uns sehen.«

»Wann wird das sein?«
»Ich ruf' dich an.«
Am nächsten Tag eröffnete sie Rolf, daß sie ihn verlassen und in die Stadtwohnung ziehen würde.

Wir trafen einander, nachdem sie übersiedelt war. Sie hatte einige ihre Möbel mitgenommen. Daja hatte ihr geholfen, die beiden Räume in zwei Wohnschlafzimmer umzufunktionieren, von denen Katrin das eine, sie das andere bewohnte. Als ich Katrin besuchte, war der Tisch in der hellen, freundlichen Wohnküche gedeckt. Das Appartement lag hoch über den Dächern. Sonnenflecken spielten auf den Kokosmatten, den bunten Vorhängen. In der Fensterecke neben einem Armstuhl lag Dajas Häkelarbeit.
»Ich habe sie gebeten, uns allein zu lassen.«
»Katrin, warum hast du das getan?«
Ich erschrak im selben Augenblick über meine Frage, empfand sie als unzulässig. Der Ton zwischen uns hatte sich geändert. Ich war nicht mehr ihre Vertraute. Katrin schien es nicht zu empfinden.
»Ich möchte äußerlich so frei sein, wie ich es innerlich bin. Sonst lebe ich in einer Diskrepanz, verstehst du? Ich bin nicht mehr Rolfs Partnerin. Ich habe mich entschlossen, lieber ohne ihn allein zu sein als mit ihm.«
»Du bist so sehr oder sowenig seine Partnerin wie in all den Jahren vorher.«
Sie sah hinaus auf die ziegelroten, vielfach ineinander verschachtelten Dächer. »Du weißt, daß mir das nicht genügt.«
Kompromisse waren ihre Sache nicht. So war es immer gewesen.
»Ich muß mich darauf konzentrieren, gesund zu wer-

den. In Rolfs Gegenwart schaffe ich es nicht. Ich kann mich nicht von ihm lösen, solange er neben mir ist. Ich leide und bemitleide mich. Das wirft mich immer wieder zurück.«
Es klang einleuchtend. Katrin schien mir verändert, ruhig und gefaßt, wie ich sie nicht gekannt hatte. Alle Hektik und Schnoddrigkeit waren weggewischt. Ihr Gesicht war schmaler geworden, auch etwas blasser. Dennoch strahlte sie Entschlossenheit aus.
Ich wollte nicht fragen, tat es dennoch: »Hat es mit Daja zu tun?«
Sie lachte ein wenig, lehnte sich zurück. Wich meinem Blick nicht aus. »Das ist nicht deine, sondern Rolfs Version. Ja, es hat mit ihr zu tun. Wenn sie nicht wäre, hätte ich die Kraft nicht aufgebracht. Du weißt, daß ich nicht allein sein kann.«
»Ist das alles?«
Sie lachte wieder, es klang ein wenig hart. »Daja ist der erste Mensch, der für mich da ist. Ausschließlich für mich. Vielleicht wollte ich das einmal erleben. Glaub nicht, daß ich dir unrecht tue. Du hast viel für mich getan. Aber du hattest dein eigenes Leben. Ulfried, die Kinder und Neles Vater. Daja hat niemanden als mich.«
»Wird sie nicht mehr nach Polen zurückgehen?«
»Ich glaube nicht. Wenn Rolf das hört, wird er seine Vermutungen bestätigt finden. Er sieht hinter allem nur den Sex. Meinetwegen soll er damit sein Gewissen beruhigen. Daja kann es aushalten, und ich auch.«
»Katrin, diese Geschichte neulich in der ›Pferdetränke‹...«
Sie beugte sich vor. Strich sich das Haar aus der Stirn,

mit der schnellen, vertrauten Bewegung. Für Sekunden war ihr Lächeln, wie ich es an ihr kannte.
»Vergiß es! Wenn ich denke, was ich dir alles aufgebürdet habe. Meine jahrzehntelange Ehemisere, die Affären mit dem kleinen Doktor, dem Hausmann, die Romanze mit Michael. Ich hatte gar kein Recht, mich aufzuspielen.«
»Du hattest keinen Grund. Wenn du mir die Chance gibst, dir zu erklären...«
»Ich glaube dir.« Sie erwiderte meinen Blick. Schüttelte leicht den Kopf, fuhr mit der Hand durch die Luft, als wische sie etwas beiseite. »Hör damit auf! Ich glaube dir. Welchen Sinn hätte es, endlose Gespräche darauf zu verwenden. Die Zeit vergeht so unwiderruflich schnell.«
»Seit wann denkst du so?«
»Seit langem. Ich hatte nur keinen Anlaß, die Konsequenz zu ziehen. Jetzt habe ich einen Grund, und ich bin froh darüber.«
»Katrin, wenn es irgend etwas zwischen uns gibt...«
»Es gibt nichts. Verlaß dich darauf! Wir sind Freunde. Mit Rolf ist es schwieriger. Mit ihm kann ich mir etwas wie Freundschaft nicht vorstellen. Vielleicht hilft mir die Zeit dabei.«
»Was wirst du tun?«
»Ihm ausweichen. Es gibt nichts, was zu sagen wäre. Die Kinder besuchen uns abwechselnd. So weit ist alles klar. Ich brauche nur zu warten.«
Sie küßte mich zum Abschied. Umarmte mich wie früher. »Komm wieder, Barbara!«
Ich gewöhnte mich an die neue Adresse, die neue Telefonnummer. Bald war alles wie vorher.
»Sie darf es nie erfahren«, sagte ich zu Rolf.

»Natürlich nicht.«
»Wir sollten uns nicht mehr sehen.«
»Wenn du es möchtest, Barbara.«
Der Schock saß bei ihm tief. Der Abend in der »Pferdetränke« und Katrins Übersiedlung. Er gestand mir, daß er sich manchmal völlig verloren fühle, stundenlang durch die viel zu großen Räume laufe. »Es ist nicht Katrin, die mir fehlt. Nur, das Haus ist so leer. Ich kann nicht allein sein.«
Manchmal stand er vor der Tür. Hatte Neles Fortgehen abgewartet. War zu Fuß gekommen oder im Taxi, damit sein Wagen nicht in der Nähe der Türkenstraße gesehen wurde. Wenn er ging, mußte ich die Straße inspizieren, ehe er aus dem Haustor trat.
»Wir nehmen Rücksicht auf eine Frau, die mich verlassen hat, um mit einer Lesbierin zu leben.«
»Du irrst dich, Rolf.«
»Das hoffe ich nicht.«
Meine Beziehung zu Katrin war wieder ungetrübt. Ich besuchte sie, wir gingen zusammen in den Stadtpark, fuhren an die Donau oder machten Ausflüge in den Wienerwald.
Sie wanderte gern, blieb manchmal stehen, sah hinauf in die Baumwipfel. »Hier stehen zu dürfen, Barbara: Das ist Glück.«
Gegen Weihnachten schien sie sich Sorgen zu machen. »Wie soll es mit dem Fest werden? Soll ich die Kinder einladen? Vielleicht wird Rolf sie bei sich haben wollen.«
»Sprich mit ihm darüber!«
Sie schüttelte den Kopf. Sagte, kaum zögernd, den Satz, den ich von früher her kannte: »Könntest du das nicht für mich tun, Barbara?«

Es war wie ein Brückenschlag in die alte Zeit. Ich hätte erleichtert sein müssen, war aber unvermittelt traurig: sinnlos und unstillbar.
»Was hast du, Barbara? Mute ich dir zuviel zu?«
»Natürlich nicht.«
Es war absurd, sich an Dinge zu klammern. Sie änderten sich. Katrin und ich, das war vorbei. Wie hatte sie gesagt? Die Zeit vergeht so unwiderruflich schnell.
»Weißt du, was mir neulich eingefallen ist, Barbara? Ich habe dich in all den Jahren nie weinen sehen. Immer war ich es, die geweint hat.«
»Es hätte auch umgekehrt sein können. Ich habe dich oft mehr gebraucht als du mich.«
»Ich bin froh, daß du das sagst.«
Es war eines unserer letzten Gespräche. Ihre Sorge wegen Weihnachten erwies sich als überflüssig. Mitte Dezember bekam sie Kopfschmerzen. Das Enzephalogramm stellte Veränderungen im Gehirn fest.
Sie verbrachte Weihnachten und Silvester im Allgemeinen Krankenhaus. Bekam täglich Infusionen, Bestrahlungen. Die Haare fielen ihr aus.
»Sie wachsen wieder nach, sagt die Schwester. Wenn die Behandlung vorbei ist.«
Am Heiligen Abend wechselten wir uns ab, ebenso zu Neujahr. Rolf, die Kinder, ich. Die übrige Zeit saß Daja bei ihr, die Häkelarbeit im Schoß. Rolf hatte ein Zimmer erster Klasse besorgt.
»Wegen der Kosten...«, hatte der freundliche Neurologe gesagt, er hüstelte und drückte den Bauch durch seinen offenen Ärztemantel... »Es wird nicht allzu lange dauern.«
»Kannst du mir eine Perücke besorgen, Barbara? Eine schicke, du weißt schon. In meiner Haarfarbe. Daja versteht davon zuwenig.«

Ende Februar wurde sie entlassen.
Sie kaufte sich zwei Kostüme und eine zweite Perücke in einer etwas helleren Farbe. »Es lenkt von meinem Gesicht ab. Ich muß ein paar Kilo zunehmen.«
»Hast du Kopfschmerzen?«
»Überhaupt nicht. Aber ein paar Knoten in der Brust. In der anderen, die man mir freundlicherweise belassen hat. Sie wachsen so schnell, daß man zusehen kann.«
»Was sagt Doktor Bronowski? Die Tabletten haben doch geholfen. Hältst du deine Diät?«
»Erzähl mir von den Kindern!« sagte Katrin. »Ob du es glaubst oder nicht, sie sind das einzige, wofür es sich lohnt.«
Ihre Beziehung zu Ronald und Daniela hatte sich vertieft. Sie führte mit ihnen lange Gespräche, beide wußten, wie es um ihre Mutter stand.
Anfang Mai mußte sie wieder in die Klinik. Sie hatte fünfzehn Kilo abgenommen, trug manchmal Danielas Röcke und Kleider. »Die Figur, die ich mir immer gewünscht habe.«
Sie verließ das hellgrüne Zimmer mit dem Stahlrohrbett nicht mehr. Ich saß manchmal stundenlang bei ihr, hielt ihre Hand.
»Ohne dich«, sagte sie, »wäre mein Leben anders gelaufen. Ich wäre in meinem Käfig verkümmert. So habe ich doch den Kopf durch die Stäbe gesteckt.«
Um die Schläge aufzufangen, die ihr das Leben versetzt hat. Was hatte es ihr gebracht? Die Trennung von ihrem ersten Kind, Mother Queen, die mißglückte Ehe mit Rolf, zwei mißglückte Liebesaffären. Eine Freundin, die mit ihrem Mann ins Bett gestiegen war, während sie auf dem Operationstisch lag.

Wäre es ärmer oder friedvoller verlaufen, ohne den zweifelhaften Unterricht in Selbstfindung, den ich ihr hatte zuteil werden lassen? Vielleicht beides. Die bösen Stunden hätten sich verlagert, wären aus anderen Winkeln gekommen. Es hätte nicht viel Unterschied gemacht. Dennoch würde ich alles wiederholen. Die ersten Jahre. Das Füreinander. Das Miteinander.

»Katrin«, sagte ich, »ich weiß nicht, ob du mir glauben kannst. Aber ich war immer auf deiner Seite.«

Es war die Wahrheit. Wenn ich noch einmal beginnen dürfte und zwischen ihr und Rolf zu wählen hätte, würde ich mich für sie entscheiden.

»Ich weiß«, sagte sie.

Eines Abends schlief sie ein, um nicht mehr aufzuwachen. Vier Tage zuvor hatte sie zu essen aufgehört.

»Mein Beileid«, sagte der freundliche, hüstelnde Neurologe zu Rolf. »Wenn Sie sich wegen der Abrechnung bitte in den zweiten Stock bemühen würden.«

Daja ließ Rolf wissen, daß sie Katrins Testamentsvollstreckerin sei. Teilte es ihm brieflich mit, respektvoll, in sonderbar altertümlich klingendem Deutsch. Sie legte Katrins diesbezügliche letzte Weisung bei.

Nach zwei Tagen kam jener Brief, der Katrins Handschrift trug. Ich riß ihn auf, erstarrte für Sekunden, als ich die schrägen, weitgeschwungenen Buchstaben sah. Wollte an ein Wunder glauben. Dann, beim zweiten Hinsehen, merkte ich, daß die Zeilen fotokopiert waren.

»Liebe Freunde! Wenn ihr diesen Brief in Händen haltet, sehe ich die Radieschen bereits von unten. Oder euch von oben, was weiß man schon...« Passagen wie »Ich habe jedem von euch für etwas zu danken«,

und »Noch fühle ich die Sonne auf meiner Haut. Das Abschiednehmen ist schwer« folgten.
Jetzt wußte ich doch nicht weiter. Die Traurigkeit schlich heran wie das Nachttier, das mir Stefans Abgang an die weiße Zimmerdecke malte. Ich verkroch mich in der Wohnhöhle in der Türkenstraße, tagelang. Nele verstand, ging geräuschlos ein und aus. Dann, zum Begräbnis, mußte ich das Haus verlassen.
Es war ein nasser Frühsommermorgen. Der Wind pfiff über die Döblinger Höhe.
Als der Sarg in die Tiefe gelassen wurde, ging Dajas slawisches Temperament mit ihr durch. Sie brach am offenen Grab zusammen.
»Die Witwe«, sagte Rolf. Es hatte zynisch klingen sollen. Seine Augen waren rot gerändert.
Formalitäten. Erste, zaghafte Familiennachmittage in Döbling. Die Kinder stellten sich ein wie vorher. Erinnerungsgespräche. Schließlich wieder der Alltag.

6

Nun ist es doch heller geworden. Das Panoramafenster glänzt weißgrau. Dahinter heben sich die Baumkronen gegen den mattgelben Hintergrund ab. Die Sonne ist unterwegs.

Ich habe das Tagebuch aus dem Schubfach geholt. Die letzte Eintragung stammt vom sechsundzwanzigsten September vorletzten Jahres. Am siebenundzwanzigsten hat sie das Haus verlassen. Ich weiß es noch, weil es ihr Tick war, wichtige Dinge nur an Tagen zu unternehmen, deren Ziffernsumme die Neun ergaben.

»Wir gehen. Mein Schatten begleitet mich. Wir werden ein fröhliches Schattendasein führen. Es tut mir gut, jemanden um mich zu haben, der unglücklicher ist als ich.«

War Daja unglücklich? Sie hatte ein schweres Leben gehabt. Ich wußte nicht viel von ihr. Katrin wußte mehr. Ich blätterte zurück.

Einundzwanzigster September: »Rolf geht durch das Haus wie ein Gast. Er weiß noch nicht, daß er es bald allein bewohnen wird. Mein Zustand verschlechtert sich im Eiltempo. Ich möchte nicht erleben, daß er sich an meiner Seite damit abfindet. Daja wird sich nie abfinden. Ihre Verzweiflung tut mir gut. So wird man zum Sadisten, ohne es zu wollen.«

Acht Tage zuvor: »Zwei neue Knötchen. Sie sind noch

weich. Die anderen sind gewachsen. In Gedanken treibe ich sie an: Vorwärts, weitermachen! Ich habe gehört, daß man die negativen Vorgänge in seinem Körper wirksamer beeinflussen kann als die positiven.«

Vierter September: »Ich horche auf meine Wünsche. Sie laufen parallel mit meinem Plan. Der eingeschlagene Weg ist der richtige. Die Teile fügen sich zusammen wie im Reißverschluß.«

Vier Tage früher: »Daja hat versucht, mich umzustimmen. Sie kann gut sprechen, eindringlich und leise. An meiner Abwehr habe ich gemerkt, wie weit ich schon bin.«

Neunundzwanzigster August: »Ich habe Daja gesagt, daß sich zwischen uns nie etwas ändern wird. Sie kann das so oder so auffassen. Jedenfalls hat sie es hingenommen. Sie schien froh zu sein, daß ich die Zukunft mit ihr plane, soweit dieses Wort noch am Platz ist.«

Sechsundzwanzigster: »Etwas hat sich zurechtgerückt. Ich bin damit fertig. Endgültig. Es ist so schnell gegangen, daß ich selbst überrascht bin. Wäre ich gläubig, würde ich es für ein Zeichen halten. Die Batterie an der Uhr werde ich zu gegebener Zeit austauschen. Sie soll mein Zimmer bewohnen, wenn ich nicht mehr hier bin.«

Vierundzwanzigster: »Rolf umschleicht mich, als wäre ich geistesgestört. Er spricht kein lautes Wort zu mir. Ich habe ihn angeschrien, daß ich Krebs und nicht Paranoia habe.

P. S. Einige Stunden später: Ich werde den Gedanken nicht los, daß er in meinem Tagebuch gelesen hat.«

Dreiundzwanzigster. »Gestern abend hat er es ver-

sucht. Es war die totale Pleite. Ich muß es verarbeiten. Dann werde ich ein Stück weiter sein.«
Einundzwanzigster: »Wenn Rolf mit mir ins Bett ginge wie früher: Das wäre das einzige, das meinen Entschluß ändern könnte. Langsam komme ich zu der Überzeugung, daß wir Frauen aus minderwertigem Material zusammengesetzt sind. Wie kämen derartig hartnäckige Abhängigkeiten sonst zustande?«
Zwanzigster August: »Liebe heilt, sagen alle. Wessen Liebe? Die der Kinder? Dajas? Barbaras? Ich weiß, daß Barbara mich liebt, trotz allem.«
Neunzehnter: »Am Morgen nach dem Firmenfest und Barbaras Geburtstag. Der Eintragung von heute nacht ist nichts hinzuzufügen.«
Achtzehnter August. »Mitternacht. Ich habe beschlossen, ab sofort keine Medikamente mehr zu nehmen.«

Es dringt nicht gleich zu mir durch. Außerdem ist es keine Überraschung. Habe ich nicht darauf gewartet? Dennoch ist da ein paar Sekunden später das schwarze Loch. Ich kenne es aus meiner Kindheit. Als ich, in die leere Klosterküche eingedrungen, versuchsweise die bunten Hölzchen an der Fläche gerieben hatte und der Vorhang in Flammen aufgegangen war. Es hatte mich umschlossen, dunkel, dicht, mir die Luft zum Atmen genommen. Mich unwürdig gemacht, verfemt, aussätzig für lange, finstere Wochen, bis die Schwester Oberin mir endlich verzieh. Ich bin das Gefühl des Besudeltseins nie wieder losgeworden. War seither – es ist mein fünftes Lebensjahr gewesen – der Beichte, der Kommunion nicht würdig. »Das Unheil steckt in dir.« Und: »Eines Tages wird es obsiegen.« Ich verstand das Wort nicht, schleppte es, schaudernd vor Entsetzen, durch meine Kindheit. Jetzt, heute, scheint es mir, als habe das Unheil obsiegt.

»Ich habe es gut gemeint«, sagte die dicke, bebrillte Turnlehrerin, sobald etwas schiefgegangen war. Sie glaubte, Autorität demonstrieren zu müssen, weil sie keine besaß. Ein Mädchen verletzte sich bei einer Hechtrolle das Genick. Es hatte Angst gehabt, wollte die Übung nicht machen. Ein anderes versuchte, die mißglückte Reckwelle daheim an der Teppichstange zu üben und stürzte ab. »Ohne Fleiß kein Preis.« »Härte führt zum Ziel.« Und: »Ich habe es gut gemeint.«

Seit unserer Begegnung gab es in Katrins Leben keinen Augenblick, in dem ich sie nicht manipuliert habe. Daß sie es guthieß, steht auf einem anderen Blatt. Ich habe mir einen Platz in ihrem Leben angemaßt, auf dem Versagen tödlich war.

Ich höre ihre Worte: »Es ist nicht Rolfs wegen. Er hat mich so oft betrogen, daß es nicht darauf ankommt. Es geht um dich. Du warst alles, was ich hatte.«

Ich hätte es wissen müssen. Es gibt keine mildernden Umstände. Auch nicht dafür, daß ich dieses Zimmer in Besitz nehmen wollte. Daß ich es bewohnen wollte, ohne sie. Es war unser Zimmer, nicht meines.

Und wenn ich mir gestern bei meinem voreiligen Einzug vorgemacht habe, daß sie mich verstehen würde, war das eine Lüge: Sie könnte mich nie verstehen.

Die Turmuhr tut vier helle Schläge. Dann fünf dunkle. Manchmal braucht man Jahre, um zu begreifen. Manchmal genügt ein Augenblick.

Im Widerschein des Tages, der gelb und staubig durch

die Panoramascheibe kriecht, sehe ich mich in dem mir plötzlich sonderbar fremden Zimmer um. Frage mich sekundenlang und allen Ernstes, was ich hier suche. Die Erinnerung kommt von fernher, wellenweise, von allen Seiten. Umspült mich wie ein Schock: Ich bin im Begriff, Katrins Mann zu heiraten.
Das Heft in meinen Händen wird sperrig, leblos. Ich lege es hastig fort, auf die Schreibtischplatte, neben die Weltzeituhr. Das Werk läuft leise, gleichmäßig vibrierend. Ich schließe die Hände um das Zifferblatt. Fühle den rhythmischen Herzschlag.
Wir haben einander meist ohne Worte verstanden, Katrin. Du sagtest, du seist nicht du selbst gewesen, ehe wir einander begegnet sind: Ich hätte dich dir wiedergegeben. Jetzt hast du mich mir wiedergegeben. Sanft und geradeheraus, wie es deine Art ist.
Das grüne Kleid auf dem Sessel, die Strümpfe, die Kuverttasche: Ich sehe sie wie durch ein umgedrehtes Fernrohr: entfernt und winzig klein. Abgerückt, nicht länger mein Eigentum. Schlüpfe aus dem Morgenmantel, hole das Kostüm aus dem Schrank, mit dem ich abends gekommen bin. Etwas in mir hat sich zu dehnen begonnen, als wolle es abbröckeln, abfallen. Die Traurigkeit, die ich kunstvoll und trickreich ausgesperrt hatte, will wieder einkehren, dorthin, wo sie Rechtens hingehört. Ich habe nicht nur an einer Front versagt. Zeit, sich damit auseinanderzusetzen.
Ulfrieds Hinterlassenschaft setzt mich in die Lage, es durchzuführen. Ich lasse mich von der Universität beurlauben. Für Monate oder Jahre. Nele nehme ich mit mir. Sie wird meine gute Absicht erkennen, auch wenn sie nicht zum Ziel führen sollte.
Vielleicht hätten die Tabletten auf Dauer nicht ge-

wirkt. Vielleicht war das Ende nicht vermeidbar. Aber Katrin hat daran geglaubt: Sie hat sich bewußt dessen entledigt, was sie für ihre Lebenschance hielt. Das allein zählt.

Die Uhr nehme ich mit mir. Sie ist Katrins Botschaft an mich. Solange das mechanische Herz schlägt, ist sie bei mir. Wie lange wird das sein? Sechs Monate? Fünf? Bis dahin bin ich längst auf der anderen Seite der Erde.

Es gibt Frauen, die imstande sind, Freundschaft oder Sex der Liebe gleichzusetzen und aus derartigen Motiven zu heiraten. Ich hätte wissen müssen, daß mir das versagt ist. Nach der Begegnung mit Stefan habe ich kein Recht auf Selbsttäuschung, auf Anästhesie. Unsere Verbindung besteht, solange ich dem Peiniger nicht die Tür weise.

Ich schüttle die Decke zurecht, das Kissen. Öffne die Tür zum Garten. Die Morgenluft, feucht und klebrig, stürzt in den Raum. Der gelbe Streif am Horizont wird rötlich. Sonnenaufgang. Mein Hochzeitstag.

Verzeih mir, Rolf. Es gibt Dinge, die durften nicht sein.

Als ich die Zimmertür hinter mir schließe, steht er im Flur. Blaß, im Frotteemantel, eine Haarsträhne hängt ihm ins Gesicht. Er versucht nicht, mir in den Weg zu treten. Steht einfach da, als habe er gewartet.

»Rolf...«, sage ich.

Er scheint nicht erstaunt. Vergräbt die Hände in den Manteltaschen. Nickt unmerklich mit dem Kopf. »Ich habe es geahnt.« Seine Stimme klingt zornig, erregt.

»Was geahnt?«

»Sie hat dir eine Falle gestellt. Du hast etwas in ihrem Zimmer gefunden, das dich von hier vertreibt.«

»Wie kommst du darauf?«
»Als sie das letzte Mal hier war, sagte sie: ›Du kommst darüber weg, aber Barbara nicht. Sie wird damit nicht leben können.‹«
»Aber das ist absurd, Rolf! Katrin war davon überzeugt, daß nie etwas zwischen uns gewesen ist. Wir waren Freunde, bis zum letzten Tag.«
»Weil du ihr zu wichtig warst, als daß sie eine Störung zugelassen hätte. Sie wollte dich nicht verlieren.«
»Wir haben darüber gesprochen. Über den Abend in der ›Pferdetränke‹. Ich habe ihr gesagt, daß sie sich geirrt hat, und sie hat mir geglaubt.«
»Sie hat dir keine Sekunde lang geglaubt.« Rolfs Augen haben sich verengt. Seine Mundwinkel sind nach unten gezogen.
Ich taste nach der Wand in meinem Rücken. »Wie kommst du darauf?«
»Sie hat es mir gesagt.«
»Gesagt?«
»Barbara, was hast du in ihrem Zimmer gefunden?«
»Ihr Tagebuch.«
Rolf lacht auf, kurz und hart. »Ich habe wochenlang danach gesucht. Wo war es?«
»Im Schreibtisch. In einem zweiten Bodenfach.«
»Dann hast du gelesen, daß ich über meinen Schatten gesprungen bin? Daß ich es versucht habe?«
»Rolf, was war es, das Katrin dir gesagt hat?«
»Daß sie alles über uns weiß. Ich konnte ihr nichts vormachen. Sie kannte mich zu gut.« Er steckt die Hände wieder in die Manteltaschen, zieht sie damit nach unten. »Ich fand das Tagebuch, als ich in ihrem Zimmer nach einem Medikament suchte. Die polnische Ärztin hatte angerufen, Katrin war nicht daheim. Ich las, was

es war, das sie für ihre Rettung hielt. Vielleicht war es ein Fehler. Aber ich wollte mir keine Vorwürfe machen.« An den Ausbeulungen der Taschen ist erkennbar, daß er die Hände zu Fäusten geballt hat. »Natürlich habe ich versagt. Ich konnte mit ihrem kranken, ausgelaugten Körper nichts anfangen. Du wirst entsetzt sein, aber ich habe sogar versucht, dabei an dich zu denken. Es hat nicht geholfen.«
Ich stehe bewegungslos. Fühle die Wand im Rücken. Übelkeit ist in mir hochgestiegen, läßt den hohen, schmalen Raum um mich kreisen.
»Sie sagte: ›Gib dir keine Mühe, ich weiß Bescheid.‹ Und: ›Ich weiß, daß Barbara mich liebt, trotz allem.‹ «
Liebe heilt. Wessen Liebe? Die der Kinder? Dajas? Barbaras? Ich weiß, daß Barbara mich liebt, trotz allem.
»Du hast es die ganze Zeit über gewußt?«
»Was hätte es geändert, Barbara? Was ändert es?«
Alles. Deine Botschaft hat mich erreicht, Katrin. Du hast recht behalten. Ich kann damit nicht leben.
»Laß mich gehen, Rolf!« Meine Stimme ist mir selbst fremd. Klingt flach und hoch. Ich merke, daß ich den Wagenschlüssel in der Hand halte.
»Verlier nicht den Kopf! Denk in Ruhe nach! Was geschehen ist, war nicht zu verhindern.«
»Darum geht es nicht.«
»Wir können die Hochzeit verschieben. Gib uns eine Chance, Barbara. Wir sagen den Gästen...«
»Nein, Rolf.« Ich spreche, ohne es zu merken. »Es wird nichts ändern. Für mich ändert sich nichts.«
»Was hast du vor?«
»Ich weiß noch nicht. Vielleicht gehe ich fort. Nein, nicht vielleicht: sicher.«
Er mustert mich schweigend, sekundenlang. Ein küh-

ler Ausdruck ist in seine Augen getreten. Seine Lippen sind schmal, als er fragt: »Neles Vater?«
»Nein«, sage ich. »Katrins Tod.«
Er wendet sich ab. Sieht durch das schmale Flurfenster hinaus in das Morgenlicht. »Sie hat damit nichts erreicht, als daß ich sie hasse. Über den Tod hinaus.«
»Vielleicht war sie es, die uns gehaßt hat. Über den Tod hinaus.«
Sein Blick hängt an dem schmalen Fenster mit dem zweifach gekreuzten Holzrahmen. »Es tut mir weh, dich zu verlieren.«
Mir wird es auch weh tun. Später. Jetzt weiß ich, daß ich gehen muß. »Adieu, Rolf!«
Er wendet sich mir zu. Übergangslos. In seinem Blick ist Geringschätzung, ist Verständnislosigkeit. »Ich dachte, du wärst von anderem Format. Du bist genauso kleinkariert und spießig, wie sie es war.«
Es tut gut, das von ihm zu hören. Er greift nach dem Schlüssel, ist neben mir, während ich durch den schmalen Vorgarten zum Gittertor gehe.
»Leb wohl, Barbara!«
»Leb wohl!«
Das Tor fällt ins Schloß. Ich gehe die wenigen Schritte zu meinem Wagen. Der Morgenwind dringt durch meine Kleider, schmerzt auf der Haut. Ich schließe auf, lasse mich in den Polstersitz fallen. Hinter dem Gartengitter reckt sich das Birnenspalier in den rötlich-dunstigen Himmel.
Startschlüssel. Das Lenkrad fühlt sich kühl an.
So mache ich mich denn auf den Weg, um Neles Vater zu suchen. Wie Porgy auf seinem Krüppelwagen, frohen Mutes ins Gewimmel stoßend. Die Chancen sind nicht sehr groß: Ich weiß nicht einmal, in welchem

Erdteil er sich aufhält. Wenn ich ihn finde, wird er sagen: »Es wird.« Und: »Hab Geduld!« Und: »Vertrau mir!« Die Worte werden mich umbringen, wie sie es vordem getan haben. Aber sie sind alles, was mir rechtmäßig gehört. Alles, was ich mir wünsche.
Vielleicht werden es eines Tages andere Worte sein. Die Hoffnung kann mir niemand nehmen.
Steig ein, Nele! Wenn wir Glück haben, ist die Welt kleiner, als wir denken.
Ich starte den Wagen.

Knaur

Palmer, Lilli

Nachtmusik

Das Leben eines bisher unbescholtenen Universitätsprofessors gerät aus den Fugen. Eine turbulente und amüsante Geschichte. 384 S. [1090]

Eine Frau bleibt eine Frau

Millionen haben Lilli Palmer seinerzeit in ihrer gleichnamigen Fernsehserie bewundert. Daraus hat sie verschiedene Beiträge ausgesucht, sie in Erzählungen verwandelt und in diesem Sammelband veröffentlicht.
224 S., 16 Abb. [1320]

Umarmen hat seine Zeit

»Man muß auch mal ein Risiko eingehen, sonst lebt man nicht.« Diesen Rat ihrer geliebten Schwiegermutter wird Sophie nie vergessen. Sie will leben und sie lebt riskant, denn sie weiß: Alles auf Erden hat seine Zeit. 304 S. [789]

Wenn der Nachtvogel schreit

Die überraschende Entdeckung eines höchst ungelegenen Passagiers auf der Yacht »Gudrun« im Hafen von Portofino stürzt nicht nur deren Besitzer in Unannehmlichkeiten, sie verändert auch schlagartig das Leben seiner Freunde und Freundinnen inmitten der vorsommerlichen Ferienidylle…
320 S. [1576]

Buck, Pearl S.

Geschöpfe Gottes

Zwei erfolgreiche Männer im ewigwährenden Konflikt zwischen Machtgier und Nächstenliebe.
216 S. [1033]

Eine Liebesehe

In Pennsylvania findet der Maler William Barton die Motive für seine Kunst und eine Frau, die ihm Ergänzung und Erfüllung ist.
175 S. [755]

Wo die Sonne aufgeht

173 S. [310]

Am Teich der Lotosblüten

Märchen aus dem Nahen und Fernen Osten.
192 S. [786]

Das Mädchen von Kwangtung

China im Bürgerkrieg. Eine Handvoll grundverschiedener Menschen findet zueinander und bewährt sich im Augenblick höchster Gefahr.
160 S. [812]

Colette

Chéri

Colette schildert die Liebe zwischen einer reifen Frau und einem jungen Mann, der halb so alt ist wie sie selbst – eine Beziehung ohne Zukunft – denn eines Tages wird er sie verlassen und sich einer Jüngeren zuwenden… 224 S. [1345]

Romane

Knaur

Die atemberaubende Geschichte einer großen Liebe vor dem Hintergrund des britisch-amerikanischen Krieges. [1502]

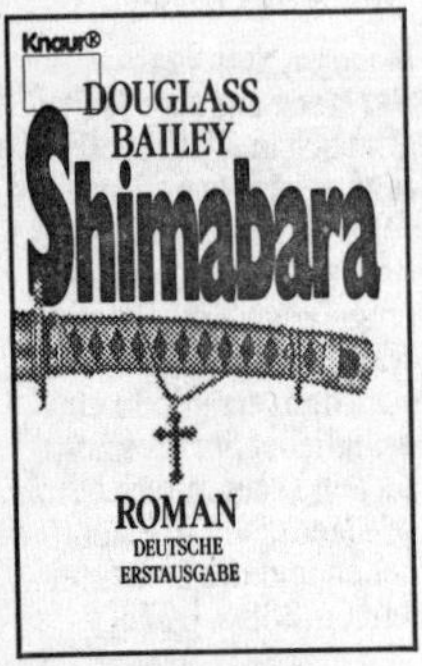

Japan um 1630: Soldaten im Dienst von Jesuiten kämpfen mit Armeen des Shogun. [1591]

Eigentlich wollte er im Westen ein neues Leben beginnen… Doch bei seiner Arbeit in der Welt der Geheimdienste gerät er in viele Verstrickungen. Erscheint Dezember [1593]

Hyde, Anthony
Red Fox
Der amerikanische Journalist Thorne gerät auf der Suche nach einem Verwandten an einen politisch brisanten Fall, der die Aufmerksamkeit des KGB auf sich zieht. 432 S. [1582]

England im 17. Jahrhundert: die Geschichte einer Feindschaft zweier berühmter Familien der englischen Gesellschaft. Erscheint Dez. [1435]

Nach vielen Ehejahren von ihrem Mann verlassen, geht eine Frau ihren Weg – zu Erfolg und Glück. [1431]

Viel Buch für wenig Geld